KB061930

삶의 힘은

감사 입니 다

• 이 책은 지난 2013년에 출간된 《내 이름은 예쁜 여자입니다》(김영사on)의 개정증보판입니다.

삶의 힘은 감사입니다

김희아 지음

힐링 강사 김희아의
치유와 희망 스토리

비전북

차례

나를 사랑해 줄
한 사람

여는글

제 이름은 '예쁜 여자아이'입니다

제 이름은 김희아입니다. 계집 희(姬), 예쁠 아(娥). 이름 뜻을 풀면 '예쁜 여자아이'가 됩니다. 저는 1973년 7월 7일에 태어났습니다. 행운의 숫자 7, 럭키세븐이 두 번이나 들어간 제 생일은 굉장히 축복받은 날입니다. 행운의 날에 태어난 예쁜 여자아이, 그게 바로 접니다.

하지만 행운의 날은 제가 보육원 문 앞에 버려진 날이기도 합니다. 이름 역시 마찬가지입니다. 제 왼쪽 얼굴은 손바닥만 한 큰 점이 뒤덮고 있습니다. 아무도 제 얼굴을 보고 예쁜 여자아이라고 생각하지는 않을 겁니다. '7월 7일에 태어난 예쁜 여자아이'는 얼

삶의 힘은 감사입니다

8

굴 한쪽이 붉은 점으로 뒤덮인 고아 여자아이의 다른 이름입니다. 이런 걸 운명의 장난이라고 하나 봅니다.

저는 구세군에서 운영하는 보육원, 혜천원에서 자랐습니다. 혜천원 시절 친구들은 모두 부모님이 없었습니다. 보육원 원생들이 친구의 전부였으니 당연한 일이었겠지요. 초등학교에 입학하면서 비로소 다른 아이들에게는 부모님이 있다는 것을 알게 되었습니다. 제 얼굴의 점이 그토록 흉하다는 것을 안 것도 초등학교 때입니다. 이런 일들을 감당하기에 저는 어렸습니다. 고개를 들고 다닐 수도 없을 만큼 제 얼굴이 부끄러웠고, 부모님이 없는 제 삶은 큰 아픔으로, 큰 상처로 다가왔습니다.

더 나빠질 것이 없을 것 같았던 제 인생에 더 큰 일이 닥친 것은 그로부터 한참이 지나고서입니다. 그나마 멀쩡하던 오른쪽 얼굴에 암이 발병하여 조직을 다 들어내고 나니 얼굴이 함몰되었습니다. 재건 수술을 두 번이나 받았지만 상황은 별로 나아지지 않았습니다.

이즈음이었을까요. 감사라는 것을 어렴풋이 알기 시작했습니다. 이상한 일이었습니다. 최악이라고 생각되는 상황에서 감사와 기쁨을 느끼다니요. 아픔이 없었다면 감사하다는 것이 무엇인지 몰랐을 겁니다. 좌절과 고통으로는 도저히 살아갈 수 없기에 찾은 '감사'가 무거운 삶을 가볍고 평탄하게 했으며, 꿈을 키우고 희망을 노래할 수 있도록 하였습니다.

"저 얼굴로 어떻게 살겠노, 나 같으년 못 산다"라는 말을 수없이 듣거나 식당에서 제 테이블 옆에서 밥 먹는 것조차 꺼리는 사람을 보면서 웃을 수 있었던 것도, 눈물을 닦을 수 있었던 것도 '감사의 힘'이었습니다. 저한테만 어울리는 얼굴이고, 이 아픔 또한 저이기에 감당할 수 있는 것이라고 스스로를 위로하였습니다. 비로소 저에게 생명을 준 어머니에게도 감사의 마음을 느낄 수 있었습니다.

힘겨울 때마다 저는 제 속의 쾌활함과 긍정의 힘으로 위기를 극복해 나갔습니다. 신앙의 힘도 있었겠지만, 저를 낳아 준 두 분 중 한 분의 성격을 물려받은 덕분일 것입니다. 낙천적이고 긍정적인 성격을 주신 부모님께 감사합니다.

오늘 저는 감사함과 행복함으로 많은 사람 앞에 서 있습니다. 저에게 아픔이 없었고 아픔까지 사랑해 주는 가족이 없었다면 오늘의 용기와 희망은 여전히 미완성이며 저는 삶의 고통 속에서 헤어나지 못했을 것입니다.

제 감사와 기쁨의 원천인 이야기를 여러분에게 조심스럽게 풀어 놓으려 합니다. 많은 분이 제 이야기를 읽고 위로받았으면 좋겠습니다.

혜천원의
예쁜
여자아이

혜천원의 예쁜 아이, 희아

'나는 혜천원 앞에 버려져 있었다. 누군가 씹다 버린 껌처럼, 누군가 코 풀고 버린 휴지처럼….'

언젠가 몹시 낙담하여 노트에 갈겨썼던 글귀다. 아마 스물다섯 살에 상악동암(위턱뼈 가운데 있는 작은 공동에 생기는 희귀암-편집자) 수술을 하고 오갈 데 없어진 처지를 비관해 울컥하는 마음에 쓴 글일 게다. 사방이 막막했을 때 나를 버린 엄마를 원망했고, 내 처지가 길가에 굴러다니는 휴지 조각처럼 느껴졌다. '버려졌다'는 점에서 내 처지와 길가의 휴지는 다를 바가 없었으니까. 나는 혜천원 대문 앞에서 발견되었다고 한다.

세월이 흐른 뒤 혜천원에서 보육 교사로 일하면서 나에 관한 서류를 찾아본 적이 있다. 혹시라도 부모님을 찾을 단서가 있을지도 모른다는 희망 때문이었다. 이름과 생년월일만 검은색으로 씌어 있을 뿐 다른 칸은 모두 비어 있었다. 부모님을 찾을 만한 어떤 실마리도 남아 있지 않았다.

1960, 70년대에는 아이를 보육원 앞에 놓고 가는 일이 많았다고 한다. 그러면 별다른 절차 없이 그 아이를 보육원으로 들여와 길렀다. 까다로운 절차와 심사를 거치는 지금과는 상황이 많이 달랐다.

내가 자란 혜천원은 구세군 보육원으로, 여자아이들만 생활하는 금남의 집이었다. 혜천원의 역사는 한국전쟁 직후로 거슬러 올라간다. 혜천원은 전쟁으로 부모를 잃은 오갈 데 없는 고아 50여 명을 돌보면서 시작되었다. 역사가 정말 긴, 대구의 아동복지 시설 1호인 곳이다.

혜천원의 간략한 역사를 알고 난 뒤에 가장 놀란 건 고아의 수였다. 전쟁 직후에 50명 남짓하던 아이들이, 무슨 일인지 내가 발견된 1973년에는 100명을 웃돌았다. 150명이었던 적도 있었다. 그 무렵에 대구에 무슨 일이 있었는지는 잘 모르겠다. 우리 엄마에게 어떤 사정이 있었는지도 나는 알지 못한다.

혜천원 앞에 버려져 울고 있는 나를 발견하고 혜천원 식구로

혜천원의 예쁜 여자아이

들여 준 분이 누구인지도 잘 모르겠다. 아마 나를 발견한 원장님이 이름을 지어 주고 새로운 생년월일도 만들어 주었으리라. 그분은 나를 들어도 보고 안아도 보고 얼굴도 들여다보면서 몇 살쯤 되었을지 가늠해 보았으리라.

그때 나는 몇 살이었을까? 아무런 기억이 없는 걸 보면 서너 살 무렵이 아니었나 짐작한다. 분명히 그때도 붉은 반점이 내 얼굴의 반을 덮고 있었을 거다. 내 얼굴을 보자마자 원장님은 내가 엄마 손을 놓치거나 길을 잃은 '단순 미아'가 아니란 걸 눈치채지 않았을까. 그래서 주위를 살필 생각도, 아이 엄마를 기다릴 생각도 하지 않고 곧장 내 손을 잡고 혜천원으로 들어오셨을 것이다.

그해에는 나 말고도 많은 아이가 혜천원으로 들어왔다. 같은 해 초등학교에 입학한 아이가 열두 명이나 되었다. 개중엔 부모가 이름과 생년월일을 적은 쪽지를 남긴 아이도 있었을 것이다. 먼 훗날 혹시라도 다시 만날 실마리가 될 수 있게 말이다. 그런 경우 그 쪽지는 자료가 되므로 두고두고 보관된다.

내 경우는 그렇지 않았다. 하얗게 비어 있는 서류를 보며 부모님이 결코 나와 만나고 싶어 하지 않을 거라는 생각이 들었다. 그러다 문득 깨달았다. 이름과 생년월일을 적은 쪽지나 기억할 만한 물건을 남길 필요가 없었을지도 모른다. 나에게는 무엇보다도 확실한 증표가 있었으니까. 얼굴을 덮고 있는 커다란 반점 말이다.

이 반점이 있는 한 엄마는 날 한눈에 알아볼 수 있으리라. 시간이 아무리 흘러도 단번에 알아볼 수 있으리라.

하지만 원장님은 내 얼굴을 보고 딱하게 생각하신 모양이었다. 평생 고아라는 꼬리표가 따라붙을지도 모르는 여자아이 얼굴에 커다란 반점이 있다. 반점이 이 아이에게 낙인이 될까 걱정하셨을 거다. 그래서 다른 아이들보다 더 오래 궁리하고 궁리해서 가장 예쁜 이름을 지어 주셨으리라. 계집 희(姫), 예쁠 아(娥). 이름 뜻을 풀면 '예쁜 여자아이'가 된다.

내겐 어릴 적 사진이 딱 한 장 있다. 머리를 올백으로 넘긴 아이는 털실로 짠 머리띠를 두르고 있다. 가슴 아래는 나오지 않았지만, 아래에 입고 있는 옷 또한 누군가 털실로 짠 외투다. 머리카락 한 오라기 떨어지지 않도록 머리를 빗고 깨끗한 옷으로 멋을 부린 뒤 간 곳은 어디였을까. 혹시 그렇게 차려입고 나간 최종 목적지가 혜천원 아니었을까.

생년월일이나 이름이 적힌 쪽지나 편지 같은 것 없이 이곳에 온 아이들은 나 말고도 많았다. 그런 아이들은 이곳에서 두 번째 생일을 갖게 된다. 대부분 혜천원에 들어온 날이 생일이 된다.

오늘이 내 생일이다.
이렇게 서른 번이나 넘게 나의 생일이라며 지냈지만 누가 나의

혜천원의 예쁜 여자아이

15

생일을 7월 7일이라고 적었을까 생각해 본다. 누군가의 손끝에서 적힌 내 생일, 엄마 배 속에서 태어난 그날이 아닌 검은색 펜으로 적힌 7월 7일 내 생일.

나에게 생일은 슬픔이다. 부모랑 헤어지던 날, 그래서… 보육원에 입소한 날, 그런 날이 나와 보육원 아이들의 생일이다.

- 일기장에서

7월 7일, 여름이 시작되는 계절에 나는 혜천원 앞에 서 있었을 것이다. 아니면 이름을 지어 준 원장님이 이날을 내 생일로 정해 주셨을까. 늘 행운이 함께하라는 의미로 행운의 숫자 '7'을 두 번이나 넣어 주셨을까.

사과 반쪽, 괴물, 귀신, 심지어 아수라 백작으로 불렸던 나의 이름은 희아, 김희아다. 나는 1973년 7월 7일에 태어났다.

엄마, 엄마가 뭐지?

가끔 내 사정을 딱하게 여긴 분들이 물어 온다. 보육원에 언제 들어갔는지 기억나는 게 하나도 없느냐고, 혹시 어릴 적 불리던 이름이나 별명이 어렴풋이라도 생각나지 않느냐고, 혜천원 앞에서 발견되었다는데 그럼 그 앞까지 함께 간 사람이 전혀 기억나지 않느냐고.

인간은 자신이 겪은 일을 몇 살 때부터 기억하는 걸까. 자신이 태어나던 순간을 기억하는 남자의 이야기를 소설에서 읽은 적이 있다. 그는 자신을 씻길 물을 받아 둔 대야의 테두리가 전등 불빛을 받아 반짝이던 것까지 기억했다. 그렇게까지는 바라지 않는다.

혜천원의 예쁜 여자아이

그저 어릴 적 일이 어젯밤 꿈처럼 떠오르기만 해도 좋겠다.

엄마는 어떤 사람이었을까? 혹시라도 그날 일이 어렴풋이 기억난다면, 엄마의 얼굴까지는 아니더라도 혜천원 앞까지 나를 이끌고 온 엄마의 손, 그 온기만이라도 떠올랐으면 하는 생각을 한 게 한두 번이 아니다.

내가 두 딸 예은이와 예지의 손을 꼭 잡고 걷는 것처럼 엄마도 내 손을 꼭 잡아 주었을 것이다. 혹시나 엄마 손에서 벗어나 위험한 도로로 달려가지나 않을까, 발을 헛디뎌 넘어지지는 않을까 하는 마음에 고사리 같은 내 손을 꼬옥 잡아 주었을 것이다.

혜천원 안에서 나온 누군가가 나를 데리고 들어가는 걸 엄마는 어딘가에 숨어 지켜보았을지도 모른다. 아니, 어쩌면 이 모든 일이 엄마와는 관계없이 벌어졌을지도 모를 일이다. 드라마 같은 데서 딸이 힘들어하는 것을 보다 못한 친정어머니가 딸 몰래 아이를 보육원 앞에 데려다 놓는 장면처럼 말이다. 잠에서 깨어 보니 곁에 자고 있던 아이가 온데간데없이 사라졌다는 걸 알고 엄마는 얼마나 울었을까. 엄마는 어쩌면 내가 이렇게 살아 있다는 것조차 알지 못할 수도 있으리라. 뭐라도 기억나면 좋을 텐데, 정말 나는 아무 기억도 없다.

어느 날이었다. 나보다 앞서 걸어가던 어떤 언니가 움푹 파인 구덩이에 발이 빠져 넘어질 뻔했다. 몸이 기우뚱하는 순간 그 언니는 다급하게 "엄마!" 하고 외쳤다. 그러자 정말 마법의 주문이라도 되는 양 가까스로 중심을 잡고 넘어지지 않았다.

엄마? 엄마가 뭐지? 그런 생각을 했던 것 같다. 만약 그 언니와 비슷한 일이 일어난다면 나는 아마 "선생님!" 하고 외쳤을 것이다. 그랬기에 혜천원에 살지 않는 다른 아이들도 다급한 일이 생기면 나처럼 '선생님'을 찾는 줄 알았다.

그 언니만이 아니었다. 생각보다 엄마를 찾는 사람들이 많았다. 나이가 한참 들어 보이는 아주머니조차 "엄마!" 하고 외치는 모습을 본 적이 있다. 길을 가다 돌부리를 밟고 넘어질 뻔할 때, 간발의 차로 오토바이가 휙 옆을 지나갈 때, 위험천만한 순간마다 사람들은 하나같이 그 주문을 외쳤다. "엄마!"

나라고 그런 주문이 필요한 순간들이 어찌 없었을까. 아이들을 낳아 키우면서 하루도 마음 편할 날이 없었다. 가슴이 철렁 내려앉는 일이 있을 때면 나도 모르게 튀어나오는 말, "주님!" 그럴 밖에. 나는 구세군 혜천원 아이니까. 어떤 일보다 기도를 먼저 배웠으니까. 그러니 위급할 때 주님을 찾는 건 당연하고 자연스러웠다.

내 기억에 남아 있는 가장 오래된 일은 초등학교 입학식이다. 그때까지도 나는 '엄마'에 대해 생각해 본 적이 없다. 기억이 시작되는 지점이 탄생의 순간이라면 나는 초등학교 1학년, 일곱 살에 태어났다.

1979년 3월, 영선초등학교 입학식 날이었다. 성탄절과 구세군 자선냄비 행사가 있는 12월이 한참 전에 지났는데 혜천원은 그 어느 날보다 분주했다. 그해 열두 명이나 되는 여자아이가 초등학교에 입학했기 때문이다. 가지고 있는 옷 중 가장 새것 같은 옷을 골라 깨끗하게 빨아 입었다.

선생님은 나와 함께 입학하는 여자애의 머리를 묶어 주었다. 행여 머리카락이 흘러내릴까, 가는 빗에 물을 묻혀 가며 그 아이의 머리카락을 정수리로 끌어올렸다. 그 애는 어린 내가 봐도 정말 예뻤다. '미스 코리아' 기준으로 보자면, 그 애는 단연 '미스 혜천원'이었다. 나도 머리를 묶고 싶었지만 그 애를 물끄러미 쳐다볼 뿐이었다.

사실 입학하던 해에 나는 일곱 살이었다. 혜천원 입소 기록에 따르면 1973년생이었기 때문이다. 그런데 한 살 빨리 입학이 결정되었다. 어쩌면 동사무소 직원의 실수였는지도 모르겠다. 7월 7일인 내 생일을 1월 7일로 잘못 보았을 수도 있으니까. 하지만 난 이렇게 생각하기로 했다.

'한 살 빨리 학교에 들어가도 될 만큼 내 머리가 좋았던 거다.'

특별한 날이니만큼 선생님들이 입학할 아이들의 머리를 모두 묶어 주었다. 나는 두어 발자국 떨어져서 부러운 듯 아이들을 바라봤을 뿐, 어느 선생님도 "희아야, 머리 묶게 이리 온나" 하고 불러 주지 않았다. 혜천원에서 제일 예쁜 그 아이, 머리를 정수리로 바짝 묶고 나니 눈꼬리가 덩달아 따라 올라갔다. 정말 귀여웠다.

또래 중에는 파마를 한 아이도 있었다. 선생님 중에 손재주가 뛰어난 분의 작품이었다. 머리가 긴 애들은 예쁜 머리 방울로 묶기도 하고 양 갈래로 땋기도 했지만, 내 머리는 늘 바가지머리 아니면 단발머리였다. 아이들이 열두 명이나 되니 내게는 아예 차례가 오지 않을지도 몰라서 나는 바닥에 굴러다니는 핀 하나를 주워 머리에 꽂았다. 나는 이걸로 '입학 준비 끝!'이다.

선생님들과 학교에 가지 않는 동생들의 배웅을 받으면서 혜천원을 나선다. 안동이용소와 명덕참기름 집을 지났다. 하나둘 골목에서 빠져나온 아이들이 어느새 큰길에서 만나 대열을 이룬다. 한눈에도 아이들은 새 옷을 빼입었다. 신고 있는 신발도 새것이다. 반짝반짝 새 신주머니에는 만화 캐릭터가 그려져 있다.

선생님 한 분이 우리 열두 명을 인솔하는 것과 달리 그 애들은 모두 엄마와 함께였다. 휴가를 내고 따라나선 아버지들도 있었다. 거리는 초등학교를 향해 가는 사람들로 꽉 찼다. 그 길 위에서 나는 내가 다른 아이들과 다르다는 것을 어렴풋이 깨달았다.

운동장에서 우리는 반을 찾아 뿔뿔이 흩어졌다. 저마다 1반에서 12반까지 적힌 깃발 앞으로 모였다. 나는 1학년 3반, 담임은 김경희 선생님이었다. 흘깃 옆의 짝을 보았다. 반짝, 가슴패기에서 뭔가 빛났다. 손수건이었다. 살짝 뒤돌아보니 뒤에 선 아이도, 그 뒤의 아이도 모두 가슴에 손수건을 달고 있다. 손수건을 달고 오지 않은 건 아무래도 혜천원 아이들뿐인 듯했다. 대체 그 손수건은 어디에 쓰이는 걸까.

입학식 내내 어른들이 병풍처럼 우리를 에워싸고 서 있었다. 곳곳에서 찰칵거리는 카메라 소리가 터지고 아이의 이름을 불러 대며 손을 흔드는 엄마들도 있다. 내 짝꿍은 아까부터 자꾸 주위를 둘러본다. 엄마가 어디에 서 있는지를 눈으로 확인한 뒤에야 앞에 선 담임선생님을 본다. 교장 선생님의 환영사가 길게 이어진다. 운동장 곳곳에 매달린 스피커에서 교장 선생님 말씀이 시차를 두고 두 겹으로 울려 퍼진다.

입학식이 끝나자 부모님들이 우리가 선 곳으로 우르르 몰려왔다. 내 짝도, 내 뒷줄에 선 아이들도 모두 엄마가 있다. 한껏 멋을 낸 엄마들이 아이에게 축하 꽃다발도 건네준다. 그제서야 아이들 가슴에 매달린 손수건의 용도를 알게 되었다. 한 엄마가 손수건 끝자락으로 아이의 코를 훔쳐 주었기 때문이다.

3월이지만 여전히 바람 끝이 매서웠다. 콧물이 줄줄 흐른다. 더러는 들이마시고 더러는 늘 그랬듯이 소매 끝으로 쓱 코를 훔친다. 빤다고 빨았지만 찬물에 때가 잘 지워지지 않았나 보다. 얼마나 코를 문질러 닦았는지 소매 끝이 반질반질하다.

혜천원 선생님들은 다 좋은 분들이었다. 다만 아이들 수가 너무 많아 잘 돌보기에는 늘 한계가 있었다. 지원이 넉넉지 않아 '가정집' 아이들처럼 예쁜 옷이나 학용품은 엄두도 낼 수 없었다. 어리지만 그 정도 사리분별은 할 수 있었다. 당장 아이들 배를 곯리지 않는 게 가장 시급한 문제였다. 열두 명이나 되는 아이들 가슴에 일일이 손수건을 달아 줄 여력이 혜천원엔 없었다.

손수건을 달지 않았다는 게 보육원 아이라는 표시라도 되는 듯했다. 짝꿍 엄마가 나를 돌아보다 눈살을 살짝 찌푸린다. 내 얼굴의 반점 때문이었을까.

손수건이 어디에 쓰는 건지 생소했듯 '엄마'라는 존재도 내겐 낯설었다. 짝꿍 엄마는 물론이고 거기 모인 엄마들은 모두 아이들을 향해 환하게 웃었다. 머리를 쓰다듬어 주고 엉덩이도 두드려 준다. 집에 돌아갈 때는 무겁지도 않은 신주머니를 들어 준다.

학교 앞 중국집은 물론이고 시장 길목의 음식점들까지 문전성시를 이룬다. 엄마 아빠와 짜장면 집으로 가는 다른 아이들과 달리 우리는 혜천원으로 터덜터덜 돌아온다.

그날 다른 아이들에게는 있는 두 가지가 내겐 없었다.

손수건과 엄마였다.

알에서 태어난 아이

나는 누구일까? 같은 방 언니들의 대화를 듣고 난 뒤부터 이런 생각을 하기 시작했다.

그 시절 혜천원은 만원이었다. 방 열두 개는 여자애들로 꽉꽉 찼다. 방이 비좁아 제대로 누울 수도, 편하게 잘 수도 없었다. 크기가 같은 방이라도 지그재그로 누워 자면 한두 명은 더 끼어 잘 수 있다. 한 사람이 창 쪽으로 머리를 두면 옆 사람은 그 사람의 발치 쪽에 머리를 둔다. 그러면 옆 사람의 발이 머리 좌우에 놓이는데, 자칫 잠버릇이 심한 아이 옆에라도 눕게 되는 날이면 바짝 긴장해야 한다. 발길질에 턱과 뺨이 걷어차이기 십상이기 때문이다.

이렇게 한 방에 누워 있는 우리 모습 마치 영선시장 건어물상에서 본 노가리 같다는 생각이 들었다. 노가리들은 대가리와 꼬리가 맞붙은 채 틈도 없이 댓살에 꿰어 있었다. 그 생각을 입 밖으로 꺼내진 않았다. 그랬다간 언니들에게 꿀밤만 맞을 게 뻔했다. 허구한 날 먹을 거나 생각한다고 말이다.

온종일 뛰어논 어린아이들은 눕자마자 곯아떨어진다. 하지만 무슨 일인지 영문도 없이 잠이 오지 않는 날이 있다. 그럴 때면 성가시다고 할까 봐 몸도 뒤척이지 못하고 잠든 척 누워 있었다. 그러다 언니들이 하는 이야기를 들었다.

언니들의 이야기를 들어 손해날 건 없었다. 먼저 학교에 다니고 있는 언니들의 이야기를 귀담아듣다 보면 학교에서 제일 착한 선생님이 누군지도 알 수 있었다. 학교에서 급식하고 남은 우유를 보육원 아이들에게 나눠 주는 선생님 이름도 알게 되었다. 바로 남순자 선생님. 그 선생님은 2학년 때 담임선생님이 되었고 선생님이 주시는 우유를 나도 몇 번 마셔 봤다.

우리가 다 잠든 것을 확인한 언니들이 이야기 보따리를 풀어놓기 시작했다. 고등학교에 다니는 언니들이었는데, 별안간 한 언니의 목소리가 작아졌다. 동생들이 깰까 봐 조심하는 건 아니었다. 뭔가 비밀스러운 이야기를 하려는 거였다. 아니나 다를까. 남자 이야기가 나온다. 속닥속닥, 키득키득….

'금남의 집'에 사는 언니들은 남자 이야기로 부족해 결혼하면 아이를 몇 명 낳을지, 안 낳을지 같은 이야기도 늘어놓았다. 남자와 여자가 만나 부부가 되고 아기가 태어난다고? 솔깃한 이야기에 잠은 멀찍이 달아났다. 자는 척 듣고만 있어야 했는데 그놈의 입이 방정이었다. 너무 궁금해서 나도 모르게 그만 질문을 해버린 것이다.

"언니야, 그럼 우리도 여자와 남자 사이에서 나왔나?"

한창 재미있었는데 나 때문에 김이 다 샌 모양이었다.

"아, 뭐꼬? 저 가시나, 아직 안 잤나?"

한 언니가 윽박지른다.

"퍼뜩 처자래이! 좋은 말로 할 때."

다음 날 아침, 학교 갈 준비로 바쁜 언니에게 다가가 또 물었다. 커다란 도끼빗으로 머리를 빗던 언니가 눈을 흘겼다. 언젠가 저 도끼빗에 맞아 머리에 '땜통'이 난 적이 있다. 누군가 복도에 오줌을 싸 놓았는데 하필 그게 우리 방 앞이었다. 범인 나오라고 복도 청소 당번 언니가 길길이 뛰었다. 그래도 나오지 않으니 도끼빗으로 내 머리를 내리친 것이다. 호되게 맞아 도끼빗이 얼마나 아픈지 잘 알지만, 그래도 순순히 물러서지 않았다.

그날 오후, 대문을 지키고 서 있다가 학교 갔다 오는 언니 뒤를 따라붙었다.

"언니, 이따 뜨신 물 가져올까?"

지금과 달리 수도에서 따뜻한 물이 나오지 않던 시절이었다. 따뜻한 물을 쓰려면 식당에서 물을 데워야 했다. 가끔 2층 화장실까지 뜨거운 물을 가져오라고 시키는 언니들이 있었다. 그런데 시키지도 않은 뜨거운 물을 가져온다고 하니 언니가 머리를 절레절레 흔든다.

"아따, 이 가시내 참말로 질기대이."

"언니야, 그럼 나도 여자와 남자 사이에서 태어났나? 그런 기가?"

언니 입에서 떨어질 말만 기다리고 있는데, 언니가 사방을 둘러보더니 내 귀에 대고 속삭였다.

"잘 들어라. 니는 알에서 태어났다, 됐나?"

"알? 달걀 말이가? 그카면 내가 삥아리가?"

"그래, 니는 삥아리다."

그 뒤로 걸핏하면 그 생각을 하게 되었다. 나는 누구일까? 여자와 남자가 만나 부부가 되고 아기가 태어난다? 그런데 내겐 엄마, 아빠가 없잖아. 내가 여자와 남자 사이에서 태어나기는 한 건가? 언니 말처럼 진짜 알에서 태어난 건 아닐까?

사과 반쪽

학교에서 돌아오면 공부는 뒷전이었다. 신을 벗고 방까지 들어가는 일도 성가시고, 빨리 마당에 나가 1분이라도 더 뛰어놀고 싶은 마음뿐이었다. 가방을 2층 복도에 휙 던져 놓고 부리나케 마당으로 뛰어 내려간다. 물건 정리 제대로 안 한다고 나중에 언니들에게 한 소리 들을 게 뻔하다. 그래도 놀러 가는 게 더 급하다. 고무줄 넘기, 다방구 놀이는 물리지도 않는다. 마당 곳곳에 여자애들의 높은 웃음소리가 떠다닌다.

그렇게 놀다 보면 시간이 훌쩍 지나 어느새 어둑어둑해진다. 오후 늦게야 귀가하는 고등학생 언니들은 우리를 한심하다는 듯 내려다본다. '저것들이 커서 뭐가 될꼬?' 하는 표정이지만, 그렇다고 빨리 들어가 숙제하라고 재우치지는 않는다. 언니들이 나이 어린 동생들을 돌봐 주지만 공부까지 챙겨 주지는 못한다. 고등학생쯤 된 언니들은 본인 문제만으로도 벅찼기 때문이다.

흙강아지가 따로 없었다. 마당 곳곳을 누비며 뛰어다니다가 심드렁해지면 삼삼오오 모여 앉아 편을 가르고 공기놀이를 한다. 마당을 종종걸음 치던 유 선생님이 우리에게 묻는다.

"너거들 숙제는 다 했나?"

우리는 이구동성으로 크게 대답한다.

"예, 했어요!"

물론 거짓말일 때가 많았다.

유 선생님은 혜천원에서 가장 무서운 선생님이다. 거짓말한 게 들통나면 혼쭐이 날 테지만 선생님도 알 턱이 없다. 숙제를 했느냐고 곧잘 물어 보시지만 열에 아홉, 숙제 검사까지 할 여유가 없었다. 해야 할 빨래가 가득하고 아이들도 씻겨야 했으니까. 선생님 몇 분이 일일이 신경 쓰고 돌보기에는 아이들이 너무 많았다. 150명을 훨씬 웃돈 적도 있다. 그러니 콩나물시루가 따로 없었을 것이다.

100명을 넘나드는 얼굴을 다 익히기도 쉽지 않을 텐데, 선생님들은 아이들의 이름과 나이까지 모두 기억하고 있었다. 얼굴과 이름은 바뀌지 않는다지만, 해마다 바뀌는 나이까지 어떻게 기억

혜천원의 예쁜 여자아이

하는지 신기할 따름이었다.

내가 초등학교 1학년 때 혜천원으로 오신 유 선생님은 30년 넘게 근무하다 정년 퇴임하셨다. 선생님은 내가 중학생이 되고 고등학생이 되는 걸 다 지켜보신 분이다. 그뿐이 아니다. 자신이 돌보던 혜천원 아이 희아가 보육 교사가 되자마자 곧바로 '희아 선생님'이라고 불러 주신 분이다. 결혼을 앞둔 나와 함께 그릇을 보러 다니시기도 했다. 참 고맙고 감사한 분이다.

그동안 유 선생님의 손을 거쳐 간 아이들의 수는 헤아릴 수가 없다. 나중 성인이 된 후로 "유 선생님, 그때 그 아이 기억나세요?" 하고 묻곤 했다. 그러면 선생님은 "누구? 성이 뭐지? 아이고야, 잘 모르겠다. 하도 많아서 이젠 누가 누군지 헷갈린다" 하고 얘기하셨다. 하지만 그 시절 유 선생님은 단 한 번도 우리 이름을 잘못 부르신 적이 없었다. 뒷모습만 보고도 누군지 척척 알아맞히곤 하셨다. 그러니 유 선생님 앞에서는 작은 잘못도 할 수가 없었다.

다른 날과 마찬가지로 마당에서 공기놀이할 때였다. 내 손등에 공기 네 알이 올라왔다. 이걸 받느냐 마느냐로 승부가 갈릴 판이다. 잔뜩 집중하고 있는데 누군가 슬쩍 다가와 등을 툭 건드린다.

"야, 사과 반쪽!"

혜천원 아이들 몇이 나를 이렇게 부르곤 했다. 처음에는 못 들은 척한다. 그러자 큰 목소리로 다시 부른다. 그럴 땐 가만히 있을 순 없다. 아무런 이유 없이 아픈 별명을 불러 대니까.

"사과 반쪽이라고 하지 마라. 내 이름 따로 있다. 김, 희, 아!"

"야, 괴물!"

이렇게 부르는 아이들에 비하면 '사과 반쪽'은 차라리 귀엽게 느껴진다. 장난삼아 재미로 그러는 거여서 악의는 없었지만, 그걸 알면서도 속이 상했다. 그렇게 불릴 때마다 내 마음이 상한다는 걸 아이들은 알지 못했다.

나도, 아이들도 모두 별명이 있었다. 이름에서 한 글자를 엉뚱하게 바꿔 부르기도 했고, 얼굴이나 신체 특징에서 연상되는 동물 이름을 갖다 붙이기도 했다. 나도 사과 반쪽, 괴물, 귀신 등 여러 별명이 있었다. 그중에서 '아수라 백작'은 정말 싫었다. 심부름을 시켰는데 내가 재깍 움직이지 않았다고 화가 난 언니 하나가 나를 그렇게 불렀다. 주위에 있던 아이들이 키득거렸다.

"와, 진짜 똑같네!"

너무 창피하고 속이 상해서 목까지 벌게졌다. 아수라 백작은 1972년에 나온 일본 애니메이션 〈마징가 Z〉에 등장하는 악당 중의 악당이다. 지구 정복을 꿈꾸는 헬 박사의 오른팔로, 얼굴의 반은 여자, 나머지 반은 남자다. 아수라 백작이 나쁜 계략을 꾸밀 때면 나도 모르게 주먹을 불끈 쥐곤 했는데, 한순간 내가 그 악당으로 불린 것이다.

니는 악당이 아니었다. 얼굴 반쪽이 붉은 점으로 덮여 있을 뿐이었다. 너무 한다 싶었지만 언니에게 따질 수는 없었다. 나는 아직 어렸고 혜천원의 위계질서는 엄격했으니까. 언니들에게 대들어서는 안 되고 언니들 말은 무조건 따라야 했다. 혜천원 벽에 새겨진 규칙은 아니었지만, 우리 사이의 불문율 같은 것이었다.

사과 반쪽, 괴물, 귀신, 아수라 백작….

누군지 모르지만 별명을 잘도 갖다 붙였다. 겨울이 오고 날이 추워지면 얼굴의 반점은 짙고 어두운 붉은 색으로 더욱 도드라진다. 반점은 위로는 눈썹을 살짝 덮었고, 옆으로는 코를 세로로 나누어 절반까지 덮고 있다. 아래로는 윗입술에서 시작되어 뺨을 다 덮고 귀에 가서야 멈췄다. 이렇게 말하고 나니 왠지 어떤 나라의 영토를 설명하는 것 같다. 정말이지 어떤 날에는 점이 영토만큼이나 크게 느껴진다. 인정하기 싫지만, 아수라 백작처럼 오른쪽 얼굴과 왼쪽 얼굴이 영 딴판이다. 정말 다른 사람 둘을 맞붙여 놓은 것 같다. 점이 없는 오른쪽 얼굴로만 살고 싶다.

붉은 점은 내가 성장하는 대로 같이 자랐다. 다섯 살 때 얼굴 반점은 다섯 살짜리의 손바닥 크기만 했다. 어린 시절 나는 점이 더 크지 않게 해 달라고 기도했다. 내가 자라면서 얼굴이 점점 더 커지면 점은 상대적으로 작아질 거라고 생각했다. 그런데 어른이 되면서 점도 덩달아 커졌다. 얼굴 면적이 늘어난 만큼 점도 함께 커졌다. 그래서 점은 변함없이 내 손바닥 크기만 하다. 결과적으로 하나님이 기도를 들어주신 셈이다. 다행히 내 손바닥보다 더 커지지는 않았으니까.

가끔 이 점이 살아 움직이는 것처럼 느껴질 때가 있다. 곰팡이처럼 포자를 퍼뜨리면서 조금씩 넓어져 오른쪽 얼굴을 덮고 머리 전체를 휘감는 악몽을 꾼 적도 많다. 그래서 좀 작아지게 해 달라고, 아니, 조금만 옅어지게 해 달라고 밤마다 기도하며 잠들곤 했다. 이제는 더 커지지 않고 이만하니 천만다행이라는 생각이 든다.

그냥 단순히 '점'으로 알고 있다가 나중에 가서야 '화염상모반'이라는 정확한 명칭을 알게 되었다. 화염상(火焰傷)은 말 그대로 불꽃에 접촉해서 생긴 상처라는 말이고, 화염상모반은 불꽃에 데인 상처 모양을 한 붉은 점이라는 뜻이다. 모세혈관 기형의 한 종류로 선천적으로 발생한다고 알려져 있는데 유전될 수도 있다고 한다. 그 말을 들었을 땐 가슴이 철렁했다. 임신한 순간부터 기도한 제목은, 우리 아기에게만은 제발 모반이 생기지 않게 해 달라는 것이었다.

면적이 넓을 때는 합병증도 의심해 봐야 한단다. 나는 모반이 눈꺼풀과 눈썹까지 덮고 있어 녹내장도 앓고 있다. 안압을 낮추는 약을 꾸준히 써 왔지만, 언제부턴가 오후 4시부터 5시 사이에는 풍경이 잘 보이지 않는다. 시야가 동그란 수박 모양이라면 수박 한 조각을 잘라낸 만큼의 풍경이 잘려 나가고 없다.

마음을 아프게 하는 별명으로 불리기는 했지만, 그래도 혜천원 울타리 안에서만큼은 마음이 편했다. 이상하게 생겼다고 흘끔거리는 시선도 없었다. 밖에서는 스쳐 지나간 사람이 다시 돌아와 얼굴을 훑어보는 경우도 적지 않았다. 그럴 땐 땅속으로 꺼지고만 싶었다. 하지만 혜천원 안에서만큼은 여러 여자아이 중 한 명일 뿐이었다.

괴물이라고 부른 아이나 괴물로 불린 아이나 언제 그랬느냐는 듯 다시 공기놀이에 빠졌다. 상대편이 공기 알을 받지 못하거나 떨어뜨리면 환호성을 지르면서.

밥들 묵어라

"풀 방구리에 쥐 드나들 듯한다"라는 속담을 배웠을 땐 정말 웃느라 배꼽 빠지는 줄 알았다. '방구리'라는 오목하게 생긴 그릇에 들락날락하는 생쥐의 분주한 모습이 떠오르면서 그 시절 내 모습과 딱 겹쳐졌기 때문이다. 그때 내 모습은 영락없이 생쥐 그 자체였다. 한 살 일찍 학교에 들어간 탓에 몸집도 다른 애들보다 훨씬 작았고, 두 눈은 쉴 새 없이 반짝거리며 목표물을 찾아 분주히 움직였다.

수업이 끝나면 곧장 혜천원으로 돌아가야 하는데 그게 말처럼 쉬운 일이 아니었다. 교문을 나서면 바로 눈앞에 첫 번째 '풀 방구리'가 나타났다. 후문 문구사. 학교 후문에 있어서 이름을 이렇게 지었을까.

두 딸이 초등생이었을 때, 주일 예배가 끝나면 산책 삼아 함께 초등학교까지 걷곤 했다. 엄마가 다닌 학교라고 하면 아이들이 환호성을 질렀다. 학교는 예전 모습을 짐작할 수 없을 만큼 세련된 건물로 탈바꿈했다. 정문으로 들어가서 운동장을 가로지르면 후문이 나타난다. 후문 바로 앞에 후문 문구사가 있는데, 건물은 낡고 오래되었지만 문구사는 옛 이름으로 여전히 건재했다. 간판도 그대로고, '후문'은 파란색, '문구사'는 빨간색 글자인 것도 여전했다. 지금은 향수를 불러일으키는 간판이지만, 옛날에는 그 앞에 서면 가슴이 콩닥거렸다.

나무로 짜 맞춘 네 쪽짜리 미닫이문은 함석으로 만든 덮개가 덮여 있다. 아이들이 찾지 않는 일요일에는 문을 열지 않는다. 함석 덮개 중 하나에는 사람이 겨우 드나들 만한 쪽문이 나 있다. 그 앞에 설 때면 나는 시간 여행자처럼 아주 오래전 어린 시절로 돌아간다.

평일, 후문 문구사의 미닫이문은 양옆으로 활짝 열려 있다. 준비물을 사러 들어가는 아이들과 사서 나오는 아이들이 한데 뒤섞여 문구사 앞은 늘 북적인다. 아이들 발길에 차이든 말든 문구사 가판대 앞에 쪼그리고 앉아 진열된 과자들을 뚫어지게 들여다보는 아이가 있다. 한 번도 만져 본 적 없는 예쁜 필통과 인형 앞에서 눈을 반짝이는 아이, 김희아. 그나마 저렴한 종이인형이라도 사고 싶지만 언감생심이다. 종이인형 살 돈이 있으면 캐러멜을 사 먹을 거다. 가판대엔 달콤한 과자들이 줄줄이 놓여 있다.

가끔 〈소년중앙〉이나 〈어깨동무〉 같은 어린이 잡지를 산 언니 오빠들 곁에 발꿈치를 들고 서서 만화를 훔쳐보기도 한다. 옆에서 본다고 책이 닳는 것도 아닌데 다들 질색한다.

풀 방구리에 쥐 드나들 듯 수도 없이 문구사를 들락거리지만, 아무것도 사지 않을 애라는 걸 주인 아저씨는 오래 전에 간파했다. 내가 가게로 들어서도 본체만체, 물건을 들었다 놨다 해도 본체만체한다. 이거 얼마냐고 물어 봐도 상대도 해주지 않는다.

50원짜리 핫도그와 길고 가느다란 떡볶이를 하염없이 바라본다. 용돈을 받으면 사 먹어야지 생각하며 군침만 삼키고 돌아서는데, 땅바닥에 누군가 반쯤 먹다 놓친 핫도그가 보인다. 몰래 주워 가방에 넣고는 사람이 없는 골목 안 어느 집 대문 앞에 앉아 흙을 털어 낸 뒤 한 입 베어 물었다. 사그락 흙이 씹히는 소리가 난다. 그래도 핫도그는 맛있었다. 보육원 또래 친구 국채와 눈이 딱 마주쳤다. 국채에게도 한 입 준다.

둘이서 털레털레 걷다가 영선시장으로 갈까 말까 망설인다. 도넛 가게에 들러 도넛 한 판이 튀겨지는 걸 구경하고 갈까. 커다란 튀김 솥에서 꽈배기와 도넛이 부풀어 올라 갈색으로 변해 가는 과정을 지켜본다. 갓 튀겨 낸 도넛에다 설탕을 입히면 참을 수 없을 만큼 맛있는 냄새가 풍겨온다. 아무리 지켜본들 떨어질 고물이 있을 리 없다. 허기만 심해진 배를 부여잡고 그냥 허전하게 돌아선다.

"앗, 점심밥!"

그제야 정신이 들어 후다닥 뛰기 시작했다. 아무래도 너무 늑장을 부렸다. 혜천원에 이르는 조금 가파른 언덕을 오르니 숨이 턱까지 찼다. 식당으로 쏜살같이 뛰어가며 소리친다.

"밥 주세요!"

식당은 설거지 소리로 소란하다. 식탁 위는 말끔히 닦여 있고, 밥은 어디에도 보이지 않는다. 거품이 가득한 개수대에 손을 담그고 있던 식당 선생님은 웬 뚱딴지같은 소리냐는 표정이었다.

"밥? 없다. 다 떨어졌다."

눈물이 쏟아지기 시작했다. 눈물이 앞을 가려 시야가 온통 부옇다. 옥상으로 올라가 난간에 기대섰다. 그 시간에 우리끼리 있을 곳은 거기밖에 없었다. 하늘은 푸르고 구름이 둥실둥실 흘러간다. 왠지 서러움이 차오른다. 조금 늦게 왔을 뿐인데 그 누구도 우리 몫의 밥을 남겨 놓지 않았다. 참으려 했는데 이번에는 엉엉 울음까지 터져 나온다. 뺨을 타고 흐른 눈물이 갈라진 입술에 닿는다. 입술이 쓰라리다. 눈물 맛은 짭조름하다.

'나는 누구일까?'

서러울 때면 더욱 이런 생각이 들었다. 길을 걸어가다 보면 등 뒤로 수군대는 사람들의 말이 들려올 때가 있다. "쟈 고아대이!" "엉? 진짜가?"

뒤에서 우리더러 '고아'라고 말할 때면 사람들은 목소리를 낮추고 속닥거렸다. 한번은 같은 방 언니에게 물어 보았다. "언니, 고아가 나쁜 기가?" 언니는 짜증 난다는 눈빛으로 째려보기만 했다.

느는 건 눈치뿐이었다. 비밀스러운 이야기를 옮기는 듯한 사람들의 말투와, 괜히 화만 내는 언니의 태도에서 '고아'란 창피하고 입에 올려서 하나 좋을 게 없는 말이라는 사실을 깨닫는다. 나는 누구일까? 정답은 '고아'다. 밥을 굶게 돼 서러운데 괜히 '쟈는 고아다'라는 말까지 떠올라 곱절로 서러워졌다. 눈물이 멈추지 않았다. 이제는 누군가 밥을 준다고 해도, 밥을 제대로 삼키지도 못한 채 꺼이꺼이 울 것만 같다. 나는 고아다.

"국채야, 이제 내려가자."

시간이 얼마나 흘렀을까. 마음이 진정되면 마당으로 내려간다. 점심을 거른 날은 하루가 정말 더디게 흘러간다. 이렇게 시간이 느리게 흐르면 과연 저녁때가 오기는 할까 싶다. 배가 홀쭉해졌다. 점심을 한 그릇 후딱 해치운 날이었대도 별반 다르지는 않았을 거다. 그 시절에는 밥을 먹고 돌아서기가 무섭게 또 배가 고팠다.

배 속에 '걸신'이 살고 있는 게 분명했다.

이제나저제나 저녁밥 때만 기다렸다. 수도꼭지에 입을 대고 물만 연거푸 마셨더니 배에서 출렁대는 소리가 났다. 뛰면 배가 더 꺼질 테니 마당 한쪽에 가만히 앉아서 놀기로 했다. 또래들과 이런저런 수다를 떨다가 장래 희망 이야기가 나왔다. 빵집 주인부터 화가까지 참 다양했다. 내 차례가 왔을 때, 생각지도 못한 말이 불쑥 튀어나왔다.

"난 이다음에 가수 할 끼다."

말해 놓고는 내가 더 놀랐다.

"뭐어? 가수? 테레비에 나오는 그 가수 말이가?"

"웃기고 있네. 가수는 아무나 하는 기가?"

아이들 사이에서 실소가 터져 나왔다. 말한 나도 멋쩍었지만, 그냥 맥없이 물러서고 싶지는 않았다.

"와? 빵집 사장도 있고, 화가도 있는데, 그라믄 노래 부르는 가수도 있어야 할 거 아이가?"

친구 하나가 편을 들 듯 거들고 나섰다.

"고마 됐다. 각자 희망 이야기 하는 긴데 몬 할 말이 어데 있겠노? 안 글나?"

잠깐 가수가 된 내 모습을 그려 본다. 고아 중에 가수가 된 사람이 있다고 들었다. 고아이면서 시각장애인인 가수도 있었다고 들었다. 고아는 그렇다 치자. 얼굴의 점은 어떡하나. 이렇게 얼굴에 커다란 점이 있는 사람이 가수가 되었다는 말은 들어 보지 못했다.

"밥들 묵어라!"

식당 쪽에서 들리는 선생님의 고함에 아이들이 뛰기 시작한다. 점심을 걸러서인지 다리에 힘이 다 풀렸다. 천천히 걸어간다고 해서 설마 내가 먹을 밥 한 그릇 없겠나 싶다. 아이들은 쏜살같이 식당으로 뛰어 들어가고 텅 빈 마당을 가로질러 걸으며 생각했다. '정말 얼굴에 점이 있는 가수는 없었나? 한 사람도 없었나?' 유 선생님에게 한번 물어 봐야겠다. 혹시나 허튼 생각이나 한다고 혼을 내시려나.

기억에서 지워진 3학년

초등학교 1학년을 시작으로 고등학교 3학년까지 자신이 몇 반이었고 담임선생님 이름은 어떻게 되는지 모두 기억하는 사람이 얼마나 될까. 현재 고3이 아니라 고등학교를 졸업한 지 20~30년이 훌쩍 넘은 성인이라면?

나는 초등 1학년부터 고3까지 반과 담임선생님 이름을 모두 기억하고 있다. 이 얘기를 하면 다들 대단하다며 놀란다. "그런데 단 한 분, 초등학교 3학년 때 담임선생님 성함이 기억나지 않아요"라고 덧붙이면 조심스레 물어 온다.

"저 혹시… 선생님에게 무슨 상처라도 받았나요?"

초등학교 1학년 이전 일은 기억에 없지만, 그 뒤의 일은 때로 친구들이 혀를 내두를 정도로 비상하게 기억해 내곤 했다. 그런데 유독 초등 3학년 담임선생님만 기억나지 않으니 참 이상한 일이다. 왜 그럴까, 곰곰이 되짚어 보기도 했다.

생각해 보면, 지나간 과거사 가운데 행복한 일만큼은 아주 또렷하게 기억하고 있다. 친구들 이름은 물론이고 온갖 시시콜콜한 내용까지 떠오를 정도다. 그런데 마음이 너무 아픈 일은 의지와 상관없이 잘 기억나지 않는다. 일종의 방어 기제가 작동하는 걸까, 어쭙잖은 진단을 내려 보기도 했다. 너무 큰 충격을 받은 일이 있었는데 어린 마음에 모든 것을 선생님 탓으로 돌리면서 선생님이 미워서 다시는 보고 싶지 않다고 생각했고, 4학년이 되자마자 선생님 이름도 함께 잊어버렸는지도 모른다.

하지만 그날의 미술 시간만큼은 잊히지 않다. 마치 어제 일처럼 생생하다. 너무 부끄러웠고 아팠던 기억이라 방송에 나갔을 때 비로소 처음으로 그 일을 얘기했다.

당시 혜천원 아이들은 80명이 넘었다. 아이들 입에 밥 한 숟갈, 수제비 한 조각 더 넣어 주는 게 중요했던 그 시절, 과연 아이들의 학교 준비물까지 챙겨 줄 여유가 있었을까. 미술 수업 준비물이 있었지만, 그걸 사 달라고 할 수는 없었다. 결국 준비물 없이 터벅터벅 학교로 향했다.

혜천원의 예쁜 여자아이

43

부평 문구사 앞에서 잠깐 나쁜 생각이 떠올랐다. 훔치지 않는 이상 준비물은 가져갈 수 없었다. 하지만 그런 유혹에 넘어갈 수는 없었다. 나는 구세군 혜천원 아이였다. 후문 문구사 앞에서도 다시 살짝 갈등했지만 곧장 운동장까지 내달렸다.

미술 시간, 담임선생님이 들어왔다. 교탁 너머로 자리에 앉은 50명을 천천히 둘러보았다. 스케치북과 물감을 책상 위에 올려놓지 않은 사람은 나 혼자였다.

"준비물 안 갖고 온 사람, 앞으로 나온나."

선생님 말씀에 멈칫거리다가 앞으로 나갔다. 벌을 서게 하실까 아니면 손바닥을 때리실까, 가슴이 방망이질하듯 뛰었다. 선생님 지시에 따라 교단 위로 올라섰다. 반 아이들 얼굴이 모두 내려다보였다. 그러니 교실 어디에서든 내 얼굴을 잘 볼 수 있었을 것이다.

준비물을 못 가져와서 부끄러웠고, 아이들이 전부 나를 보고 있어서 더 부끄러웠다. 얼른 손바닥을 맞고 자리로 돌아가고 싶었다. 그때 청천벽력 같은 선생님의 한마디가 들려왔다.

"이제부터 앞에 서 있는 애를 그려라."

아이들 사이에 작은 동요가 일었다. 하지만 교실 안은 곧 정적이 흐르고 사각사각 연필 움직이는 소리만 들렸다.

학교를 1년 일찍 들어간 나는 그때 아홉 살이었다. 교단 위에

선 아홉 살짜리 꼬마가 무슨 생각을 했는지 기억나지 않는다. 하지만 수치감이 무엇인지는 알 만한 나이였다. 내가 보육원 출신이라고 아이들이 뒤에서 수군대는 것도 알고 있었다. 그때 나는, 할 수만 있다면 당장이라도 교실을 뛰쳐나가고 싶었다.

10분이 지나고 20분이 흘렀다. 내겐 하루만큼 긴 시간이었다. 서로 그림을 비교하면서 아이들이 웅성대기 시작했다. 책상 사이를 천천히 돌아다니던 선생님이 얘기했다.

"다 그린 사람, 들어 봐라."

아이들이 하나둘 스케치북을 들었다. 시선을 내리깔고 있던 내게도 교실 곳곳이 붉게 물드는 게 보였다. 간신히 용기를 내서 고개를 들었다. 그리고·마흔아홉 개 그림에서 내 얼굴을 똑똑히 볼 수 있었다. 그동안 거울로 봐 오던 모습과는 너무 달랐다. 길을 지날 때마다 사람들이 왜 나를 이상한 시선으로 보는지, 왜 아주머니들이 쯧쯧쯧 혀를 차는지 비로소 이해되기 시작했다.

아이들에게 나의 눈, 코, 입은 중요하지 않았다. 동그랗게 그린 얼굴에 눈, 코, 입은 대강 그려 넣은 뒤 얼굴 반쪽을 빨간 물감으로 마구 칠해 놓았다. 그럼에도 누구든 한눈에 그 그림의 주인공이 나라는 걸 알아맞힐 수 있었으리라. 아이들은 인물의 특징을 잘 잡아 그리라는 과제를 충실히 이행했을 뿐이다.

나는 스케치북 속의 내 모습이 너무 낯설고 무서웠다. 한편으로는 그 상황이 너무도 수치스러웠고, 마치 아이들 앞에 발가벗고

서 있는 느낌이 들었다.

그날 교실 문을 나설 때의 나는 아침의 내가 아니었다. 미술 준비물을 훔치고 싶은 욕망을 떨쳐 내던 용기도 사라지고 없었다. 교실 문을 나설 때부터 줄곧 땅바닥만 보고 걸었다. 온몸의 힘이 다 빠져 버렸다. 늘 다니던 길인데도 누가 얼굴을 볼까 봐 두려웠다. 문구사 앞을 기웃거리지도 않았다. 영선시장 쪽으로는 아예 발길도 돌리지 않았다. '나는 부끄러운 존재다'라는 인식이 칼날처럼 가슴에 깊이 박혔다.

혜천원으로 돌아가도 학교에서 있었던 일을 얘기할 만한 사람이 없었다. 주먹으로 맞았다면 선생님에게 상처를 보여 주며 고해바치기라도 할 텐데, 이건 너무 아프지만 맞은 자국이 없었다. 눈물도 나지 않았다. 저 안에서 올라오던 눈물이 어딘가에서 막힌 듯 가슴께가 갑갑하기만 했다. 그냥 이대로 연기처럼 사라지고 싶었다.

계속 길바닥만 보고 걸었다. 자동차가 경적을 울려 댔다. 곧이어 누군가와 부딪쳤다. "가시나, 어딜 보고 다니노!" 앞을 보지 않은 탓에 반짝반짝 빛이 나는 검은 구두를 밟고 말았다. 검은 구두 아저씨가 재수 옴 붙었다는 듯 침을 뱉고 지나갔다.

처음으로 엄마가 그리웠다. 내게도 엄마가 있었다면 오늘 일을 꼬치꼬치 다 일러바쳤을 거다. 그러면 엄마는 내 눈물을 닦아 주고 나를 꼭 안아 주며 위로했을 테지. "희아야, 울지 마라. 누가 뭐라 캐도 엄마 눈에는 니가 젤 이쁘다. 젤로 이쁘다."

저 앞으로 커다란 초록색 대문이 보였다. 구덩이에 빠져 넘어지려 할 때 다급히 엄마를 찾던 언니 생각이 났다. 나도 넘어지는 것처럼 기우뚱해 본다. 그리고 불러 본다. "엄마!"

엄마! 엄마? 엄마…. 입에 배지 않은 말이라 뱅뱅 겉도는 것만 같다. 그래도 생각처럼 아주 낯설지는 않은 걸 보면 엄마가 어린 나를 앉혀 놓고 자주 말했을지도 모른다.

"자, 따라해 봐. 엄, 마, 어엄마…."

예은이가 여섯 살, 예지가 세 살 때였다. 놀이터에서 놀던 두 딸이 나를 발견하고는 저만치에서 뛰어왔다.

"엄마!"

"어엄마!"

나도 아이들 이름을 부르며 달려갔다. 우리 아이들이 저렇게 원 없이 부르는 '엄마'라는 말, 나는 '엄마!'를 부를 때의 그 느낌이 어떤 건지 모르는 '바보 엄마'다.

그 뒤로도 몇 번 선생님의 성함을 기억해 내려 애써 보았지만 아무 소용이 없었다. 분명 너무도 아팠기에 내 속의 무언가가 그 부분을 도려낸 게 아닐까 싶다. 그렇다면 초등학교 입학 전의 기억이 전혀 남아 있지 않은 깃도 혹시 같은 이유가 아닐까. 혜천원 앞에서 내 손을 뿌리치고 달아난 엄마가 너무 미워 스스로 기억을 지운 건 아닐까.

"엄마!"

우리 아이들처럼 나도 엄마를 맘껏 불러 보고 싶다.

진 리그니 사관님

언니들은 고등학교 3학년이 되면 눈에 띄게 불안해한다. 예민해질 대로 예민해져 있어서 근처에 가지 않는 게 상책이다. 언니들은 마치 사방에 덫을 놓고 기다리는 사냥꾼 같다. 누구든 하나 걸려 들기만 해 보라는 심산인 거다. 언니들 마음도 이해가 갔다. 이제 얼마 후면 혜천원을 나가 독립해야 한다. 밤이면 언니들은 늦게까지 이런저런 고민을 털어놓다가 잠이 든다. 하나같이 독립할 준비를 못 했다고 울상이다. 혜천원에 1년만 더 머물 수 있으면 좋겠다는 말도 한다. 혜천원 따위 지긋지긋하다고, 아침에 나가 다시는 돌아오지 않을 거라던 작년과는 딴판이다.

혜천원의 예쁜 여자아이

언니들이 후원금 이야기를 하는 걸 들었다. 후원자가 보내 주는 후원금이 그 아이 이름의 통장에 그대로 쌓여 나중에 혜천원에서 나가 독립할 때 도움이 된다는 얘기였다. 어떤 언니는 자신의 후원금과 정착 지원금을 합하면 작은 화장품 가게라도 열 수 있지 않을까 궁리하기도 했다. 아직 먼일이지만, 언니들의 이야기를 듣고 있자면 벌써부터 걱정이 밀려왔다. 후원자가 있는 언니들도 저렇게 걱정인데 지금껏 후원자가 한 사람도 없는 나는 어찌해야 하나.

아이들마다 있는 후원자가 내겐 없었다. 후원자가 여러 명인 아이들도 있는데 왜 나에게는 한 사람도 없는지, 어린 생각에도 공평하지 않게 느껴졌다. 예쁜 아이에게는 후원자가 많았다. 하지만 예쁘지 않은 나 같은 아이에게도 후원자가 있어야 한다고 생각했다. 성탄절이면 아이들은 후원자가 보내 준 선물과 카드를 받고 즐거워했다. 구경 좀 하자고 해도 어찌나 아끼고 안 보여 주던지, 치사해서 나중엔 아예 아무 말도 하지 않았다.

그러던 어느 날, 내게도 후원자가 생겼다. 아무래도 후원자가 한 명도 없는 아이의 후원자가 되고 싶다고 따로 부탁한 모양이었다. 좋은 글귀가 적힌 편지가 도착했고 연필과 공책도 선물로 보내 주셨다. 대구 시내에 사신다는 후원자는 편지를 통해서지만 나를 "희아야!"라고 제대로 불러 주었다.

후원이 계속 이어지는지 아닌지는 그해 연말이면 알 수 있다.

삶의 힘은 감사입니다

50

후원자에게 성탄 카드를 쓰라고 한다면 후원이 이어질 거라는 뜻이었다. 그해 성탄절에는 나도 성탄 카드를 보낼 수 있었다. 나는 좀 특별한 카드를 만들고 싶었다. 후원하는 분의 가족이 모두 넷이라는 걸 알고 카드에 성탄 초 네 개를 그려 넣었다. 성탄 초는 밝게 타올랐다. 언니들이 적어 준 영어대로 'Merry Christmas'라고 써 넣었다. 도화지를 자르고 그림을 그리고 글씨를 예쁘게 쓰는 일은 정말 신나고 즐거웠다.

혜천원에는 매년 한 번씩 후원의 밤이 열렸다. 후원자님들이 방문하여 후원하는 아이와 함께 과자를 먹고 게임도 하면서 이런저런 이야기를 나누다 돌아간다. 아이들은 후원자님들께 보여 드릴 장기 자랑 준비도 한다. 후원자가 없던 나는 후원의 밤 행사에서 늘 겉돌기 일쑤였다. 혜천원 안에서 외모로 인해 크게 차별 받은 적은 없지만, 외부 손님들이 올 때면 슬쩍슬쩍 빠질 때도 있었다. 내 얼굴을 보고 놀라는 분들이 많았기 때문이다. 모처럼 즐거운 자리를 나 때문에 썰렁하게 할 수는 없는 일이었다.

그해 후원의 밤은 오래전부터 손꼽아 기다렸다. 그날 나의 후원자님도 가족과 함께 찾아왔다. 언젠가 밤에 엿들은 언니들의 대화가 떠올랐다. '여자와 남자가 만나 부부가 되고 아기가 태어난다.' 두 아들을 데리고 온 부부 후원자님의 가족은 딱 그 모델인 것 같았다.

이미 안면이 있는 아이들은 후원자님을 알아보고 쪼르르 뛰어갔다. 아직 후원자님을 만난 적 없는 나는 강당 입구에서 쭈뼛거리며 서 있었다. 후원자님과 대화하던 원장님이 나를 발견하고는 손짓을 하며 부르셨다.

"희아, 빨리 온나!"

그제야 후원자님이 뒤돌아섰다. 순간, 조금 놀라는 눈치였다. 그러고는 내 뒤의 다른 아이는 아닐까, 내 어깨 너머를 눈으로 더듬었다. 원장님이 후원자님에게 나를 소개해 주었다.

"야가 김희아입니다."

반가움과 고마움으로 나는 깊이 고개 숙여 인사했다. 고개를 들어 후원자님을 보니 그분도 내 얼굴을, 한쪽 얼굴을 덮은 붉은 점을 찬찬히 바라보고 있었다. 조금 전의 놀란 표정은 사라졌지만 애써 웃는 듯한 모습이 어딘가 부자연스러웠다.

그 뒤로 시간이 어떻게 흘러갔는지 잘 모르겠다. 후원자님은 물론 다른 가족도 일단 내 외모에 놀라는 표정이었다. 한 번도 예쁘다는 말을 바란 적이 없지만, 외모로 인해 서로 가까워지는 데 시간이 걸린다는 건 속상한 일이었다. 애써 밝은 척했고, 까불까불 개그맨 흉내도 냈다. 후원자님이 밝게 웃었다. 성탄 카드 잘 받았다고, 어쩌면 그렇게 그림을 잘 그리느냐고 하셨다. 그 칭찬에 나도 환하게 웃었다. 웃을 때 정말 예쁘다고 그분이 다시 얘기하셨다. 헤어질 때는 나를 꼭 안아 주면서 말씀하셨다.

"아무리 어려운 일이 있어도 희망을 잃지 말고 열심히 살아라."

하지만 그해 12월에는 성탄 카드를 쓰지 못했다. 아무도 내게 성탄 카드를 준비하라고 얘기하지 않았다. 그게 어떤 의미인지는 다들 알고 있었다. 후원이 끝났다는 뜻이었다. 아무래도 후원의 밤 행사 때 나를 만나고 돌아가신 뒤부터였지 싶다. 그 뒤로 편지가 오지 않았다. 희망을 잃지 말라던 후원자님의 마지막 말만 귓가에 맴돌았다.

혜천원 문을 나설 때마다 시선이 저절로 땅으로 내려갔다. 유 선생님이 풀이 죽어 있는 나를 부르셨다.

"김희아! 땅에 돈이라도 떨어졌나?"

예전 같으면 웃음이 터졌을 텐데 웃을 힘도 없었다.

"희아, 이리 온나."

유 선생님이 카드 한 장을 건네주었다. 카드에는 영어가 적혀 있었다. 나는 심드렁하게 물었다.

"카드에 뭐라고 적혔는데요?"

진 리그니라는 분이 카드를 보내셨다고 했는데, 나는 그 이름도 단번에 알아듣지 못했다.

"뭐예? 뭐라 캤어요?"

그 카드가 바로 내 인생의 후원자 진 리그니(Jean Regney) 구세군교회 사관님과의 첫 만남이었다. 당시 직급은 구세군 정위였으며, 영어 이름을 음차한 이근희라는 한국 이름도 있었다.

리그니 사관님이 내게 쓴 편지는 먼저 구세군 서울 본령으로 갔다. 그럼 그곳에서 편지를 우리말로 번역해서 대구의 혜천원으로 보내 주었다. 글이 많지 않은 카드일 때는 카드의 여백에 작은 글씨로 번역되어 있었다. 글이 긴 편지는 편지 원본과 번역한 편지, 이렇게 두 종류가 내 손에 들어왔다.

리그니 사관님이 내 얼굴을 궁금해하신다고 했을 때는 정말이지 사진을 찍고 싶지 않았다. 그때는 왼쪽 얼굴의 점을 가리려 머리를 기르고 있었다. 가르마를 오른쪽으로 타면 자연스럽게 흘러내린 머리카락이 왼쪽 얼굴을 가려 주었다. 나를 만난 뒤 후원을 끊은 첫 번째 후원자님이 떠올랐다. 이번에도 내 얼굴 때문에 후원이 끊기는 건 아닐까 걱정되었다.

내 사진과 편지는 서울 본령을 거쳐 미국의 리그니 사관님에게 보내졌다. 사진을 부치고 나서 초조하게 시간을 보냈다. 답장을 기다리면서 미국이 얼마나 먼 곳인지 알았다. 내가 보낸 편지가 서울을 거쳐 미국으로 가고, 답장이 미국에서 서울로 왔다가 다시 대구로 오기까지 많은 시간이 걸린다는 걸 그 전에는 몰랐다.

하루, 이틀, 사흘…. 답장을 기다리다가 어느덧 12월이 되었다. 혜천원 대문을 들어서는데 유 선생님이 나를 불렀다. 날도 추운데 언제 오려나 하며 계속 밖을 내다보셨단다. 날 부르시는 이유는 단박에 알 수 있었다. 쏜살같이 사무실로 뛰어 들어갔다. 그렇게 기다리던 리그니 후원자님의 성탄 카드가 와 있었다. 성탄 선물도 함께.

해마다 12월이면 혜천원 아이들에게는 대통령 하사품이 전달되곤 했는데 그것과는 비교가 되지 않았다. 조심스레 상자를 열었는데 그동안 꿈도 꾸지 못했던 인형이 들어 있었다. 인형을 처음 보는 순간 이름이 머릿속에 떠올랐다. 미미. 미미는 커다랗고 푸른 눈으로 나를 바라보았다. "희아 안녕!" 미미가 다정한 미소로 말을 거는 듯했다.

미미의 장례식

마당에 아무도 없다는 걸 확인한 뒤 코스모스방을 나섰다. 내 품에 안긴, 나의 하나뿐인 인형 미미는 두 눈을 동그랗게 뜨고 나를 빤히 올려다보았다. 장소는 미리 정해 두었다. 식당에서 숟가락 하나도 몰래 챙겨 왔다.

오늘따라 복도가 더 길게 느껴진다. 복도 끝 계단까지 들키지 않고 지나갔으면 좋겠다. 괜히 눈에 띄면 어딜 가느냐고, 뭘 하려는 거냐고 꼬치꼬치 캐물을 게 뻔했다. 복도를 다 벗어났나 했는데 1층 식당 안쪽에서 누군가 불러 세웠다.

"야, 사과 반쪽! 니 어디 가노?"

못 들은 척 미미를 가슴에 꼭 안고 계속 갔다. 평상시라면 "사과 반쪽이라 카지 마라 안 카나!"라며 큰 소리로 받아 주었겠지만, 살다 보면 아무 말도 하고 싶지 않은 날도 있는 법이다. 오늘이 그런 날이다.

품에 안고 있던 미미를 버드나무 그늘에 내려놓았다. 오랫동안 비가 오지 않아 땅이 딱딱하게 굳어 있었다. 힘을 줘서 숟가락으로 흙을 긁어내니 땅이 조금 파였다. 하지만 이런 속도로 언제 구덩이를 팔까 싶었다. 다행히 오후반 아이들이 돌아오려면 시간이 조금 남아 있다.

그루터기에 기대앉은 미미는 눈 한 번 깜빡이지 않고 내가 뭘 하는지 다 지켜보았다. 미미의 얼굴이 너무 낯설어서 나는 애써 미미를 보려 하지 않았다. 누군가 미미의 얼굴에 마구 낙서를 해 놓았던 것이다. 미미는 늘 웃고 있는데, 지금은 웃는 모습이 흉한 낙서와 더해져 내 얼굴과 너무 닮아 있다. 숟가락으로 파던 구덩이는 어느새 미미가 눕기에 딱 맞는 크기가 되었다.

내가 학교에 가고 없는 사이 미미에게 무슨 일이 있었는지 상상하기도 싫었다. 그날 나는 오전반이었다. 수업이 끝나자마자 부리나케 혜천원으로 달려갔다. 대문에서 넓은 마당을 가로질러 2층 우리 방까지 가는 데 20초도 걸리지 않았으리라. 가쁜 숨을 내쉬면서 벌컥 문을 열었는데 책상 위에 앉아 있어야 할 미미가 보이지 않았다. 늘 함께 있다가 학교에 갈 때면 책상 위에 앉혀 두곤 했다. 학교에서 돌아와 문을 열면 "안녕, 희아!"라고 반기며 미미가 나를 맞아 주기를 바라는 마음에서였다. 그런데 미미가 없었다.

미미는 책상 뒤에 처박혀 있었다. 비좁은 틈새는 평소에 청소하지 않아 먼지가 잔뜩 쌓여 있었다. 그 아래로 과자 부스러기와 아이들이 잃어버린 고무줄과 머리핀도 보였다. 누가 미미를 그곳에 쑤셔 넣은 걸까. 미미는 치마가 훌렁 뒤집힌 채 두 다리가 하늘을 향해 있었다.

미미를 꺼내자 고수머리 금발이 마구 헝클어져 있었다. 그뿐이 아니었다. 늘 발그레 물들어 있던 뺨과 이마, 눈 주위가 온통 낙서투성이였다. 마치 내 얼굴 같았다. 눈물도 나지 않았다. 허겁지겁 세면장으로 가서 비누를 묻혀 박박 문질러 닦아 보았지만 지워지지 않았다. 언젠가 내 얼굴을 이렇게 박박 문질러 닦았던 때처럼. 물이 닿자 오히려 잉크가 조금씩 더 번지는 것만 같았다. 아무리 애를 써도 돌이킬 수 없는 게 있다는 걸 그때 알았다.

누가 그랬을까. 또래 중에 부러워하던 아이들이 있긴 했다. 누가 봐도 미미는 세상에서 제일 예쁜 인형이었으니까. 잠시도 떨어지기 싫어 누가 한번 안아 보자고 할 때 손도 대지 못하게 했는데 그 일로 마음이 상했던 걸까. 화가 난 나머지 '어디 골탕 좀 먹어 봐라' 하는 심보였는지도 모른다. 아니면 '이렇게 예쁜 인형이 너 같은 애한테 가당키나 해?'라고 생각했던 걸까. 내 얼굴이 이 모양이니 인형도 나와 똑같아져야 한다고 생각했을지도 모른다.

　　미미는 내가 생전 처음 가져 본 인형이었다. 미국에 계신 리그니 후원자님이 보내 준 성탄절 선물이었다. 나를 '히하'라고 부르던 그분은 지구 반대편에 사시는데, 그곳은 성탄절에도 따뜻하다고 했다. 따뜻한 성탄절이라니, 상상이 가지 않았다.

　　미미를 처음 만났을 때는 정말 기적이 일어난 줄 알았다. 너무 놀라고 좋아서 아무 말도 할 수가 없었다. 한눈에도 미미는 모든 인형 중 단연 돋보였다. 학교 근처 후문 문구사와 새마을 문구사를 샅샅이 뒤져 봐도 이렇게 예쁜 인형을 찾을 수는 없었다. 미미는 선생님들 얘기대로 '물 건너온 귀한 물건'이었다.

　　유리알 같은 푸른빛의 두 눈은 다른 사람들이 나를 보듯 바라보지 않았다. 못 볼 것을 보았을 때처럼 시선을 피하지도 않았고, 이상한 것을 보았을 때처럼 흘끔거리지도 않았다. 그런 미미를 이제 떠나보내야 했다.

　　언젠가 장례식 장면을 본 적이 있다. 혜천원에서 단체로 관람한 영화에서였을까. 아니면 코스모스방의 '테레비'에서 보았을지도 모른다. 기억나는 대로 그 장면을 따라 하려고 했다. 먼저 구덩이 속에 미미를 반듯하게 눕혔다. 땅에 눕자마자 미미는 정말 죽은 듯 눈을 꼭 감았다. 두 손으로 흙을 그러모아 미미의 발과 다리, 몸을 덮어 주고 봉긋하게 봉분까지 쌓아 올렸다. 미미와 다시 만날 수 없겠지 하는 생각에 금방 코끝이 매워졌다. 손으로 봉분을 꼭꼭 누르는데 흙이 묻고 갈라진 손등 위로 눈물이 툭툭 떨어졌다. 단 하나뿐인 후원자 리그니 사관님과 헤어지는 것처럼 마음이 아파서 하염없이 울었다.

오후반을 마친 아이 몇이 대문 안으로 들어서는 게 보였다. 구름이 지나갈 때면 혜천원 넓은 마당에 구름 그림자가 드리워지곤 했다. 늘 보던 풍경이다. 여자애들이 우르르 마당으로 몰려나왔다. 분필로 마당에 커다란 오징어를 그리기도 하고 서로 밀치면서 깔깔대기도 했다. 어디선가 바람이 휙 불어오는가 싶더니 주위의 모든 것이 서너 발자국 물러서는 것처럼 느껴졌다. 몸이 공중으로 붕 뜨는 것 같더니 눈 아래로 혜천원 마당과 버드나무와 그 아래 앉아 있는 내가 전부 내려다보이는 듯한 착각이 들었다. 그 순간 깨달았다. 미미는 정말 죽었다.

미미가 다음 세상에 태어나면 예쁜 얼굴 그대로 나와 함께 오래오래 살게 해 달라고 기도했다. 아니, 세상을 떠난 미미가 천국에서 행복하게 살게 해 달라고 기도했다. 그곳에선 지금처럼 얼굴 한쪽에 흉한 낙서 없이 예쁜 얼굴을 다시 찾게 해 달라는 기도도 잊지 않았다. 어느 순간 이 기도가 방금 땅에 묻은 미미를 위한 것인지 아니면 나를 위한 것인지 분간이 가지 않았다. 어쩌면 땅에 묻은 건 미미가 아니었을지도 모른다.

눈물이 흘러내린 뺨을 손등으로 쓱 문질러 닦고는 다시 두 손을 꼭 쥐었다. 아무리 슬퍼도 기도는 끝마쳐야 했다.

"이 모든 말씀 예수님의 이름으로 기도드립니다. 아멘."

아마도 미미의 장례식이 사랑하는 누군가를 떠나보낸 첫 기억일 것이다.

그때가 봄이었는지 여름이었는지도 모르겠다. 마당엔 내 무릎 높이로 흙먼지가 떠다니고 있었고 입에서 모래알이 씹혔다. 그런데 왜 나는 미미가 죽었다고 생각한 걸까. 그냥 얼굴에 낙서가 있었을 뿐인데, 왜 미미의 장례식을 치른 걸까. 겨우 열 살이었던 내가 죽음이 뭔지 알기나 했을까.

며칠 뒤 미미를 묻은 곳에 다시 가 보았지만 위치를 종잡을 수 없었다. 구덩이가 깊지 않았기 때문에 조금만 파면 보일 것 같아서, 괜히 버드나무 아래 땅만 들쑤셔 놓고 말았다. 장례식 흉내를 내려면 비슷하게라도 해야 했다. 미미가 보고 싶을 때면 언제든 무덤을 찾아갈 수 있게 표시를 해 두었어야 했다. 너무 어린 데다 당황한 나머지 미미의 무덤 앞에 십자가를 세울 생각을 하지 못했던 것이다.

지금도 미미가 입고 있던 하늘거리는 드레스와 레이스가 달린 하얀 양말, 빨간 구두가 선명하게 떠오른다. 난 한 번도 그런 드레스와 양말, 구두를 가져 본 적이 없었다. 욕심 낸 적도 없었다.

중학생이 된 뒤로 미미를 찾겠다는 마음은 접었지만 버드나무 아래 그늘을 몇 번 더 서성거렸다.

그 후 다시는 미미를 영영 찾을 수 없게 되었다. 몇 년 뒤 혜천원을 대대적으로 보수하면서 그 버드나무도 잘려 나가고 말았기 때문이다.

삼성당의 단맛

점심시간이면 도시락을 싸 오는 아이들이 부러웠다. 점심시간에 혜천원 아이들은 학교를 쏙 빠져나와 혜천원에서 밥을 먹고 다시 학교로 돌아갔다. 우리가 교실을 나서기도 전에 아이들은 너도나도 서둘러 도시락을 꺼냈다. 도시락 뚜껑이 열리면서 교실 안은 금세 온갖 반찬 냄새, 양념과 조미료 냄새로 가득 찼다. 친구들이 싸온 반찬이라고 해서 다르지는 않았을 텐데 그냥 혜천원 반찬과는 다른 냄새가 나는 듯했다. 왠지 더 식욕을 자극하는 그 냄새는 교실 문이 닫히고 나서도 혜천원까지 따라왔다.

오늘따라 괜히 밥을 깨작거린다. 국은 싱겁고 콩나물 반찬은 소태 같다. 친구들의 도시락이 먹고 싶었다. 재료도 비슷하고 요리법도 별다르지 않을 텐데 친구들의 도시락은 뭔가 달라 보였다. 엄마가 해주는 음식이었으니, 혜천원에서는 먹어 볼 수 없는 맛이 날 터였다.

다음 날도, 그 다음 날도 도시락을 먹는 친구들을 두고 혜천원에 다녀왔다. 짝꿍이 도시락을 열었는데 밥 위에 노른자를 살짝 덜 익힌 달걀 프라이가 있었다. 혜천원에서는 되도록 손이 덜 가는 음식을 만든다. 달걀 프라이는 찜으로 대체된다. 설령 달걀 프라이를 한다고 해도 "저는 반숙으로 해주세요"라고 얘기할 수는 없는 일이다.

반찬 통에서 국물이 새어 나와 밥에 다 묻었다고 투덜대는 아이도 있다. "그럼 그 밥 내 도!" 하고 싶은 걸 꾹 참았다.

어느 날 '엄마'가 해 준 음식을 맛볼 기회가 생겼다. 4교시를 마치는 종소리가 울렸다. 여느 날처럼 혜천원으로 가려고 일어서며 신주머니를 챙겼다. 행동이 민첩한 남자애들은 벌써 도시락에서 한 입 떠먹은 상태였다. 그때 짝꿍이 나를 붙잡더니 주섬주섬 가방에서 뭔가를 꺼내 책상에 올려놓았다. 똑같은 도시락이 두 개였다.

"맨날 점심 때마다 니가 없으니까 내는 늘 혼자 묵었잖아. 오늘은 가지 말고 같이 묵자."

내 책상 위로 짝꿍이 밀어 놓은 도시락을 물끄러미 내려다보았다. 나를 위해 싸 온 도시락 보자기를 푸는 동안 가슴이 터질 듯했다. 짝꿍의 얼굴을 바라보았다. 우리는 웃으면서 도시락 뚜껑을 열었다. 반찬은 무말랭이가 전부였다. 무말랭이는 혜천원에서도 즐겨 먹는 반찬이었다. 고춧가루로 버무린 것도 똑같았다. 그런데 왜 그렇게 꼬들거리는지, 왜 그렇게 달콤한지, 밥 한 입에 무말랭이 하나씩, 밥 한 톨 남기지 않고 싹싹 긁어 먹었다.

세 끼 밥을 다 챙겨 먹을 수 있다는 것이 감사한 시절이었다. 반찬 투정 같은 걸 할 처지가 아니었다. 나중에야 100명분의 밥을 짓는 일이 얼마나 힘든지 알게 되었다. 그 많은 양의 국과 반찬을 제대로 간하기가 쉽지 않다는 것도. 그래도 짝꿍네 무말랭이를 생각하면 지금도 군침이 돈다. 매콤달콤한 무말랭이에는 깨소금이 솔솔 뿌려져 있었다. 그렇게 다르게 느껴지던 맛이 깨소금 때문이라고는 생각하지 않는다. 지금에서야 음식이 끼니를 채우는 수단 이상의 의미가 있음을 알게 되었기 때문이다.

나중 나이 든 뒤에도 주일 예배가 끝나면 혜천원에 들르곤 했다. 대문을 들어서면 제일 먼저 커다란 버드나무가 있던 자리를 더듬는다. 밥을 먹으려 식당까지 달음박질치던 장면도 떠오른다. 건물은 새로 지었지만 식당 자리는 예전 그대로다. 그땐 정말 마당이 넓게 느껴졌는데….

혜천원의 예쁜 여자아이

그때와는 여러 면에서 사정이 많이 달라졌다. 겨울에도 찬물에 세수를 해야 했는데, 손이 에일 정도로 물이 차가워서 손가락 끝에 물을 묻혀 대충대충 고양이 세수를 했다. 한겨울이면 손등은 물론이고 얼굴까지 보기 싫게 텄다.

가끔 언니들이 식당에서 뜨거운 물을 가져오라고 시키기도 했다. 어느 해 겨울엔가 펄펄 끓는 물을 가지고 올라가다 넘어지는 바람에 그 물을 털바지 위에 쏟은 일도 있었다. 신발이 없어 추운 겨울에 실내화를 신고 학교에 간 적도 있다. 밥은 배고프지 않을 만큼 나왔다. 그래서 밥을 배불리 먹어 보는 게 소원이었다.

시대의 변화와 우리 사회의 발전에 따라 혜천원도 과거와 비교할 수 없을 정도로 많이 바뀌었다. 하지만 그때나 지금이나 달라지지 않는 게 있었다. 허기. 먹을 것이 풍족하고 예전과 달리 밖에서 군것질도 충분히 하는데, 이상하게 아이들이 허기져 한다고 원장님이 얘기하신 적이 있다. 허기라는 말은 참 이상하다. 단순히 '배가 고프다'라는 말과는 또 다른 느낌을 준다.

우리도 늘 허기가 졌다. "간식 없어요?" 물으면 선생님들은 고개를 절레절레 흔들며 얘기했다. "어째 니들은 돌아서면 배가 고프다 카노?" 늘 양이 적으니 한 술이라도 더 먹고 싶은 마음에 밥을 몰래 숨겨 두었다가 들키기도 했다. 식사 때가 되면 한 숟가락이라도 더 많아 보이는 밥그릇을 차지하려고 식당으로 헐레벌떡 뛰어갔다.

초등학교 4학년 때 녹슨 칼에 손가락을 벤 적이 있다. 너무 배가 고파 몰래 지하실로 숨어든 날이었다. 지하실 한쪽에 음식 재료들을 보관하고 있었다. 바구니에서 무를 꺼내 들었다. 흙이 잔뜩 묻어 그냥 먹을 수가 없었다.

그때 눈에 띈 게 바로 녹슨 칼이었다. 조심해야 했는데, 칼질도 서툰 데다 빨리 먹고 싶은 마음에 서둘다가 그만 손가락을 베고 말았다. 아직도 그 흉터가 남아 있으니 상처가 꽤 깊었던 모양이다. 아픈 건 문제가 아니었다. 빨리 허기를 채워야 했다. 흐르는 피를 대충 닦고는 허겁지겁 날 무를 베어 먹었다.

이제 와서야 이런 생각이 든다. 어쩌면 늘 모자라다고 생각했던 그 밥이, 또래 아이의 식사량으로 충분했을지도 모른다고. 음식으로는 채워지지 않는 허기 때문에 늘 배가 고프다고 느낀 건지도 모른다고.

그 허기진 시절에 인공 감미료인 '삼성당'은 단맛을 보충하는 더할 나위 없는 재료였다. 설탕은 혜천원뿐 아니라 어디서든 귀했다. 그러니 감자나 옥수수를 삶을 때, 깍두기 담글 무를 절일 때 혜천원에서는 주로 삼성당을 썼다.

밀가루 포대가 식당으로 들어가고 멸치 비린내가 풍겨 오면 모의가 시작되었다. 식당에서 수제비 반죽에 한창인 주방 선생님에게 아이들이 말을 붙이기 시작한다.

"선생님, 오늘 화장하셨어요?"

밥을 하고 김이 나는 뜨거운 솥 앞에 서 계시는 선생님이 웬만해선 화장을 잘 안 하신다는 걸 우리는 이미 알고 있었다. 그런데도 그렇게 묻는 데는 다 이유가 있었다.

"야가 갑자기 뭔 소리고?"

"그런데 왜 이렇게 이쁘세요?"

별 대꾸가 없지만 싫지는 않은 기색이다. 그 순간 다른 아이가 치고 들어간다.

"니 아직도 모르나? 선생님들 중에 우리 주방 선생님이 젤로 이쁜 거?"

"맞다, 맞다. 화장 같은 거 안 해도 정말 이쁘시다."

갖은 알랑방귀 끝에 우리는 수제비 반죽을 조금 얻어 낸다. 그 반죽에 삼성당을 조금 넣고 치댄다. 지하실로 내려갈 즈음이면 반죽은 손때가 묻어 까무잡잡해진다. 우리는 아랑곳하지 않고 반죽 덩이를 늘려 지하실 연탄불에 굽는다. 그렇게 구운 반죽은 쫄깃쫄깃하고 달큼한 주전부리가 되었다.

밤새 눈이 내린 날에는 색다른 달큼함을 맛볼 수 있었다. 아침에 일어나 친구들과 함께 식당으로 내려가 삼성당을 조금 덜어 담는다. 그릇과 숟가락까지 챙긴 다음 옥상으로 올라간다. 옥상에는 아무도 밟지 않은 눈이 소복이 쌓여 있다. 그릇에 눈을 퍼 담고 삼성당을 조금 뿌려서 숟가락으로 떠먹는다. 여름엔 그렇게 먹고 싶

어도 먹지 못했던 빙수를, 겨울에서야 손을 호호 불어 가며 먹은
셈이었다.

삼성당을 통해 깨달은 게 있다. 단 것일수록 더 먹겠다고 욕
심내선 안 된다는 거다. 단맛을 더 내려고 욕심껏 넣었다간 아예
입에 대지도 못할 음식이 되어 버린다. 몇 번 쓰디쓴 맛을 본 뒤
로는 욕심 내지 않았다. 어떻게 단맛이 순식간에 쓴맛으로 바뀌
는지는 알 수 없었지만, 단맛과 쓴맛은 종이 한 장 차이라는 걸
그때 알았다.

허기와 죄책감

혜천원의 버드나무가 언제부터 그 자리에 있었는지 아무도 알지 못했다. 원장님들은 일정 기간 근무 후 다른 곳으로 전근을 가셨다. 언니들도 고등학교를 졸업하면 혜천원을 떠났다. 그러니 설령 알았더라도 남아 있는 이가 없었다. 그저 혜천원의 역사와 함께했을 것으로 추측할 뿐이었다. 한국전쟁 직후 혜천원이 자리 잡기 훨씬 전부터 버드나무가 그 자리에 있었는지도 모를 일이다.

한여름이면 아이들은 버드나무 그늘로 모여들었다. 따가운 햇빛을 피하는 데 그만한 가림막이 없었다. 나무 둥치에는 학교에서 돌아온 아이들의 가방이 쌓여 있었다. 사시사철 우리의 놀이터가 되어 주던 버드나무는 밤만 되면 기괴한 모습으로 변했다. 깊은 밤, 마당을 가로질러 가게에 다녀오는 일은 몹시 하기 싫은 일 중 하나였다. 하지만 언니들의 심부름을 거역할 수는 없었다. 적지만 떨어지는 콩고물도 있었다.

심부름을 갈 때면 우리는 마당으로 나가기도 전부터 떨기 시작했다. 유리창 위로 버드나무 그림자가 너울대는 것 같았다. 누군가 머리카락을 잡아당기는 듯했다. 비가 오는 날이면 더욱 으스스했다. 버드나무는 땅바닥에 드리운 긴 머리채를 흩날리며 채찍 소리를 냈다. '걸음아, 나 살려라' 하고는 대문까지 내달렸다가, 과자를 사서 돌아올 때도 죽어라 뛰었다. 방에 도착하면 등이 땀으로 흥건했다. 중학교 시절 100미터 달리기를 16초대에 끊을 수 있었던 것도 그때 죽어라 달린 덕분이었을 것이다.

버드나무 이야기를 하다 보니 허기와 관련하여 몇 가지 부끄러운 기억이 떠오른다.

6학년 때 짝꿍은 '점방집' 아들이었다. 당시는 동네 가게를 점방이라고 불렀다. 그 애가 학교 올 때마다 자기 점방의 돈통에 손을 댄다는 걸 알게 되었다. 그 돈으로 학교 앞 문구사에서 과자를 사서 먹으며 아이들에게 나눠 주었다. 자기네 점방에도 과자가 많은데 왜 다른 곳에서 똑같은 과자를 사 먹는지 나로서는 이해가 가지 않았다. 그 애 주변엔 늘 아이들이 들끓었는데, 그 기분을 느끼고 싶었던 걸까.

어느 날 책상 밑에서 천 원짜리 한 장을 발견했다. 누가 볼세라 얼른 발로 밟았다. 분명히 내 짝꿍 돈이었을 텐데 이렇게 큰돈을 흘리고도 모르고 있다니…. 얼마 동안 그 자세 그대로 꿈쩍도 하지 않았을까. 끝나는 종이 울리고 아이들이 다 빠져나간 뒤에야 돈을 주워 들었다.

중학생 시절에는 이런 일도 있었다.

혜천원 아이들은 남도여중까지 걸어서 등하교를 했다. 버스를 타고 다니는 아이들은 스무 장짜리 버스 회수권을 가지고 다녔는데, 가끔 그 회수권으로 핫도그나 과자를 사 먹기도 했다.

중학생이 되면서 한 달에 용돈을 2천 원씩 받았지만 한 달치 생리대와 학용품 몇 개를 사고 나면 돈이 뚝 떨어졌다. 군것질을 하지 못해서 그랬는지 단맛이 무척 그리웠다. 도둑질이 큰 죄라는 것을 알았지만 손은 어느새 책상 서랍에 넣어 둔 내 짝꿍 혜경이의 회수권을 한 장 뜯고 있었다. 그걸로 핫도그를 사 먹었다. 김이 모락모락 나는 핫도그는 두어 입밖에 되지 않았고, 그다지 포만감을 주지 않았다. 하지만 죄책감은 두고두고 나를 괴롭혔다.

사라진 버스 회수권 한 장. 친구가 눈치챘는지 아닌지는 알 수 없었다. 왕복으로 하루에 두 장을 썼다면 나중엔 한 장이 빌 테고 그제야 한 장이 없어졌다는 것을 알게 될지도 모를 일이었다. 하루, 이틀, 시간이 흘렀다. 그러다 어느 날엔가 혜경이가 반 친구들에게 내가 버스표를 훔쳤다고 말할까 봐 겁이 났다. 고아에다 얼굴 반점에 더해 도둑년 소리까지 들어야 할지도 몰랐다. 고작 핫도그에 홀려 친구의 버스표를 훔치다니, 도둑년 소리를 백번 들어도 싸다고 생각했다.

하나님은 내가 혜경이의 버스표를 훔쳐 핫도그 사 먹는 걸 보고 계셨을 것이다. 허기가 채워지지 않아 입가에 묻은 케첩을 빨아 먹는 것도 보셨을 테고, 이렇게 죄책감으로 벌벌 떨고 있는 것도 아실 터였다.

"하나님, 한 번만 용서해 주신다면 두 번 다시 도둑질은 하지 않겠습니다."

혜경이는 아침마다 "희아, 안녕!" 하며 반갑게 인사했다. 그 사이 여름이 가고 가을이 왔다. 나는 혜경이가 그 사실을 모른다고 생각하며 가슴을 쓸어내렸다. 그러다 문득 깨달았다. 내 짝 신혜경은 알고 있었을 것이다. 알면서도 끝까지 모르는 척해 준 것이다.

만약 회수권을 훔쳤다는 게 밝혀졌다면 나는 어떻게 되었을까. 누군가 '저래서 고아는 안 돼'라고 수군댔을지 모른다. 편견에 반발심이 생겨 나는 다른 물건을 또 훔쳤을지도 모른다. 하지만 혜경이가 모른 척해 준 덕분에 그 뒤로 지금까지 내 것이 아닌 것에는 절대 눈을 돌리지 않을 수 있었다.

언젠가 혜경이를 만나면 이제라도 용서를 구하고 싶다. 아울러 맛있는 밥 한 끼 대접하고 싶다.

그 시설 허기 이야기를 하자면, '안식이 할아버지'를 빼놓을 수는 없다.

혜천원 앞 골목에 어떤 할아버지 집이 있었다. 왜 그분을 안식이 할아버지라고 부르기 시작했는지는 의견이 분분했다. 할아버지의 손주 이름이 안식이일 거라는 추측이 가장 유력했을 뿐이다.

흰 머리를 세 갈래로 땋고 흰 수염을 기르신 할아버지는 외모부터 특이했다. 그래서 멀리서도 한눈에 알아볼 수 있었다. 어떻게 아시는지 할아버지도 혜천원 아이들을 금방 알아보시곤 했다. 얼굴 반점이 있는 나야 그렇다 쳐도 나머지 친구들은 일반 가정집 아이들과 다를 게 없었을 텐데도 어떻게 혜천원 아이라는 걸 아셨을까.

길에서 안식이 할아버지와 우연히 마주친다면 그날은 횡재하는 날이었다. 그러면 할아버지는 우리를 구멍가게로 데리고 가서 더도 덜도 아닌 딱 300원짜리 과자를 하나씩 고르라고 하셨다. 우린 어떤 과자를 골라야 할지 늘 망설였다. 밀크캐러멜을 집었다가 놓고 뽀빠이를 들었다. 알사탕을 들었다가 다시 밀크캐러멜로 바꾸기도 했다. 할아버지는 우리를 재우치지 않고 기다렸다가 과자값을 내주셨다.

할아버지를 만나려고 일부러 골목길을 배회하기도 했다. 전봇대 뒤에 숨어 있다가 할아버지가 보이면 우연을 가장하고 지나간 적도 여러 번 있었다. 후원자라고 드러내 놓지는 않았지만 안식이 할아버지야말로 우리의 든든한 후원자였다. 이다음에 커서 돈 벌면 꼭 은혜를 갚겠다고 다짐했는데, 안타깝게도 할아버지는 이미 세상에 계시지 않다.

혜천원에선 이따금 주말 별식으로 라면이 나왔다. 어린애 하나가 들어가 목욕을 하고도 남을 만큼 커다란 들통에 물을 끓였다. 한쪽엔 포장을 벗긴 라면을 산더미처럼 쌓아 놓았는데, 어림잡아도 80개가 넘었다. 가끔 스프 한 봉지와 생라면 한 개를 주머니에 숨겨 나와 햇볕이 따뜻한 창가에서 먹었다. 라면 스프를 밥에 넣어 비벼 먹기도 하고 물에 타 먹기도 했는데, 그게 그땐 정말 맛있었다.

라면이 다 끓으면 주방 선생님이 배식을 했는데, 조금씩 면이 불어 나중에는 곤죽이 되어 버렸다. 아이들이 많으니 그만큼 시간이 많이 걸렸던 것이다. 그런데도 가끔 그 라면 맛이 그립다. 젓가락도 필요 없이 숟가락으로 떠서 먹던 그 라면이.

그 맛을 생각하며 라면을 끓여 보았지만 그때 맛이 나지는 않았다. 조리법이 가장 단순한 음식이지만 어쩌면 그 라면은 조리법과는 상관이 없었는지도 모른다. 그 시절 라면은 이제 두 번 다시 맛볼 수 없으리라. 물과 불, 시간, 이 세 가지 조건을 딱 맞춘다고 해도 그 라면 맛을 재현할 수는 없으리라. 그 맛을 느끼려면 늘 허기가 지던 시절로 돌아가야 할 것이다. 식당에 빼곡히 앉아 있던 아이들도 모두 그대로 있어야 할 데고. 아마 물을 끌어오던 수원지도 달라졌을지 모를 일이다. 두 번 다시 그때와 똑같은 상황으로 돌아갈 수 없듯 두 번 다시 그 라면을 맛보지는 못할 것이다.

삼손의 머리카락

"쯧쯧쯧." 얼굴을 본 아주머니 한 분이 혀를 찼다. "우짤꼬." 자기 일처럼 안타까워하는 아주머니도 있다.

새삼스레 내 얼굴에 놀란다면 그 사람은 우리 동네 주민은 아니라는 의미였다. 적어도 혜천원에서 학교 가는 길에 만나는 사람들과 영선시장 상인들은 모두 내 얼굴을 알고 있었다. 내가 혜천원 아이라는 사실까지. 다른 아이들은 따로 자세히 말하지 않으면 기억을 못 하는데, 나에 대해서는 얼굴의 반점과 함께 소소한 다른 일들까지 기억할 정도였다. 그랬기에 작은 잘못도 저지르지 않으려 노력했는지도 모른다.

한 번 보면 이상한 얼굴도 서너 번 보면 익숙해지고 아무렇지 않게 된다. 그래서 세상 모든 사람이 다 내 친구였으면 좋겠다는 생각도 했다. 그러면 아무도 내 얼굴을 보고 놀라거나 이상한 듯 쳐다보지는 않을 테니까. 그런데 동네에서 하루에 한 번은 외지인을 만났다. 늘상 다니는 길에서 말이다.

할 수 없이 사람들이 잘 다니지 않는 골목골목으로 숨어 다녔다. 내가 좋아하는 길은 혜천원으로 꺾어지는 골목길이었다. 한쪽은 구세군교회 담벼락과, 다른 쪽은 가정집들의 담과 닿아 있었다. 성인 남자 하나가 간신히 지나갈 만큼 좁은 길이었다. 그렇게 늘 골목길로만 다니고 싶었지만 그럴 수는 없었다.

큰길을 걸어 학교에 가던 길이었다. 뒤에서 오토바이 한 대가 다가오는 소리를 들었다. 아무래도 그대로 걷다간 오토바이와 부딪히겠다는 생각이 들어 재빨리 오른쪽으로 한 걸음 옮겼다. 순간 옆구리 쪽에서 짧고 강렬한 고통이 느껴졌다. 비명을 지를 새도 없이 나동그라지고 말았다.

오토바이가 저만치 앞에서 멈춰 서는 게 보였다. 운전자가 뭐라고 투덜댔다. 아침부터 재수가 없다는 이야기였던 것 같다. 오토바이 운전자가 저벅저벅 걸어서 다가왔다. 장갑 낀 손을 내밀며 물었다. "괜찮나?" 나는 고개만 끄덕였다. 아픈 건 둘째 문제였고 혹시나 얼굴을 볼까 봐 그게 더 걱정스러웠다. 운전자는 내가 고개를 푹 숙이고 있으니 크게 다쳤다고 생각했는지 걱정스럽게 다시 물었다. "진짜로 괜찮나?" 옆구리가 아팠지만, 얼굴을 들고 아프다고 말할 수는 없었다. 혹시 얼굴을 보고 '재수 없다!'라고 말할까 봐 두려워 애써 대답했다. "괜찮아요. 그냥 가세요." 주저하던 운전자가 오토바이 있는 곳으로 가는 게 보였다. 잠시 뒤 오토바이는 굉음을 내며 사라졌다.

오토바이가 시야에서 사라진 뒤에야 천천히 일어나 바지와 윗도리에 묻은 먼지를 떨어냈다. 한 걸음 내딛는데 옆구리가 얼얼하고 무릎도 쓰라렸다. 그래도 내 얼굴을 못 봐 천만다행이라고 생각했다.

몇 걸음 걷지도 않았는데 그만 바지가 흘러내렸다. 오토바이와 부딪힐 때 허리춤의 단추가 떨어져 달아난 것이다. 그때의 통증과 부끄러움은 지금도 생생하다.

서너 달에 한 번 혜천원 선생님이 아이들의 머리를 잘라 주었다. 그런데 내가 제일 듣기 싫어했던 말이 바로 '머리 좀 잘라라'였다. 초등학교 3학년 미술 시간 이후로 나는 줄곧 앞머리를 길렀다. 머리 길이만 다듬어 주면 좋으련만 묻지도 않고 선생님이 앞머리를 싹둑 잘라 버릴 때마다 곤혹스러웠다. 짧은 앞머리로는 반점을 가릴 수 없었으니까.

6학년쯤 되면 머리 모양 정도는 스스로 결정할 수 있겠다고 생각했는데 선생님들은 짧은 머리가 어울린다고 얘기했다. 다른 애들은 머리를 길러 파마도 하고 디스코 머리로 땋기도 하는데 말이다. 머리카락이 한쪽 눈을 덮어 답답하다고 했지만, 그게 내게는 삼손의 머리카락이라는 걸 몰라서 하시는 말씀이었다. 삼손의 괴력이 머리카락에서 나왔듯 내가 가끔 머리를 들 수 있는 용기도 머리카락 덕분이었다.

머리를 자를 때마다 핑계를 대고 요리조리 빠져나가니까 나중에는 으름장을 놓기도 하셨다. 머리를 자르지 않으면 용돈을 주지 않겠다는 것이었다. 적더라도 그 용돈을 받아야 사탕이라도 사먹을 수 있었지만 선뜻 나서지 않고 주저했다. 그 정도로 머리 자르기가 싫었다. 그럴 때면 3층 옥상으로 올라갔다. 혼자 울 수 있는 유일한 공간이었기 때문이다.

어느덧 초등학교 졸업 사진을 찍는 날이 다가왔다. 시간이 훌쩍 흘렀지만, 입학식 날 풍경과 별반 다르지 않았다. 나는 두어 걸음 떨어져서 졸업 사진을 찍기 위해 예쁘게 꾸미는 아이들을 바라보았다. 나도 머리를 길러 파마를 하고 싶었고, 선생님이 예쁘게 묶어 주기를 바랐다. 선생님들이 나처럼 예쁘지 않은 아이를 예쁘게 꾸며 주어야 할 것 같은데, 실상은 예쁜 아이들을 더 예쁘게 꾸며 주었다. 그렇다고 내가 먼저 나서서 선생님에게 "저도 머리 예쁘게 묶어 주세요" 하고 말할 용기는 없었다. 그저 머리핀 하나를 주워들어 머리에 꽂았다. 입학식 때와 달라진 게 있다면 반점이 없는 쪽에 꽂았다는 것 정도였다.

졸업 사진 찍는다고 반 아이들 모두 한껏 멋을 냈다. 그 틈에서 낡은 옷도 창피하고 신발이 없어 실내화를 신고 온 것도 부끄럽기만 했다. 무엇보다 사진을 찍는 게 싫었다. 내 얼굴을 사진으로 확인하는 게 끔찍하게 싫었다. 하지만 어쩌겠는가. 팔려 가는 송아지처럼 운동장으로 나갔다. 운동장에는 영선초등학교라는 학교 이름과 함께 자리가 놓여 있었다.

우리는 키 순서대로 앉았다.

"고개 똑바로 하고. 턱은 살짝 당기고. 김치!"

주문 사항이 많았다. 사진사 아저씨가 소리쳤다.

"자, 다들 활짝 웃어래이. 거기, 거기!"

어디론가 숨고만 싶은 나는 고개가 똑바로 들리지 않았다. 나도 모르게 자꾸 고개가 숙여졌다.

"어허, 거기. 고개 좀 들어라!"

자세를 바르게 하지 않는 나 때문에 사진 촬영이 자꾸 지체되었다. 단체 사진이니 반 아이들 전체 얼굴이 반듯하게 다 들어와야 했다. 사진사 아저씨가 이 아이, 저 아이를 향해 목소리를 높였다.

"거기 턱 들어라, 턱!"

용기를 내 턱을 들려는 찰나 번쩍 플래시가 터졌다.

졸업 사진 속에서 나는 맨 앞줄에 앉아 있다. 그나마 턱을 들어올린다고 했지만 누가 봐도 잔뜩 주눅이 들어 있다. 멋을 낸 아

혜천원의 예쁜 여자아이

이들 사이에서 나는 이래저래 눈에 띈다. 나를 휘감고 있는 자신감 없는 아우라로 한 번, 머리카락으로 가린다고 가렸지만 가려지지 않은 반점으로 또 한 번. 그때 내 신경은 온통 사진으로 새겨질 내 모습에만 맞춰져 있었다. 반점 때문에 예쁘지 않게 나올 내 얼굴 생각뿐이었다.

중요한 건 내 얼굴만이 아니었다. 나 하나로 다른 사람의 사진까지 망칠 수 있음을 깨달은 건 한참 뒤의 일이었다.

아픔은
잠시
머물 뿐

희아 잘하네!

중학교에 입학하고도 나는 여전히 작은 아이들 축에 들었다. 겨우 한 살 일찍 입학했을 뿐인데 그 1년을 따라잡기가 어려웠다.

중학생이 되자 혜천원 여자아이들은 부쩍 멋을 내기 시작했다. 앞머리를 동그란 빗으로 말고 스프레이를 뿌리면 동글동글 말린 앞머리가 눈썹 위로 달랑 올라갔다. 그 머리 모양은 얼굴 반점이 적나라하게 드러날 게 뻔해서 엄두도 낼 수 없었다.

혜천원을 나서는 순간부터 한쪽 손이 머리로 올라가 내려올 줄을 몰랐다. 머리카락이 바람에 날리지 않도록 계속 내리며 반점을 가려 보려 애를 썼다.

중학생이 되면서 도시락을 싸 가기 시작했다. 어묵 반찬으로 도시락을 싸 가는 게 소원이었는데, 도시락을 싸 가면서는 정작 다른 걱정거리가 생겼다. 대놓고 말은 하지 않았지만, 반 친구들은 내가 보육원 아이라는 걸 알고 있었다. 하물며 얼굴에 깜짝 놀랄 점까지 있는 나랑 도시락을 함께 먹어 줄 친구가 있을까? 짝을 정할 때도 걱정이었다. 나랑 짝하자고 하는 친구가 과연 있을까?

한 아이와 짝이 되었지만, 걱정이 꼬리를 물고 이어졌다. 나랑 짝이 되었다고 기분 나빠 하지는 않을까? 첫째 날도 둘째 날도 혼자 도시락을 먹었다. 같이 먹자고 먼저 말할 용기가 나질 않았다. 반찬이라도 내세울 수 있다면 좋겠지만 그마서 변변치 않았다.

운동장을 지나다가 벤치 위에 놓여 있는 도시락이 눈에 띄었다. 누군가 빠뜨리고 간 듯했다. 한눈에도 정말 예쁜 도시락이었다. 다 똑같은 모양의 혜천원 도시락에 비할 게 아니었다. 저런 도시락이라면 친구들이 같이 밥을 먹자고 할 것 같았다. 그 도시락을 주워 들고 혜천원으로 갔다. 주웠을 뿐 절대 훔친 게 아니었다.

이튿날 담임인 박민자 선생님이 나를 부르셨다. 혹시 내가 남의 도시락에 밥을 싸 온 걸 알고 계시는 걸까. 가슴이 두 근 반 세 근 반이었다. 도시락 주인은 학교를 다 뒤져 내가 들고 온 도시락을 찾아갔다. 그 바람에 예쁜 도시락에 싸 온 밥은 한 입도 먹어 보지 못했다. 도시락 때문에 혼날 줄 알았는데 선생님은 한쪽 눈을 덮은 내 머리카락을 손으로 쓸어올려 주며 얘기하셨다.

"희아야, 얼굴을 가린다고 점이 안 보이는 게 아니다."

지금까지 누구도 그런 말을 해준 적이 없었다. 혜천원 선생님들은 머리카락이 눈을 가리니 답답하고 지저분하다며 머리를 자르려고만 했다. 반점 때문에 창피해서 머리를 내리고 다니는 내 처지에서 얘기해 준 사람은 박민자 선생님이 처음이었다. 물론, 혜천원에서는 아이들 하나하나를 세심히 돌볼 여력이 없었다. 숫자가 조금씩 줄고는 있다지만 여전히 혜천원은 포화 상태였다.

입학한 뒤 처음으로 박민자 선생님을 똑바로 보았다. 그동안은 선생님이 내 얼굴에 실망하실까 봐 조회 때도 종례 때도 고개를 숙이고만 있었다.

선생님과 처음 만나던 날이 생각난다. 선생님이 간단하게 자기 소개를 하셨다. 우리 학교에 부임한 지 2년째이고 우리 또래의 아들이 있다고. 내 또래 아들이 있다는 말에 슬쩍 선생님 모습을 훔쳐보았다. 내가 선생님의 아들 또래라면 선생님은 우리 엄마 또래일 것이다. 나에게 엄마가 있다면 박민자 선생님과 비슷한 모습이지 않을까 싶었다. 우리 엄마도 나와 같은 나이의 아이가 지나가면 한참 바라보지 않을까 생각했다.

"어떻게 해도 사람들에게 니 반점이 보인다면, 니라도 세상을 똑바로 보는 게 좋지 않겠나? 이렇게 한쪽 눈을 가리고서 뭐가 보이겠노?"

선생님의 온화한 모습 어디에서 그런 강인함이 나오는 걸까. 선생님 말씀은 그대로 다 믿어도 좋을 것 같았다.

머리카락을 내려도 반점을 다 가릴 수 없다는 건 누구보다 내가 더 잘 알고 있었다. 땅만 보고 걸어 다닌 것도, 좁은 골목길로만 다닌 것도 반점을 감추기 위함이었다. 그러면 마음이 편해야 했는데 혹시라도 일어날 일에 대비하고 신경 쓰느라 늘 긴장을 풀지 못했다.

'너라도 세상을 똑바로 봐라'라는 선생님 말씀을 듣자 잔뜩 주눅이 든 마음 한구석으로 시원한 바람이 부는 듯했다. 결국 모든 것은 마음먹기에 달린 것이었다. 그날로 앞머리를 싹둑 잘랐지만, 그렇다고 하루아침에 자신감이 생기는 건 아니었다. 마주 오는 사람들의 시선이 얼굴에 꽂힐 때면 여전히 부끄러웠고 숨고 싶었다. 하지만 다른 때는 몰라도 박민자 선생님의 수업 시간만큼은 당당히 고개를 들었다.

혜천원에서는 아이들의 학교 성적에 큰 관심을 두지 않았다. 나도 공부에 마음이 없어 예습은 물론이고 복습도 하지 않는 습관이 오래전부터 굳어 있었고, 당연히 학교 성적이 좋지 않았다. 게다가 늘 먹을 것만 생각하느라 수업이 귀에 잘 들어오지도 않았다.

수업 중 박민자 선생님이 칠판에 문제를 적었다. 문제가 크게 보였다. 공부를 열심히 하지는 않았지만, 저 문제라면 풀 수도 있겠다 싶었다. 내 마음을 읽으셨던 걸까. 선생님이 분필 묻은 손을 털면서 아이들을 둘러보다가 내게 시선이 멈췄다.

"희아야, 니 한번 풀어 볼래?"

예전 같았으면 한참을 쭈뼛거리면서 칠판 앞에 서 있었을 것이다. 하지만 선생님이 보고 계시니 힘이 났다. 공식이 선명히 떠올랐고 천천히 문제를 풀었다. 답을 쓰고 뒤돌아섰는데 선생님이 환하게 웃고 있었다.

"희아 잘하네!"

아이들이 약속이라도 한 듯 탄성을 질렀다. 선생님의 칭찬 한마디에 힘이 나고 고개가 조금 더 들렸다.

종례 시간에 선생님이 또 나를 부르셨다.

"희아야, 니 노래 한번 해 볼래?"

선생님은 내가 노래 부르기를 좋아한다는 걸 어떻게 아셨을까. 나는 일주일 중 교회에서 찬양하는 시간이 제일 좋았다. 입을 동그랗게 벌리면 긴 통로를 따라 목소리가 올라오는 느낌이 들었다. 한번은 교회의 다른 방에서 예배를 보던 언니가 지나가면서 말했다. "어디서 노랫소리가 들리는데, 가시나 니 목소리밖에 안 들리드라."

내가 쭈뼛거리니 아이들이 손뼉을 치며 소리를 질렀다. "노래해! 노래해!" 나는 잠시 숨을 고른 뒤 가곡 〈그리운 금강산〉을 불렀다.

"희아 니 노래 정말 잘하네!"

선생님 말씀 한마디에 아이들의 우레와 같은 박수가 쏟아졌다. 자신감이 생기면서 고개가 좀 더 들렸다.

종례 후 혜천원까지 어떻게 갔는지 모르겠다. 수업 끝나고 혜천원으로 돌아가는 길은 속상하고 마음 아프거나, 죄책감이나 원망을 품었을 때가 많았다. 하지만 그날은 달랐다. "희아 잘하네"라는 말을 처음 들어 보았다. 뭔가 달라진 느낌이 들었다. 바람이 불면 혜천원 마당의 버드나무 가지와 이파리들은 일제히 바람을 따라 흔들렸다. 그 버드나무처럼, 내 안에 선선한 바람이 불어오고 수많은 이파리가 하늘거리는, 꼭 그런 기분이었다.

박민자 선생님은 여러 가지 일을 내게 맡기셨다. 모두 내가 할 만한 일이었다. 그 일을 해내면 "희아 잘하네!"라는 말씀을 잊지 않았다. 어느 순간부터 선생님은 내 삶의 중심에 들어와 계셨다. 소풍 가는 날에는 따로 불러 과자 사 먹으라고 용돈을 주시기도 했다. 학교 가는 게 즐거웠다. 수업이 귀에 들어오기 시작하고, 친구들과의 학교생활도 재미있었다. 그러면서 이전에 알지 못했던 내 성격이 나오기 시작했다.

나는 목소리가 큰 편이다. 웃을 때면 입을 크게 벌리고 깔깔 소리 내어 웃는다. 이런 성격이 예전에는 거의 드러나지 않았다. 혜천원에서 나는 수많은 아이 중 하나일 뿐이었고, 행사 때면 아예 빠져 있기도 했다. 그런데 이제 학교에 오면 선생님의 사랑을 받았다. 친구들도 이름을 부르며 내 곁에 다가왔다.

기말고사 기간이 가까왔다. 시험 공부를 한다고는 했지만, 며칠 벼락치기로 성적이 얼마나 오르겠는가. 여럿이 방을 함께 쓰다 보니 밤늦게까지 불을 켜 둘 수도 없었다. 하지만 최소한 아는 문제만큼은 틀리지 않으려 집중했다. 모르는 문제는 그냥 넘어갔다. 그런데 또 모르는 문제가 나왔다. 답답해서 눈을 돌렸는데, 대각선 자리에 앉은 친구의 답안지가 눈에 크게 들어오는 게 아닌가. 두어 개를 그대로 옮겨 쓰고 말았다.

며칠 뒤 성적표를 들고 들어오신 선생님이 나를 불러 일으켜 세웠다.

"김희아, 성적이 정말 많이 올랐네."

선생님이 손뼉을 치자 반 아이들도 덩달아 박수를 쳐 주었다. 커닝했다는 죄책감이 있었지만, 그날 처음으로 정말 제대로 열심히 공부해야겠다고 마음먹었다.

학교 갈 준비를 하는데 언니 몇이 뒤돌아 보았다. 표현을 잘 안 하시는 유 선생님 눈도 조금 커진 것 같았다.

"하이고, 시원테이. 진작에 그렇게 좀 하지."

핀을 꽂아 이마를 훤히 드러낸 데다 머리까지 양쪽으로 묶었다. 내가 봐도 전혀 다른 아이 같다.

언젠가 신임 교사 연수회에 초청받아 강연할 기회가 있었다. 그분들 앞에서 나는 선생님의 사랑과 칭찬이 한 아이를 어떻게 바꾸었는지 마음을 담아 얘기했다. 그리고 그 시절 내가 커닝했던 사실을 처음으로 털어놓았다.

"우리 선생님께는 비밀입니다. 얘기하지 마세요."

참석한 교사들 사이에서 웃음이 터졌다. 나는 손으로 강당 제일 앞자리를 가리키며 덧붙였다.

"그런데 우리 선생님, 지금 여기 와 계십니다."

강연 소식을 접한 선생님이 그 모습이 보고 싶다며 참석하신 것이었다. 〈그리운 금강산〉을 노래하던 그때 그 마음처럼, 선생님의 다정한 시선을 느끼며 온 힘을 다해 내 이야기를 풀어놓았다.

'희아 참 잘하네!' 어릴 적 그때처럼 선생님의 눈이 내게 말하고 있었다.

"우리 선생님께 박수 좀 쳐 주세요."

강당에 모인 수많은 새내기 교사들이 박민자 선생님을 향해 힘차게 손뼉을 쳤다. 내가 오래전부터 온 마음을 담아 선생님께 드리고 싶었던 존경과 감사의 박수였다.

미지의 세계, 아버지

혜천원은 금남의 집이었다. 겨울에 수도 계량기가 동파하거나 전기 누전 공사 등 기술자들의 손길이 필요한 상황이 되어야 남자들이 혜천원 안으로 들어오곤 했다. 쌀과 부식을 배달하는 일도 물론 남자가 했을 것이다. 이런저런 일로 낮에는 남자의 발길이 허락된다 해도 저녁이 되면 혜천원은 오롯이 금남의 집이 되었다. 혜천원의 창에는 창살이 있었고, 동네 사람들도 혜천원을 '보육원' 아니면 '금남의 집'으로 부를 정도였다. 개를 키운 적은 없지만, 만약 키웠다면 그 개도 암컷이었을 게 분명하다.

어느 날 금남의 집에 '남자'가 나타났다. 변문수 신임 원장님이었다. 원장님은 사모님과 함께 혜천원 내 작은 사택에 자리를 잡았다. 원장님은 처음 만난 자리에서 자신을 '아버지'라고 소개했다. 그 단어가 얼마나 생경했는지 모른다. 대다수 혜천원 아이들에게는 '엄마'란 호칭도 낯설었다. 우리에게는 엄마 아빠 대신 '선생님'이 있을 뿐이었다.

나는 초등학교 입학 후에야 친구들에겐 있지만 내겐 없는 '엄마'를 그리워했다. 아버지까지는 생각해 본 적이 없었다. 물론 아버지란 말을 하지 않은 건 아니었다. "하나님 아버지!" 기도할 때면 하나님 아버지를 찾았지만, 아무래도 다른 느낌이었다.

중2 때 학교 친구들은 대부분 '아버지'라면 질색했다. 친구끼리의 대화에 올라오는 아버지는 권위적이었고, 엄마와는 상반된 이미지였다. 회사 일을 핑계로 밤늦게 술에 취해 귀가하기 일쑤였으며, 주말이면 집안일은 나 몰라라 하고 비스듬히 누워 텔레비전을 보다 잠들곤 하는 존재였다. 한 친구는 아버지가 어머니를 때리는 모습을 보았다고 했다. 아버지와의 '불통'으로 화가 나 있는 친구들, 아버지를 소 닭 보듯 하는 친구들도 있었다.

변 원장님 부임 후 혜천원의 공기가 달라졌다. 몸이 잰 분이라 우리 사이를 스쳐 지나갈 때면 바람이 휙 일곤 했다. 그때마다 다들 깜짝깜짝 놀랐다. 아무래도 오랫동안 여자 선생님들과의 생활에 익숙했기 때문이리라. 수많은 여자들에 둘러싸인 유일한 남자인데도 왠지 건장한 남자 열 명이 한꺼번에 들어온 느낌이 들 정도로 혜천원이 들썩거렸다.

'무섭다'는 느낌의 첫인상도 쉽게 바뀌지 않았다. 그동안 혜천원에서 가장 무서운 선생님은 유수자 선생님이었다. 아침 기상 시간에 일어나지 못하고 비몽사몽간에 있다가도 계단을 올라오는 유 선생님의 발자국 소리가 들리면 눈이 번쩍 뜨일 정도였다. 그런데 변 원장님은 유 선생님보다 더 무서워 보였다. 내 눈에도 원장님은 언제나 옷 속에 대꼬챙이라도 세워 넣은 듯 허리와 등이 꼿꼿했다. 쉰이 넘은 듯한데도 몸매가 호리호리했으며, 그동안 자신의 규칙에 한 치 어긋남 없이 살아온 분이라는 걸 원장님 모습에서 알 수 있었다. 행사가 있어 제복을 입으면 곁에 다가갈 수도 없을 만큼 위엄이 느껴졌다. 성경에서 읽은 '하나님의 군대'란 말이 저절로 떠오를 정도였다.

가장 먼저 식사 시간 분위기가 바뀌었다. 변 원장님은 식사 시간마다 식당에 들어오셨다. 그러곤 아이들이 밥을 다 먹을 때까지 그 사이를 천천히 돌아다녔다. 밥을 깨작대는 아이에겐 "국에 밥 말아 먹어라" 하시고, 밥을 맛있게 먹는 아이에게는 "복스럽게도 먹는다!" 칭찬도 해주셨다. 그렇게 우리가 밥 먹는 걸 다 본 뒤에야 식사를 하셨다.

한번은 밥을 먹다 원장님과 눈이 마주쳤다. 순간 뭐 잘못한 건 없는지 바짝 긴장했다. '잘못해서 눈 밖에 난다'라는 말은 최소한 나에겐 해당되지 않는 것 같다. 나는 잘못하면 눈 밖에 나는 게 아니라 눈 안에 든다. 반점 때문에 한 번 잘못한 일로도 여러 번 잘못한 것처럼 깊게 각인된다.

원장님이 옆에 와서 앉았다. 무슨 일인가 하고 아이들이 흘끔거리기 시작했다.

"다시 한번 잡아 볼래."

밑도 끝도 없이 뭘 잡으라는 말인지, 한 번에 알아듣지 못했다. 그러자 내 손에서 젓가락을 빼 가셨다.

"자 봐. 이렇게 검지를 움직여서 이렇게 이렇게 하는 거야."

내 젓가락질이 신통치 않다는 건 나도 알고 있었다. 그래도 밥을 빨리 먹는 데는 아무런 문제가 없었다. 찐 감자를 먹을 때면 내 젓가락은 어느 누구 것보다 더 빨리 날아가 감자에 꽂히곤 했다. 무엇보다 이제껏 젓가락질을 지적한 사람이 아무도 없었다.

원장님을 따라 검지를 오므렸다 펼쳐 보았다. 생각보다 쉽지 않았다. 젓가락질을 이제야 배우다니 좀 부끄럽기도 했다. 그런 내 마음을 읽었던 걸까.

"첫 술에 배부를 수 있나? 천천히 하면 돼, 천천히."

그렇게 제대로 된 젓가락질을 변 원장님에게 배웠다. 중학교 2학년 때 일이었다.

아픔은 잠시 머물 뿐

밤 9시 30분이면 취침 점호가 시작된다. 각자 방에 서서 인원 수만 파악했던 예전과 달리 변 원장님은 아이들에게 발을 보자 하셨다. 잠을 자기 전 발을 닦았는지 확인하는 거였다. 이 특별한 점호는 아이들과의 취침 인사인 셈이었다.

전에는 아이들이 많아 지그재그로 자야 하는 상황에서도 발 씻는 건 생각도 못했다. 그린내가 코를 찔러도 그런가 보다 했다. 겨울이면 얼음 같은 찬물에 겨우 눈곱이나 떼는 정도였다. 그러니 물을 데워서 하는 목욕은 연례행사 수준이었다. 아이들 사이에선 머릿니도 들끓었다. 방학이면 서로 머리를 뒤적여 이를 잡고 검사를 받았다. 복도에 한 줄로 서서, 잡은 이와 서캐를 종이에 올려 선생님에게 확인 받는 거였다. 이 일이 귀찮았던 아이들은 꾀를 내어 종이에 볼펜으로 까맣게 이를 그려 넣기도 했다. 혼자서 머릿니를 척척 잡아내는 도사급 아이들도 많았다.

그런데 이제 하루를 마치는 저녁 무렵이면 깨끗하게 얼굴을 씻고 발도 닦았다. 몸이 청결하다는 것, 발만 닦는데도 왠지 마음까지 깨끗해지는 느낌이었다.

잠자리에 누워 뒹굴뒹굴 잠이 들 때까지 옆의 아이와 이런저런 이야기를 나눈다. 누군가 말을 꺼낸다. "아직도 무섭나?" 변 원장님 이야기다. "무서운 것도 같고, 아닌 것도 같고." 무서울 것만 같던 원장님의 첫인상이 조금씩 바뀌고 있었다. 누구에게랄 것도 없이 내가 중얼거린다. "아버지는 뭘까?" 옆 친구가 모로 누우면서 심드렁하게 말한다. "모르지, 나는." 물론 나도 모른다.

젓가락질을 바르게 하면서 음식을 빨리만 먹으려던 습관이 바뀌었다. 맛도 느껴 가며 꼭꼭 씹어 먹었다. 다른 집 아버지들도 아이들에게 이렇게 젓가락질을 가르쳐 줄까 문득 궁금했다. 밥은 잘 먹는지 살펴보고 젓가락질을 가르쳐 주고 발 씻으라고 말해 주는 사람, 그게 바로 아버지가 아닐까. 잘은 모르지만 내게는 그런 사람이 아버지일 것만 같다.

아버지란 생각처럼 대단한 사람은 아닐지 모른다. 잠 속으로 빨려 들어가며 생각이 꼬리를 물고 이어졌다.

잊을 수 없는 남도여중 2학년 4반

학교에서 나는 더 이상 붉은 점 희아가 아니었다. 혜천원 고아 희아도 아니었다. 밝고 명랑하고 우스갯소리를 잘하는 희아였다. 학년이 달라지고 담임선생님도 바뀌었지만, 마음속에는 박민자 선생님 말씀이 깃대처럼 박혀 있었다.

여전히 아이들이 뒤돌아보기도 한다. 얼굴 반점 때문이 아니라, 지나가는 사람 다 들으라는 듯 내가 워낙 큰소리로 웃었기 때문이다.

반 친구 두 명이 싸웠는데 한 명은 내 짝이었다. 선생님이 두 아이를 일으켜 세웠다. 둘은 아직 분이 풀리지 않았는지 씩씩거렸다. "서로 화해해라!" 선생님 말씀에도 어느 누구도 먼저 손을 내밀지 않았다. "그래? 그럼 둘 중 한 사람이 먼저 다른 사람을 때려라." 예상치 못한 말씀에 두 아이의 눈이 휘둥그레졌다. "화해하기 싫고 계속 싸우고 싶으면 먼저 때리라고." 이번에도 아이들은 말을 듣지 않았다.

보고 있기에 답답했던 내가 짝의 머리통을 쥐어박았다. "이렇게 때리라고 쫌!" 누가 먼저 웃음을 터뜨렸는지는 모르겠다. 어이가 없었는지 선생님도 웃었고, 긴장감으로 팽팽하던 교실 안이 웃음바다가 되었다.

친구들과 교문을 나선다. 학교 앞 정류장에서 버스를 타는 친구들과 헤어진다. 수다를 떨면서 함께 걷던 친구들과도 하나둘 헤어지고 언제부턴가 혼자 걷고 있다. 학교에서 친구들과 밝고 명랑하게 지낸 만큼 갑자기 쓸쓸해진다. 쾌활하고 명랑한 성격과 외로움을 많이 타는 성격 중 어느 쪽이 부모님에게 물려받은 것일까.

어디선가 밥 짓는 냄새가 난다. 골목에서 엄마들이 큰 소리로 아이들의 이름을 부른다. 아이들이 우르르 자기 집으로 들어간다. 조금 전까지 아이들이 가지고 놀던 축구공만 공터에 덩그러니 남아 있다. 저녁이면 기분이 이상해진다. 아이들이 놀다 두고 간 공터의 축구공이 된 것 같다. 이제는 혜천원 대문을 보며 누군가를 기다리지는 않는다. 그저 언제 명랑했냐 싶게 풀이 죽어 오르막길을 올라갈 뿐이다.

아침부터 아이들은 수학여행 이야기로 왁자지껄하다. 조별 장기 자랑은 어떻게 할지 떠들어 대면서 "노래는 희아 니가 맡아라" 하고 덧붙인다. 하지만 나는 다른 날과 달리 그 대화에 낄 수가 없다. 수학여행을 갈 수 없기 때문이다. 그때 혜천원은 아이들의 수학여행까지 보낼 여력이 없었다. 간신히 먹고 입고 자는 것만 해결할 수 있었던 시절이다.

1만 9,800원. 수학여행비 고지서를 받았지만, 못 갈 걸 알기에 가방 안에 그대로 쑤셔 넣었다. 중학교 2학년이 되었지만 세상 모든 것을 먹는 걸로 바꿔서 받아들이는 버릇은 그대로였다. 수학여행비로 학교 매점에서 50원, 100원 하는 '노다지' '꺼벙이' 같은 과자를 얼마나 많이 살 수 있을까 하는 생각을 했다. 1만 9,800원은 내 눈엔 엄청나게 큰돈이었다.

종례가 끝나고 담임선생님이 나를 복도로 불러냈다.

"희아, 니 수학여행 안 가고 싶나?"

갑작스런 선생님 질문에 내 처지가 부끄러웠다. 실내화만 내려다본 채 대답 없는 내 마음을 아셨던 걸까. 선생님은 "알았다" 한마디를 내뱉고는 별 말씀이 없었다.

학급회의 시간이 되었다. 칠판에 적힌 안건은 '김희아 수학여행 같이 가기'였다. 친구들이 일어나서 이런저런 의견을 내놓았다.

친구들이 정말 고마웠고, 한편으로 미안함과 부끄러움이 일었다. 선생님은 학급회의가 끝날 때까지 나를 데리고 교실 밖에서 기다리셨다.

나를 제외한 반 친구들 59명이 한 사람당 300원씩 모아 내 수학여행비를 마련했다. 책가방 밑바닥에 눌려 있던 청구서를 꺼내 수학여행비를 냈다. 그 영수증은 차마 버릴 수가 없어서 오랫동안 간직해 두었다.

수학여행 전날 나는 밤잠을 설쳤다. 내 코골이 소리에 잠을 잘 수 없다며 같은 방 언니가 내 코를 사정없이 쥐고 흔들어 깨웠다. 그러고는 코를 고는 다른 애를 잡아내면 그때 잠을 잘 수 있다며 나를 '코골이 보초'로 세웠다. 벽에 기대 선 채로 잠간 졸다가 깼다. 이미 깊이 잠들어 있는 같은 방 아이들을 깨울 수 없어서 그대로 잠을 자려 했지만 이미 잠이 달아나 있었다. 그 밤 나를 깨운 언니도 나처럼 설레는 일이 있어 잠 못 이루고 있던 걸까. 아니면 근심이 있어 그랬던 걸까.

교문 앞에 관광버스가 줄지어 서 있다. 걸음을 서두른다. 작년 교회 수련회 때는 멀미를 심하게 해서 고생했다. 하지만 지금은 멀미 같은 건 걱정되지 않는다. 버스에 오르자 일찍 도착한 친구들이 이미 자리를 잡고 친한 아이들과 나란히 앉아 있다. 자리를 찾아 들어가려는데 누군가 나를 부른다. "희야, 나랑 앉을래?" 친구와 나란히 앉아 간식도 나눠 먹고 수다 떨고 웃으며 가다 보니 시간이 정말 빨리 흘러갔다.

우리가 첫날 묵은 곳은 속리산에 있는 명성여관이었다. 집을 떠나 처음 여관에 묵어 보는 아이들은 신이 났다. 부모님의 간섭도 감시도 없으니 마음껏 놀 생각이었다. 명성여관의 구조는 혜천원과 비슷했다. 복도를 따라 방들이 늘어서 있고, 방문엔 방 호수가 적힌 작은 팻말이 붙어 있었다. 뭔가 색다른 걸 기대했던 나로서는 김이 좀 샜다.

명성여관을 보고 나니 가정집 내부는 어떻게 생겼을지 더 궁금해졌다. 혜천원 아이들과 선생님들은 혜천원 밖의 집들을 통틀어 '가정집'이라고 불렀다. 엄마 아빠가 있는 평범한 집이라는 뜻도 되지만, 그들이 사는 형태의 집을 일컫는 말이기도 했다. 우리는 '혜천원 아이'이고 다른 아이들은 '가정집 아이'였다. 선생님들은 우리를 혼낼 때 곧잘 '가정집 아이'들 얘기를 꺼냈다.

"가정집 아이들이라고 다 행복한 줄 아나? 가정집 아이들이라고 불만이 없는 줄 아는 기가?"

명성여관은 방 하나가 스무 명이 들어갈 수 있을 만큼 컸다. 크기 빼고는, 수학여행 온 아이들이 남긴 낙서로 벽이 지저분하고 벽지도 찢겨 있어서 별로였다. 식당의 음식도 형편없었다. 그래도 신이 났다.

낮에는 친구들과 정신없이 웃고 떠들다 밤이 되어 커다란 방에 친구들과 나란히 누워 잠들었다. 친구들은 이렇게 커다란 방이 어색한 모양이었다. 가구가 없는 큰 방에서는 소리가 울리는데 그게 신기하다가 까르르 웃었다. 집을 떠나 신이 난다더니 어느새 깊은 잠에 빠져 낮게 코를 고는 아이들도 있었다. 나는 또 잠을 설쳤다. 몇은 잠자리가 낯설어서, 몇은 친구와 조잘거리느라 새벽까지 잠을 설쳤다.

오랜 시간이 지났지만 '명성여관'이라고 적힌 간판만은 아직도 선명하게 떠오른다. 나를 수학여행에 가게 하려 열띠게 회의하던 친구들 모습, 그리고 교탁에 쌓이던 100원짜리 동전들도. 마음속으로 그리운 친구들의 이름을 불러 본다.

남도여중 2학년 4반 친구들, 정말 고마웠어!

천국과 가정집

도시락을 싸서 학교에 가고, 친구들과 도시락을 먹으며 수다를 떨고, 주말이면 친구 집에 놀러 가거나 친구가 놀러 오는 평범한 일상이, 누군가에게는 특별한 일이 될 수도 있다. 사람들의 시선을 끌지 못해 속상해하는 사람도 있지만, 온종일 한 사람의 시선에도 들지 않아 운이 좋다고 여기는 사람도 있다.

중학교 2학년의 12월에는 좋은 일들이 가득했다.

리그니 후원자님이 잊지 않고 성탄 카드와 귀여운 곰 인형을 선물로 보내 주셨다. 내가 만들어 보낸 카드가 정말 마음에 들었단다. "정말 네가 만든 거니?"라고 물어 보시기까지 했다. 후원자님의 어머니는 뉴멕시코란 곳에 사시는데 성탄절에는 후원자님도 그곳에 가실 거라고 했다. 후원자님의 이야기를 통해 나는 캘리포니아가 어디에 있는지 알게 되었고, 뉴멕시코란 새로운 지명도 알게 되었다. 뉴멕시코가 멕시코에 있지 않다는 것도.

중1 여름, 사진을 새로 찍어 후원자님에게 보내 드렸다. 아마 내 변화를 눈치채셨으리라. 반점을 훤히 드러낸 머리 모양도 그렇거니와 사진 속에서 입을 크게 벌리고 웃고 있는 내 얼굴 표정도. 내가 정말 즐거워한다고 느끼셨을 것이다. 후원자님은 후원을 시작한 뒤 한 번도 거르지 않고 내 안부를 물어 보고 후원금도 보내셨다. 게다가 후원금이 많지 않다며 늘 미안해하셨다.

구세군교회 사관님을 비롯한 혜천원의 변 원장님까지, 나는 항상 그분들의 몸에 밴 근검절약과 검소한 삶을 곁에서 보며 자랐다. 직접 만나지는 못했지만, 리그니 사관님 또한 그분들과 그리 다르지 않으리라. 많지 않아서 미안하다 하시지만, 결코 여유가 있어서 후원금을 보내는 게 아니라는 사실도 알고 있었다.

대통령 하사품도 도착했다. 어린아이들은 가을이 되기 전부터 눈이 빠지게 이 선물을 기다렸다. 선물이 도착하면 커다란 종합선물세트 상자를 하나씩 가슴에 안고 연신 벙글거린다. 물론 중학교 2학년이 된 내게도 여전히 반가운 선물이다. 아이들은 각자의 비밀 장소에 과자 상자를 숨겨 놓고 아껴 가며 먹었다.

일찍 찾아온 추위도 선물이었다. 여느 해보다 맹추위가 빨리 찾아와 한낮에도 거리에서 사람을 찾아보기 어렵다. 어쩌다 만나는 행인들도 너무 추워 종종걸음으로 다녔다. 추위 때문에 반점의 색깔도 어느 해보다 붉어졌지만, 거리에는 그런 나를 주목할 시선을 찾을 수 없었다.

뭐니뭐니 해도 그해 가장 기뻤던 일은 반장의 생일에 초대를 받은 것이었다. 수업이 끝나 가방을 챙기는데, 반장이 다가왔다. "희아야, 내 생일에 우리 집에 올래?" 생일 파티에 초대 받은 건 그때가 처음이었다.

나도 늘 친구 집에 초대받고 싶었다. 친구들을 초대하고도 싶었다. 친한 아이들끼리는 서로 집에 놀러 가는 것 같았다. 한 번도 '가정집'에 가 본 적이 없는 나로선 늘 혼자만의 방이란 어떤 곳일까, 그 방에 앉아 친구 어머니가 주시는 간식을 먹으며 친구와 함께 수다를 떨며 놀면 어떤 기분일까 하고 상상하곤 했다. 그런데 드디어 상상이 현실로 다가왔다.

12월 24일, 친구들과 버스 정류장에서 만나 반장네 집을 찾아갔다. 대문이 열리고 마당 안으로 들어섰다. 혜천원에 비할 바는 못 되지만 아담한 마당에 잘 손질된 정원수가 보인다. 대문에서 현관까지 딛고 갈 수 있는 납작한 돌도 놓여 있고, 잔디가 깔렸던 흔적도 있다. 마당 한쪽에 있던 강아지가 낯선 사람을 보고는 왈왈댔다. 계단을 밟고 올라가 현관문을 열자 지금까지 맡아 왔던 냄새와는 다른 냄새가 풍겨 온다. 단지 음식 냄새만이 아니었다.

거실 안쪽에 있는 부엌에서 음식 끓는 소리가 난다. 욕실에는 세면대와 욕조가 달려 있다. 반장의 방은 2층에 있다. 아, 이런 게 가정집이구나 감탄하고 있는데, 부엌에서 어머니가 나오셨다. 친구 엄마는 30년쯤 뒤 반장의 모습 같다.

거실 중앙엔 응접 세트가 놓여 있다. 우리는 소파 대신 테이블 주위로 둥그렇게 모여 앉았다. 바닥엔 까끌까끌하면서도 푹신한 카펫이 깔려 있다. 어느 것 하나 신기하지 않은 게 없어서, 나는 목을 길게 빼고 여기저기 둘러보느라 바빴다. 반장 엄마가 그런 나를 보고는 웃으셨다. 긴장해서 카펫에 음료수를 조금 흘리고 말았다.

시간은 정말 빨리 흘러갔다. 어딘가 커다란 모래시계가 있어서 그 안의 모래가 점점 빠져 내려가는 것을 보듯 마음이 초조해졌다. 우리는 오후 느지막이 반장네 집을 나왔다. 정말 신나는 하루였다. 집을 나서 골목을 빠져나오다 문득 뒤를 돌아보았다. 순간 반장 집에 있는 강아지가 부러워졌다. 몇 년 뒤 시설의 여자아이들을 대상으로 하는 예절 학교에서 꿈을 '현모양처'라고 말한 건 그때 만난 반장 엄마가 떠올라서였다.

교회에서 사관님이 천국에 대해 물은 적이 있다. 한 친구는 수많은 기둥이 있고 기둥마다 다른 보석들이 달려 있을 거라고 했다. 나는 일단 천국은 따뜻한 곳일 거고, 수많은 과일나무에 잘 익은 과일이 주렁주렁 매달려 있고 잘 익은 과일 향으로 가득할 것 같다고 했다. 내 말에 누군가가 "또 먹을 거 얘기하네!"라고 해 웃음이 터졌다.

사관님이 다시 물으신다면 나는 천국을 반장네 집이라고 말하고 싶었다. 엄마 아빠와 형제자매가 함께 사는 곳, 혜천원 아이들이 '가정집'이라고 부르는 곳. 천국은 멀리 있는 게 아니었다. 어쩌면 바로 모든 이웃 가정집들이 천국인지도 모르겠다.

마스크맨

중학교를 졸업하고 고등학교에 진학했다. 내가 다닐 고등학교는 버스로 한 시간 떨어진 거리에 있었고 통학 버스가 혜천원 근처 정류장까지 다녔다. 새로운 시작이니 설레야 하는데, 입학 첫날부터 두려움이 몰려 왔다. 모든 걸 되풀이하며 처음부터 다시 시작해야 한다는 생각에 기운이 빠졌다. 내 외모에 놀라는 아이들과 외모를 놀리는 아이들을 차례차례 다 겪어야 한다. 게다가 남녀 공학이다. 짓궂은 남학생들을 어떻게 감당할 수 있을지….

고등학교를 졸업하고 독립해서 살던 한 언니의 결혼 소식을 들었다. 어릴 때 방을 같이 썼던 언니의 결혼식에 갈 생각으로 마음이 부풀어 있었는데 연락이 영 오지 않았다. 나중에야 결혼식에 우리를 부르지 않았다는 걸 알았다. 언니는 신랑에게 자신이 보육원 출신이라는 사실을 감췄다고 했다. 그 얘기를 하는 언니나 듣는 우리나 아무 말도 하지 않았다. 언니의 마음을 충분히 이해하고도 남았으니까.

드러내 놓고 말은 하지 않지만 우리는 모두 '버려진' 경험이 있다. 그렇기에 혹시 보육원 출신이라는 말을 했다가 거절당하지 않을까 두려워한다. 또 버림받는 게 무서운 거다.

가끔 아기를 데리고 혜천원을 찾아오는 언니들도 있다. 아기를 보러 우르르 모여들면 선생님이 더러운 손으로 만지지 말라고 야단을 친다. 그러나 가끔 오던 언니들도 아기가 아장아장 걷기 시작하면 발길을 끊는다.

나 역시 고등학교 친구들에게 보육원 출신이라는 사실을 들키기 싫었다. 초등학교와 중학교 때는 학교가 혜천원에서 가까웠기에 내가 말하지 않아도 알려질 수밖에 없었다. 학교 다니는 혜천원 아이가 나 하나만 있는 것도 아니었다. 하지만 고등학교는 혜천원에서 버스로 한 시간 거리였다. 내가 말하지 않으면 아무도 모를 일이었다.

고등학교 1학년이던 1988년은 서울올림픽으로 온 나라가 떠들썩했다. 대구 시내도 환경 정비로 분주했다. 혜천원에서는 아이들이 강당에 모여 올림픽 노래 경연대회를 했다. 나는 〈손에 손 잡고〉를 불러서 일등상을 탔다.

나라가 온통 축제 분위기인데 나의 일상은 딴판이었다. 버스를 타도 운전석 가까운 자리만 찾았다. 뒷자리로 가는 동안 쏟아질 시선을 감당할 자신이 없었다. 운이 좋아 자리에 앉아서 갈 때면 고개를 숙이고 반점이 있는 뺨을 손바닥으로 가렸다. 그러면 깊은 생각에 빠진 듯한 자세가 되었다. 교회 수련회를 갈 때마다 멀미에 시달리곤 했는데, 고개를 숙이면 차 멀미가 덜하다는 걸 그때 알게 되었다.

남학생과 여학생이 뒤섞인 통학 버스 안은 소란스럽다. 학생이 많아 차 안이 비좁은데도 남학생들은 장난을 치느라 여념이 없다. 덩치만 컸지 하는 짓은 어린애들 같다. 남학생이라고는 구세군 연합 모임에서 잠깐 스친 경험밖에는 없다. 혜천원에 남자는 원장님 혼자뿐이었다. 그러니 내가 남자애들 심리를 어찌 알겠는가.

변성기가 지난 남학생들의 낮은 목소리에 깜짝깜짝 놀랐다. 초등생 때 봤던 남자애들과는 너무 달랐다. 햇빛 아래에서 보니 코밑에 거뭇거뭇 수염이 나 있다. 밝고 명랑하던 희아는 온데간데없고 다시 고개를 숙이고 다니는 옛날 희아로 돌아왔다.

고등학교에 입학하고 얼마 되지 않았을 무렵이다. 통학 버스에서 손잡이를 잡고 서 있었다. 학교가 가까워질수록 버스 안은 학생들로 가득해졌다. 조금씩 밀려 버스 뒤쪽으로 깊숙이 들어갔다. 나처럼 밀려 들어온 남학생 둘이 내 옆과 뒤에 붙어 섰다. 졸지에 두 남학생 사이에 낀 꼴이 되었다.

그때부터 안절부절못했다. 아니나 다를까, 옆에 선 남학생이 얼굴을 힐끗거리는 게 느껴졌다. 힐끔대는 시선에는 익숙했다. 꾹 참고 서 있는데 옆의 남학생이 뒤편 남학생 귀에 대고 속삭였다.

"야, 찌짐이다, 찌짐!"

가까이 서 있었기에 그 말이 다 들렸다. 어떻게 그렇게 아픈 곳을 콕 집어 말할 수 있을까. 봄이 되었지만 아직 날이 차가웠다. 모반의 혈관이 팽창하여 암적색을 띠고 있었다. 다른 살갗보다 두드러진 모반, 부침개 한 장이 얼굴에 달라붙은 것처럼 보였을 만도 했다.

사과 반쪽, 괴물, 아수라 백작 같은 별명을 듣던 때와는 사정이 달랐다. 한창 예민한 나이, 열여섯 살이었다. 중학생 시절 친구들과 어울려 큰 소리로 웃던 김희아라면 "지금 뭐라 캤어요?"라며 남학생을 똑바로 올려다보았을지도 모른다. 하지만 모든 것이 달라졌다. 그날 어떻게 학교까지 갔는지 기억이 나지 않는다.

어느 날 길을 가다가 한 여자와 부딪혔다. 운동복을 입은 작고 마른 여자였다. 급한 일이 있었는지 앞도 보지 않고 뛰어가다가 나와 부딪힌 것이다. 흰 마스크 위로 동그란 눈만 보였는데, 미안하다는 말도 없이 후다닥 뛰어가 버렸다. 그 순간 내 눈에 들어온 건 그녀가 하고 있던 '마스크'뿐이었다.

당장 마스크를 사서 얼굴에 썼다. 혜천원에 들어갔는데 나를 한눈에 알아보는 사람이 없다. 마스크를 벗었더니 그제야 "아, 난 또 누구라꼬!" 하며 웃는다. 뒷마디는 모두 비슷하다. "니 감기라도 걸렸나?" 마스크를 하고 있으면 금방 코와 입 주변이 축축해졌다. 숨을 쉴 때면 마스크가 코에 달싹 달라붙어 불편했다. 마스크를 쓴 나를 생각보다 많이 힐끔거렸지만 그게 다였다. 예전과 달리 힐끗 한번 보고 말았다.

마스크를 쓴 사람에게 호의적이지 않은 경우도 많았다. 뭔가 숨길 게 있는 사람으로 여겨 우선 경계하고 보는 듯했다. 요즘에야 코로나19 같은 감염병이나 여러 다른 이유로 마스크가 일상용품이 되었지만, 그 시절에는 그랬다. 얼굴 반점이 너무 커서 마스크로도 다 가려지지 않았다. 하지만 적어도 사람들의 시선을 분산시킬 수는 있었다.

고등학교 1학년 때부터 지금까지 마스크를 써 오고 있다. 마스크를 쓰기 힘든 여름에만 잠깐 벗을 뿐이다. 마스크를 쓰고 있어서 한눈에 나를 못 알아봤다는 친구들이 있다. 마스크 없는 내 얼굴에 익숙한 오랜 친구들이다. 반면에 마스크를 쓰고 있어서, 사람들이 많이 모인 광장에서도 단번에 나를 찾았다고 하는 사람들도 있다. 외출할 때 양말은 신지 않아도 마스크는 꼭 하고 나간다. 이제는 너무나 익숙해져 마치 피부처럼 느껴진다.

방송에 출연한 뒤로 나를 알아보는 분들이 있다. 정말 신기한 건 마스크를 쓰고 있는데도 알아본다는 것이다. 같이 가던 남편이 신기한 듯 물어 본다.

"마스크를 꼈는데 우예 알아보노?"

마스크, 정말 묘하다.

고아 첨 봐?

내가 다닌 고등학교는 입학 때 과를 정했다. 그러니 1학년부터 3
학년까지 반이 바뀔 일이 없었다. 우리 반은 임업과였다. 임업장으
로 실습을 다니고 조를 짜서 함께 하는 작업이 많아 반 아이들과
금세 친해졌다. 얼굴의 반점도 잠깐 흥밋거리가 되었을 뿐 이내 아
무렇지 않아졌다.

　쉬는 시간이면 남자애들과 스스럼없이 '말뚝 박기' 같은 놀이
도 했다. 주로 임업 관련 공부를 하지만, 졸업 후 대부분 전공과 무
관한 곳에 취업한다고 들었다. 고등학교 졸업 후 장래에 대한 고민
도 공통 관심사여서 우리 사이에는 묘한 연대감이 있었다.

아픔은 잠시 머물 뿐

어느 날 어느 때와 다름없이 등교했는데 몇몇이 모여 웅성대다가 나를 보고는 슬금슬금 시선을 피한다. 맨 처음 얼굴 반점을 보았을 때와 비슷한 반응이다.

"뭐꼬? 빨리 말 안 하나?"

옆에 있던 남자애의 어깨를 냅다 후려갈겼다. 평상시 같으면 맞받아쳤을 녀석인데 반응이 없다.

잠시 후 이유가 드러났다. 우리 반 총무가 생활기록부를 보다 우연히 내가 혜천원 아이라는 걸 알게 된 것이다. 내가 등교하기도 전에 이미 다른 친구들도 그 사실을 알아 버린 거였고. 반에서 워낙 밝고 명랑한 성격이라서 보육원에서 살고 있으리라고는 상상도 못 했단다.

"니 고아가?"

"진짜가?"

"에이 설마….."

어쩌다 눈이 마주치면 슬그머니 시선을 피한다. 너무 화가 나서 "고아 처음 보나? 와, 내가 이마에 고아라고 써 붙이고 댕겨야 하나?" 냅다 소리를 지르고 싶었다. 산통이 다 깨졌다는 생각뿐이었다. 정말이지 그 사실만은 알려지지 않길 바랐다.

붉은 반점만으로도 흘끔거리는데 이제 고아라고 손가락질까지 당하게 생겼다. 그땐 정말 스무 살까지만 살고 싶었다. 차라리 시한부 삶이었다면 이런 지긋지긋한 상황과 아픔, 서러움을 견딜 수 있었을까.

처음으로 혜천원 점호 시간을 넘겨 귀가했다. 변 원장님이 나를 바라보신다. 아무 말씀 없지만 원장님 눈빛은 '희아 뭔 일 있나?' 하고 물으시는 듯하다. 이젠 딱히 못살게 괴롭히는 언니도 없다. 더는 언니들이 시키는 일이라면 하기 싫어도 다 해야 하던 꼬맹이가 아니다. 나도 머리가 굵을 대로 굵었고, 어느덧 언니뻘이 되었다. 혜천원 생활도 조금씩 나아져서 배를 곯는 일도 없고, 먹을 것을 찾아 지하실로 숨어들 필요도 없어졌다. 그런데 고아라는 사실은 왜 더 아프고 서럽게만 다가오는지 모르겠다.

길에서 똑같은 옷을 입은 혜천원 아이들을 마주치는 일도 딱 질색이다. 혜천원 근처라면 그러려니 하겠지만, 젊은이들로 가득한 중앙로 대구백화점 앞이나 계명대학교 앞에서 같은 옷을 입고 딱 마주칠 때가 있다. 그럴 때면 누가 먼저랄 것도 없이 피하고 본다.

똑같은 옷을 입게 된 건, 대통령이 바뀐 이후 시설로 보내는 하사품이 옷으로 바뀌었기 때문이다. 솜을 넣은 초록색 파카였는데 평상시라면 엄두도 못 내는 좋은 옷이다. "올겨울엔 추위 끝!"이라며 다들 신나 했는데, 웬걸, 컬러와 디자인이 하나같이 똑같았다. 이 옷을 입고 나가면 혜천원 아이라는 것을 동네방네 광고하는 것과 다를 바 없었다.

과자가 든 종합선물세트가 백번 낫다는 불평이 쏟아졌다. 옷을 입을 아이들 처지를 한 번도 생각해 보지 않고 보낸 선물이라고 언니들이 투덜댔다. 고3 언니들은 옷을 받자마자 아무 데고 휙 던져 놓았다. 삐딱하게 행동하는 아이들 중 몇은 눈에 안 보이는 곳에 쑤셔 넣어 버렸다. 나머지 아이들이 파카를 입고 다니다가 여기저기서 마주치는 것이었다. 그렇게 몇 번 부딪친 뒤로는 나도 잘 입지 않았다.

나중에 엄마가 되어 두 아이에게 똑같은 옷을 입히고 똑같이 머리를 묶어 준 적이 있다. 순간 그토록 입기 싫었던 대통령 하사품이 떠올랐다. 그 기억이 그토록 오랫동안 지워지지 않고 남아 있어 새삼 놀랐다.

혜천원에서 도망치고 싶은 때가 있었다. 언제든 도망갈 수도 있었다. 학교 가는 길에 딴 곳으로 새면 간단했다. 그날 점호 시간이나 되어서야 선생님들은 내가 사라진 걸 아시겠지만, 그 시간쯤이면 나는 대한민국 어느 곳에도 가 있을 수 있다. 혜천원을 떠난다면 나는 어디로 가야 할까?

어느 기차역 대합실 풍경이 떠오른다. 어디로 가야 할지 몰라 대합실에 앉아 있는 여자애의 모습도. 사고무친(四顧無親), 말 그대로 천지 사방을 아무리 둘러보아도 의지할 친척 하나 없는 신세….

그때까지 수련회로 다른 도시 몇 곳을 가 본 게 다였다. 갈 데가 없다는 건, 마음 내키는 대로 아무 데든 갈 수 있다는 말도 된다. "정들면 고향"이라는 말도 있잖은가. 그런데 어디로든 도망은 간다 하더라도 뭘 하며 살아갈 수 있을까? 이런 외모의 나를 받아 줄 곳이 있기는 할까? 솔직히 말하자면, 도망치려다 마음을 바꿔 혜천원으로 돌아간 적도 몇 번 있다.

혜천원으로 돌아가는 통학 버스를 놓친 적도 많았다. 일반 버스를 타고 갈 때면 대학생들이 우르르 타기도 한다. 마스크를 쓰고 있으면서도 얼굴을 들킬까 봐 고개는 들 생각조차 못한다. 그저 고개를 숙인 채 그들의 대화를 들을 뿐이다. 대학 생활이란 어떤 걸까. 알아듣지 못하는 말도 많다. 전 과목 F를 맞을 것 같다고 엄살을 부리는 사람도 있지만 그마저도 부럽기만 하다. 대학이 어떤 곳인지 꼭 한번 다녀 보고 싶은 마음이 들었다.

마음 상태가 이 모양이니 점호 시간인들 잘 지켰을까. 모범을 보여야 할 언니가 삐딱하게 굴고 있으니 선생님들의 시선이 곱지 않다. 주말이면 식당 설거지부터 빨래며 대청소까지, 혜천원에는 해야 할 일이 산더미다. 나는 그저 '눈 가리고 아웅' 식으로 건성건성 한다. 동생들이 숙제에 대해 물어도 들은 척 만 척이다. 동생들 사이에서 불만이 터져 나오지만 알아차리지 못한다. 제 발등에 떨어진 불 때문에 아무것도 눈에 들어오지 않는다.

언제든 도망갈 수 있게 책가방에 전 재산을 넣어 두었다. 재산이라야 얼마 되지 않는다. 후원자님의 편지와 카드, 혜천원에서 찍은 사진 몇 장뿐.

오늘은 꼭 도망가야지 하는 생각으로 학교 사물함에 넣어 둔 물건들을 정리하러 학교에 갔다. 학교 게시판에 큼지막한 안내문이 붙어 있다. 아이들이 그 앞에서 술렁인다. 수학여행을 알리는 안내문이다. 배를 타고 제주도로 간다는데, 이렇게 혜천원을 나간다면 언제 제주도에 갈 수 있을까 싶다. 제주도는 꼭 한 번 가 보고 싶었던 곳이다. 도망갈 때 가더라도 수학여행은 다녀오기로 마음먹는다.

혜천원 상황이 나아지긴 했다지만 수학여행은 여전히 다른 나라 이야기다. 중학교 수학여행은 친구들의 도움으로 다녀올 수 있었지만, 고등학교 여행마저 그럴 순 없다. 문득 박민자 선생님이 생각났다. 내가 이렇듯 소심하고 나약해졌다는 걸 아시면 크게 실망하실 것 같다. 다시 한번 선생님의 기운을 받아 오고 싶다. 수학여행을 꼭 나와 함께 가겠다며 회의하던 친구들도 그립다. 인생에서 감사해야 할 사람이 정말 많다.

그날부터 수학여행비를 어떻게 마련할지 궁리하기 시작했다. 혜천원 아이들은 그냥 포기하고 만다. 어쩔 수 없는 일은 할 수 없는 거라며 지레 포기하는 게 속 편하기 때문이다. 하지만 노력도 해 보지 않고 포기할 수는 없다. 그건 김희아가 아니다.

뜻이 있는 곳에 길이 있다고, 영선시장 근처 공장에 구인 공고가 붙었다. 가내 수공업을 하는 작은 공장이었다. 방과 후에 아르바이트를 시작했다. 직원이 몇 되지 않는 공장은 늘 일손이 부족했는데, 대구의 문구사들에 납품할 문구류를 만드느라 잔업하는 날이 많다고 했다. 조무래기 손이라도 필요하던 참이라며 반갑게 맞아 주었다.

설명을 듣고 바로 일을 시작했다. 칠판지우개 속을 솜이나 스펀지 조각으로 채운다. 먼지로 목이 매캐하다. 한쪽에서 먹을 갈아 놓으면 먹물을 퍼서 작은 플라스틱 통에 담는다. 학교에서 쓰는 물품과 문방구가 이렇게 만들어지는구나 싶어 신기했다. 어느덧 점호 시간이 다가온다. 늦지 않게 헐레벌떡 언덕을 뛰어 올라간다. 늘 용돈이 부족하지만, 따로 돈을 버는 일은 혜천원에서 금지되어 있었다.

한 시간에 500원 벌이였지만 차곡차곡 쌓여 드디어 4만 9,800원이 모였다. 이제 수학여행에 갈 수 있다! 그런데 선생님이 수상한 낌새를 눈치채셨나 보다. 어느 날 혜천원에 돌아오니 개인 사물함에 편지가 한 통 들어 있었다. 여섯 장이나 되는 긴 편지. 채미숙 선생님의 편지는 이렇게 시작하고 있었다.

희아야!

마음이 몹시 아프다. 밀려드는, 북받쳐 오르는 눈물 덩이를 삼킬 수가 없다. 얼마나 아플까. 막막한 곳으로 탈출해 보려는 희아의 시도를 탓할 생각은 없다. 다만 그동안 내가 희아에게 조금이라도 도움이 되지 못했구나, 미안해하고 있다는 것만은 전하고 싶다.

아픔은 잠시 머물 뿐

나름의 방식으로 사랑했는데 희아는 전혀 못 느끼고,

도움도 전혀 받지 못한 것 같다. 지금 난 나 자신을 탓하고 있다.

희아야, 그렇지만 선생님 얘기 좀 들어 줄래? 희아의 괴로움, 고통

그리고 답답함, 모두 다 알지는 못하지만 조금은 이해할 수 있어.

선생님은 내 고민과 고통이 비단 혜천원 아이라서 겪는 것은 아니라고 하셨다. '가정집' 아이라고 해서 이런 고통이 없는 게 아니라는 말도 하셨다. '누구 때문에, 무엇 때문에 못 견디겠어'라는 변명이나 핑계는 아무 도움이 안 된다고도 덧붙였다. 선생님은 내 일을 자신의 아이 일처럼 마음 아파하셨다. 나 때문에 이렇듯 선생님이 힘들어하신다는 것을 알고 나도 마음이 아팠다.

채미숙 선생님의 편지가 큰 힘이 되었음은 두말할 나위가 없다. 그로 인해 마음을 다잡을 수 있었다. 하지만 이와 별개로, 내가 도망가지 않는다 해도 혜천원을 떠나 홀로 독립해야 할 시간이 이제 겨우 1년 반 앞으로 다가와 있었다.

첫사랑 성재

노래에는 신기한 힘이 있다. 가만히 듣고 있노라면 그 노래를 들었던 상황이 고스란히 재현된다. 그래서 '그 시절 그 노래'라고들 하는 모양이다. 거리를 지나다가 근처 음반사에서 흘러나오는 노래를 들을 땐 기분이 좋아진다. 좋아하는 노래라면 더욱 그렇다. 잠깐 길가에 서서 노래를 듣는다. 그리운 얼굴들이 스쳐 지나간다.

　나의 고등학생 시절은 가수 이문세의 노래와 함께였다. 통학 버스를 타기만 하면 이문세의 노래를 들었다. 〈파랑새〉〈가을이 오면〉〈그녀의 웃음소리뿐〉…. 테이프가 끝까지 한 번 돌아가면 학교에 거의 다 왔다는 신호였다.

2학년이 되었지만, 남자애들이 여전히 이성으로 다가오진 않았다. 학교에서 게임을 하느라 손을 잡아도 어떻게 하면 벌칙으로 더 세게 때릴 수 있을지만 궁리하던 시절이었다. 어느 날 통학 버스를 탔을 때의 일이다. 분명 정원이 있을 텐데 지켜진 적이 없다. 학생들이 꾸역꾸역 계속 올라온다. 만원 버스 안에서 한 시간이나 서서 가야 하니 등하굣길이 고역이었다.

마침 눈앞에 낯익은 얼굴이 보였다. 빽빽한 학생들 틈바구니에서 습관처럼 장난을 걸었는데 별 반응이 없었다. 그러더니 얼마 후, 경주 집에 가는 중이라 남부터미널에서 내려야 한다면서 경주 전화번호를 건넸다. 그 애가 성재였다.

고1 때부터 같은 반이었던 아이, 아무렇지 않게 늘상 스쳐 지나가던 한 남자애가 어느 순간 마음속에 들어왔다. 어느 날 문득 수많은 남학생들 사이에서 한 남자애를 눈으로 좇고 있다는 걸 깨달았다. 교실에 들어서는 순간부터 그 애가 왔는지, 어디 있는지부터 살폈다. 쉬는 시간이면 자리에 앉아서 그 애가 누구와 말하고 누구와 장난을 치는지도 지켜보았다.

성재는 남학생들 사이에서 눈에 띄는 아이가 아니었다. 그 애가 눈에 들어온 건 2학년이 시작된 지 얼마 지나지 않아서였다. 어느 날 그 애가 말을 걸어 왔다.

"희아야, 자 좀 빌려줄래?"

대답도 없이 딱 소리가 나게 손바닥에 자를 올려 주었으리라.

스스럼없이 지내는 남학생들은 내 이름을 부르지 않는다. 별명을 부르거나 '가시내'라고 편하게 불렀다. 그런데 그 남자애가 이름을 불러 준 것이다. 그 아이가 내 이름을 불렀을 때 그 어느 때보다 다정하게 느껴졌다.

혜천원은 변함없이 금남의 집이었다. 남학생한테 오는 전화는 바꿔 주지 않는다. 전화기도 사무실에만 있어 긴급한 전화만 받을 수 있다. 성재와 통화하기 위해서 내가 동전을 챙겨서 혜천원 바깥 가게의 공중전화 부스로 간다. 같은 학교, 같은 반이니 별달리 할 말은 없다. 성재는 유치원에서 노래를 배워 와서 온종일 흥얼거린다는 다섯 살 난 조카 이야기를 주로 했다.

"아기 염소 서넛이 풀을 뜯고 놀아요, 그다음이 뭔 줄 아나? 자꾸 뭐라 캐쌌는데 발음이 부정확해서 알아들을 수가 있어야지."

둘이서 다음 가사를 알아맞히려다 통화가 끝나기도 한다. 성재는 조카가 놀이터에서 놀다 미끄러져 이마에 멍이 생긴 이야기, 어린이집 가기 싫다고 꾀병 부린 이야기 등을 늘어놓는다. 그동안 이렇게 사소한 이야기를 나눈 친구는 없었다. 이대로 시간이 멈췄으면 싶은데 시간은 너무 빨리 흐르고, 그럴수록 통화를 더 오래 하고 싶어진다.

하지만 누가 고아에 커다랗고 붉은 얼굴 반점이 있는 여자애를 좋아하겠는가. 오랫동안 전화 통화가 이어졌지만 우리는 선을 지켰다. 나는 성재에게 '니를 좋아한다'는 말을 하지 않았고, 성재도 내가 그런 말을 꺼낼 빌미를 주지 않았다. 서로 말을 꺼내지 않는 건 우리 사이의 불문율이었다. 그 말을 했다가는 그나마 편하게 통화하는 친구 관계마저도 깨질까 봐 서로 조심스러웠다. 좋아한다고 말은 못 하지만 이렇듯 전화하면 받아 주는 친구로 성재는 마음 둘 곳 없는 내게 옆자리를 내주었다.

저녁이면 어디론가 사라졌다 나타나고, 멍하니 한곳만 바라보기도 하고, 몇 번이나 말을 해도 못 알아들었다. 게다가 나는 비밀을 마음에 담아 두지 못하는 기질이었다. 여기저기 이야기하다 보니 혜천원에서 성재를 모르는 아이가 없었다. 내 앞에서 성재, 성재 하고 제 친구 부르듯 불러댔다. 저녁 먹고 일어서면 선생님들도 슬쩍 "성재는 잘 있나?" 물어 보실 정도였다.

반 친구들도 모두 알았다. 저녁에는 친근하게 전화 통화를 하는 사이였지만, 다음 날 학교에서 만나면 언제 그랬냐는 듯 우리는 서로 데면데면하게 굴었다. 그런데 어떻게 눈치를 챘는지 알다가도 모를 일이었다.

수업 시간 뒷줄에 앉은 성재가 옆자리 아이들과 떠들다가 걸렸다. "안 되겠다. 조성재, 니 요 앞으로 와 앉아라!" 마침 내 옆자리가 비어 있었고, 성재가 책과 공책을 들고 와서 앉았다. 짓궂은 남자애들이 뒤에서 작은 소리로 흥얼거렸다. "연결됐네, 연결됐네…."

그렇게 싫었던 학교가 좋아졌다. 성재가 있어서 좋았고, 학교가 자랑스러웠다. 덕분에 나는 학교를 무사히 졸업할 수 있었다.

그날도 성재에게 전화를 걸었다. 성재가 말을 더듬거렸다.

"희아야, 니한테 할 말이 있는데….'

문득 두려워졌다. 성재가 무슨 말을 할지도 모르면서 듣기 싫었다. '네 얼굴 때문에' '네가 고아라서' 같은 말이 나올까 싶어 얼른 화제를 바꾸었다. 그 바람에 성재가 하려던 말은 끊기고 말았다.

그날 밤 잠을 설쳤다. 성재는 대체 무슨 말을 하려 했을까? 수많은 생각이 지나갔다. 혼자 괄호 안에 답을 써넣는 기분으로 다음 말을 떠올려 보았다. 나도 니가 좋은데 니가 보육원 고아라서…. 다른 건 괜찮은데 사람들이 자꾸 니 반점을 쳐다봐서…. 니한테 할 말이 있는데… 할 말이 있는데… 할 말이….

그가 하려던 말이 무엇이었는지는 졸업을 하고 나서야 알았다. 반 친구들은 다 알고 있었는데 나만 몰라서 혼자 설렜다. 오래전부터 좋아해 온 애가 따로 있으니 이제 통화 그만해야겠다는 말을 하고 싶었다는 걸 알고는 더 이상 전화를 할 수 없었다. 문득 성재가 좋아했던 여자애가 물었던 말이 떠올랐다. "희아야, 니가 좋아하는 사람이 다른 사람을 좋아하면 어떻게 할 건데?"

감사의 차별

주말이면 여자애들은 한껏 차려입고 외출 준비를 한다. 앞머리를 부풀리고 입술에 화장품도 살짝 바른다. 또래 여자애 중 몇은 벌써 남자친구를 사귀는 눈치다. 내년이면 그 애들은 스무 살이 된다. 빈말일지라도 "희아야, 같이 나가자"라는 말 한마디 없다.

여자애들이 우르르 혜천원을 빠져나갈 때면 말수 적은 유 선생님도 한마디 하신다. "좋을 때다." 식당 선생님도 한마디 거든다. "꽃이 핀다, 꽃이!"

내년이면 나도 스무 살, 일곱 살에 입학해서 한 살 어리지만 나도 그 대열에 들어간다. 인생의 진정한 시작은 스무 살부터가 아닐까 하는 생각이 든다. 확실히 혜천원 아이들에게 스무 살은 '시작'의 의미로 다가온다. 혜천원을 나가서 새로운 시작을 해야 하기 때문이다.

다른 애들과 달리 선생님들이 나 때문에 한걱정하는 것도 잘 알고 있다. 다른 친구들은 곧 꽃 피는 스무 살이 되는데 난 아무것도 변하는 게 없을 테니까. 스무 살 꽃다운 나이지만 다른 애들과 달리 연애 한번 못 해 보겠지. 예쁘다는 소리는커녕 어딜 가나 동물원 원숭이처럼 흥밋거리가 될 테지. 그러다 시집도 못 가고 늙어서 사람들의 동정만 살 테지….

얼굴 반점의 무게가 어릴 때와는 다르게 다가온다. 차라리 스무 살까지만 살라고 하면 좋겠다. 시간은 너무 빨리 흘러 그날이 하루하루 가까워진다. 아이들은 직장을 알아보는 모양이다. 상고 졸업반인 아이 몇은 자격증을 따느라 밤새도록 공부하고, 은행이나 회사의 경리부서에 이력서를 내고 시험 준비도 한다.

여름방학이 코앞으로 다가왔지만, 흥이 나질 않았다. 가지고 있는 물건들을 하나씩 정리했다. 혜천원 퇴소 날에 닥쳐서 부랴부랴 짐을 정리하고 싶지는 않았다. 정리할 게 별로 없을 줄 알았는데 그동안 후원자님께 받은 선물만 해도 한 상자였다. 후원자님의 편지와 사진, 감사했던 순간의 징표를 작은 상자에 잘 챙겼다. 버릴 건 버리고 동생들에게 줄 건 따로 빼놓았다.

아이들이 혜천원을 빠져나간 주말이면 혼자 옥상에 올라가 흘러가는 구름을 바라본다. 부쩍 말수가 줄었다. 장래 일을 의논할 친구라도 있으면 좋을 텐데, 그날 이후 아예 성재와도 통화를 하지 않았다. 미래가 불안하긴 성재도 마찬가지일 것이다.

여름방학 중 임업장 실습 기간에 일부러 성재와 다른 조에 들어갔다. 두 조로 나뉘어 가는데 성재가 어느 조인지 봐 두었다가 일부러 다른 조에 끼었다. 우연인지 모르겠지만 성재와 성재가 좋아하던 여자애는 한 조가 되었다. 그때도 나는 성재가 그 여자애를 좋아한다는 걸 전혀 모르는 바보였다.

옥상은 혜천원에서 내가 제일 좋아하는 장소로 여러 추억이 서려 있다. 비가 오면 옥상 네 귀퉁이의 배수구 구멍을 막고 빗물을 받았다. 그렇게 물이 정강이까지 차오르면 다 같이 모여 물놀이를 했다. 겨울에 눈이 오면 눈을 그릇에 담아 삼성당을 조금 넣고 비벼 먹기도 했다. 학교에서 조금 늦게 돌아와 밥이 떨어져 굶을 때면 혼자 옥상으로 올라가 눈물을 쏟았다. 넓은 옥상은 내게 엄마 품처럼 포근하고 따뜻한 곳이었다.

녹음이 짙은 어느 날 옥상 바닥에 팔을 괴고 누웠다. 파란 하늘에 구름이 천천히 흘러간다. 내 속의 무언가가 조금씩 구름에 실려 흘러가는 것 같다. 채미숙 선생님이 편지에 쓰신 것처럼, 도망가지 않고 그 순간을 참아 낸 건 잘한 일인 것 같다. 왜 그렇게 혜천원에서 달아나고 싶어 안달했는지, 가능하다면 시간을 되돌리고 싶었다. 아이들에게 똑같은 놀림을 받는다 해도 그때로 돌아가고 싶었다. 그렇게 되면 이렇듯 불안하지는 않을 것이다.

고등학교 졸업과 동시에 시설을 나가 독립하는 건 혜천원만의 규칙이 아니었다. 전국 모든 시설의 사정도 마찬가지였을 것이다. 국민 세금으로 아이들을 마냥 부양할 수는 없을 테니까. 이제 혼자서 삶을 꾸려 나가야 한다. 그동안 누군가의 보호 아래 있었지만 이젠 철저히 혼자가 된다. 정말 혈혈단신 고아가 되는 것이다.

코끝이 싸해진다. 지난 주일에도 교회에 남아 기도했다. 얼굴의 반점이 아닌 마음을 봐 주는 곳이 나타나게 해 달라고. 그러면 정말 열심히 일하겠다고.

드넓은 하늘에 구름이 천천히 흐른다. 스르르 눈꺼풀이 감긴다. 눈을 뜰 때마다 구름이 보인다. 그러다 잠이 들었나 보다.

"김희아! 희아야…."

누군가 흔들어 깨우는 소리에 눈을 뜨니 유 선생님이었다. 작고 깡마른 선생님 얼굴은 안경 쓴 소년 같다. 나보다 딱 스무 살이 많은 유 선생님이 재촉하셨다.

"니 감기 걸리면 우짤라꼬. 빨리 일어나라. 원장님이 부르신다."

원장실로 가면서 문득 의문이 들었다. 선생님은 내가 옥상에

아픔은 잠시 머물 뿐

있는 걸 어떻게 아셨을까. 원장님은 날 왜 부르시는 걸까. 요즘은 점호 시간도 잘 지켰는데….

사무를 보시던 원장님이 내가 들어가자 돋보기를 벗고 가까이 오라고 손짓으로 불렀다. 내게 원장님은 여전히 절반은 무섭고, 절반은 자상한 분이다. 독대하는 자리가 많지 않아서 이런 자리는 늘 긴장이 된다. 원장님이 말씀하셨다.

"희아야, 졸업하면 여기서 일해라."

나는 원장님의 말씀을 한번에 알아채지 못했다. 잠이 덜 깬 듯 눈만 끔뻑거렸다. 여기서 일하라는 게 무슨 말인지, 귀를 의심했다.

"졸업하면 혜천원에서 일해라, 알았나?"

이번에는 제대로 알아들었다.

"그럼 저는 안 나가도 돼요? 혜천원에 있어도 되는 거예요?"

원장님이 고개를 끄덕였다. 거짓말을 하실 분이 아니다. 말한 건 항상 지키신 분이다.

"희아야, 여기서 오래오래 일해라."

"유 선생님처럼요?"

"그래, 유 선생님처럼."

어떻게 그 자리를 나왔는지 모르겠다. 나는 마당에 선 채 이게 꿈인가 생시인가 생각했다. 몇 시간 차이로 정말 다른 사람이 되었다. 몇 시간 전만 해도 미래를 걱정하면서 울고 있었는데, 지금은 혜천원을 나가지 않아도 될 뿐더러 직장까지 생겼다. 아무래도 하나님이 기도를 들어주셨나 보다. 얼굴이 아니라 마음을 봐주는 곳이 생긴 거니까 말이다.

나중에 다른 선생님을 통해 자초지종을 들었다. 여름이 되자 원장님도 내내 걱정하시더니 이렇게 얘기하셨단다. "다른 아이들은 예쁘고 똑똑하고 공부를 잘하니 자기 앞가림을 충분히 할 거야. 어디 가든 취직도 하고 잘들 살 거고. 하지만 희아는 어떻게 하겠노. 저렇게 점이 있으니 어디 들어갈 수 있겠나? 여기에 취직을 시켜야겠다."

나는 고등학교 3학년 여름방학 때부터 개나리방을 맡아 초등생 다섯 명과 한 방에서 살게 되었다. 열여덟 살짜리 엄마가 된 것이다. 제 앞가림을 할 수 있는 중학생부터는 선생님 손길이 따로 필요치 않다. 하지만 초등학교 아이들은 선생님들이 따로 맡아서 보살펴야 한다. 순식간에 다섯 아이의 엄마가 되고 나니 어릴 적 '엄마가 뭘까?' 하고 던졌던 물음이 다시 떠올랐다.

오랫동안 얼굴의 반점으로 차별을 받아 왔다. 사람들의 따가운 시선을 한 몸에 받았고, 얼굴이 징그럽다고 고개를 돌리는 사람도 있었다. 아침부터 재수가 없다면서 침을 뱉는 사람도 있었다. 얼굴 때문에 사과 반쪽, 괴물, 아수라 백작으로 불리기도 했고, 후원이 끊기기도 했다. 손님들이 방문하는 행사에서 혼자 빠질 때도

있었다. 구석에 서서 나는 아이들이 예쁜 옷으로 갈아입는 모습을
바라보기만 했다.

　그런데 얼굴 반점 때문에 지금까지와는 전혀 다른 차별을 경
험하게 되었다. 바로 감사의 차별이다. 반점 덕분에 나는 세상에
홀로 남겨지지 않았고 직장도 얻었다. 그동안 미워만 했던 이 점이
감사의 차별이라는 것을 안 뒤부터 나는 조금씩 변하기 시작했다.

　1년 전 혜천원에서 도망가지 않은 건, 정말이지, 천만다행이
었다.

나를
사랑해줄
한 사람

김희아 선생님

고등학교 졸업식이 끝나고 나는 정식으로 보육 교사 발령을 받았다. 그리고 졸업과 함께 혜천원을 떠나는 친구들을 배웅했다. 함께 초등학교에 입학한 열두 명 중 열한 명이 혜천원을 떠나고 단 한 명, 나만 남은 것이다.

얼마 뒤 변 원장님도 떠나셨다. 내가 중학교 2학년 때 부임한 뒤로 5년을 일하셨다. 5년 동안 혜천원에는 많은 변화가 있었다. 원장님은 떠나시는 날까지도 당부를 잊지 않으셨다.

"희아야, 오래오래 근무해야 한다."

작년 여름, 원장님에게 이곳에서 일하라는 말을 처음 들었을 때와 똑같이 대답했다.

"네, 유 선생님처럼요."

혜천원의 유일한 남자인 변 원장님이 떠난 뒤, 혜천원은 더 이상 금남의 집이 아니었다. 그해부터 남자아이들을 받기 시작했다. 남자애들이 오면서 숙소도 따로 마련했고 여자애들만 있던 마당 풍경도 바뀌었다. 변화의 바람을 타고 혜천원이 또다시 들썩였다.

나는 하루아침에 '언니'에서 '선생님'이 되었다. 몇 살 터울이 지지 않는 동생들은 여전히 언니라고 불렀다. 하지만 유수자 선생님만은 내가 발령을 받은 그날로 바로 이렇게 부르셨다.

"김희아 선생님!"

혜천원에서 유 선생님에게 혼이 많이 난 아이들을 꼽으려면 나도 들어갈 거다. 지하실에 숨어들어 가서 무를 잘라 먹다가 손을 다치기도 했고, 뜨거운 물을 들고 가다 허벅지에 쏟기도 했다. 선생님 뒤를 졸졸 따라다니면서 허황한 이야기를 늘어놓기도 했다.

"선생님, 얼굴에 이런 점이 있는데도 가수가 된 사람이 있어요?"

"선생님, 저는 나중에 텔레비전에 나갈 거예요. 제가 텔레비전에 나와도 놀라지 마세요."

고등학교 때는 가출을 꿈꾸면서 점호 시간을 잘 지키지 않은 적도 있었다. 유 선생님은 그런 내가 초등 2학년 때부터 이만큼 자라기까지 그 과정을 다 지켜봐 준 어머니 같은 분이었다. 혜천원 아이들을 키우느라 정작 선생님의 두 아이에게는 부득이 소홀할 때도 있었다. 선생님의 둘째는 아예 시골에 계신 시어머니가 맡아 길러 준 적도 있다고 한다. 자신의 아이들을 떼어 놓고 우리를 기르실 때 선생님 마음은 어땠을까. 유 선생님의 아이들이 어렸을 때 엄마를 "선생님 엄마"라고 불렀다는 웃지 못할 일화가 있다.

그렇게 우리를 돌보고 나를 지켜봐 주신 분이 "김희아 선생님" 하고 나를 불러 주었다. 부끄러우면서도 가슴이 벅차 왔다. 하루아침에 나는 그분의 동료가 되었다.

한번은 우리 방 아이들이 심하게 다퉜다. 욕설이 오가고 서로 주먹으로 얼굴도 때린 모양이었다. 나는 싸운 아이들의 손바닥을 때렸다. 그리고 매를 쥐여 주면서 "선생님이 너희를 잘못 가르쳤으니 내 손바닥을 때려라" 하고 말했다. 아이들은 서로 매를 들지 않으려 했다. 너무 화가 나서 그 매를 들고 스스로 내 손바닥을 사정없이 내리치기 시작하자 아이들이 잘못했다면서 울음을 터뜨렸다. 아이들과 부둥켜안고 한참을 울었다.

엄마 역할을 맡기엔 나는 너무 어렸다. 엄마의 사랑을 받은 기억이 없으니 그 사랑이 뭔지 몰랐다. 그 사랑을 받아 보았더라면 흉내라도 낼 수 있지 않았을까. 따뜻한 말 한마디, 다정한 눈빛, 그냥 말 없이 꼭 안아 주는 품이 중요하다는 걸 몰랐다. 그때까지도 누군가 나를 꼭 안아 준 적이 없었다.

잠든 아이들의 얼굴을 내려다보았다. 이들 나이 때 나는 엄마가 무척 그리웠다. 그 마음을 떠올리며 이 아이들만큼은 외롭지 않게 해야지 다짐하면서도 정작 어떻게 해야 하는지는 알지 못했다. 하지만 다른 건 몰라도 아이들을 절대, 어떤 이유에서라도 차별하지 말아야겠다고 다짐했다.

우리 아이들이 밖에 나가서 "저러니 고아지"라고 손가락질을 받는 게 싫었다. 그래서 아이들을 더 엄격하게 대하려 했다. 만나는 어른들에게 인사하기, 어른에게 두 손으로 받으며 '감사합니다' 말하기, 일단 이 두 가지를 꼭 지키게 했다. 이 일로 한번은 동료와 말다툼까지 할 뻔했다. 과자를 받고 아무 말을 하지 않는 아이에게 습관처럼 말이 나왔다.

"감사합니다, 해야지."

이 말에 그 아이를 맡은 동료가 쏘아붙였다.

"거, 젊은 사람이 되게 인사 받아 먹을라 카네."

누가 뭐라든 아이들이 이 두 가지는 정말 꼭 배웠으면 했다. 감사하는 마음이 아니었다면 지금의 나는 없었을 테니까.

어린아이들은 감사를 잘 모른다. 자신이 누리는 걸 당연하다고 생각할 수 있다. 하지만 어린 시절 나에게는 당연한 것들이 없었다. 그랬기에 누군가의 편지와 미소, 다정한 말 한마디가 그렇게 감사했다. 감사할 줄 아는 마음을 품게 되자 혜천원의 삶도 더는 힘들지 않았다. 그걸 아이들에게도 가르쳐 주고 싶었다.

비가 오는 날이면 우산을 들고 아이들을 데리러 학교에 갔다. 우산이 없다는 것, 우산을 챙겨 줄 사람이 없다는 것은 보육원 아이라는 의미이기도 했다. 초등생 시절 비 오는 날이면 나는 우산을 쓰고 엄마와 함께 집으로 돌아가는 아이들의 뒷모습을 한참 동안 바라보곤 했다. 그만큼 부러운 일이 또 있었을까. 우산을 들고 오는 엄마를 기다리는 마음으로 한참을 그냥 서 있어 보기도 했지만 내 이름을 부르는 엄마는 없었다.

우리 방 아이들도 내가 다닌 초등학교를 다녔다. 나는 우산을 들고 후문 문구사를 지나 운동장을 가로지른다. 수업이 끝나지 않은 운동장에는 아무도 없다. 내가 초등생 땐 운동장이 왜 그리 넓어 보이던지. 짓궂은 남자애들이 운동장을 걸어가는 나를 따라오면서 가사에 빨간색이 들어가는 노래들만 줄창 불러 대곤 했다. 그땐 정말 걸어도 걸어도 운동장이 끝나지 않을 것만 같았다.

학교에 갔어도 아이들이 공부하는 교실 가까이에는 가지 못한다. 혹여 내 모습을 부끄러워할 아이가 있을지도 모를 일이다. 다른 엄마들은 교실로 가서 창으로 아이들을 들여다보기도 한다. 나도 아이들이 수업을 잘 받고 있는지 보고 싶지만 참는다. 다른 아이들 눈에 띄지 않도록 우산으로 얼굴을 가린 채 현관에서 아이들을 기다린다.

나를 발견하고 소리를 지르는 아이도 있고 반 친구가 내 모습을 볼까 봐 쭈뼛대는 아이도 있다. 아이들과 함께 우산을 쓰고 돌아간다. 모처럼 학교까지 왔는데 그냥 갈 수는 없는 일. 어릴 적 자주 그랬던 것처럼 아이들과 함께 영선시장으로 빠진다. 내리는 비를 보면서 아이들과 함께 먹는 떡볶이 맛은 정말 최고였다.

혜천원에서 받은 첫 월급은 20만 3,100원이었다. 수학여행비 때문에 잠깐 아르바이트 했을 때를 빼고는 처음 받아 보는 월급이었다. 십일조를 제외한 금액 중 일부를 저축하기 시작했다. 돈을 벌면 꼭 하고 싶은 일이 있었기 때문이다.

엄마의 마음

점호 시간에 맞춰 헐레벌떡 귀가하는 한 아이와 딱 마주쳤다. 시선을 피하는 모습이 뭔가 수상쩍었다. 아니나 다를까, 진하게 화장을 했다. 이제 고등학교 1학년이었다. 화장하고 어딜 다녀오느냐고 캐물으니 마지못해 친구를 만났다고 했다. 이제 2년 후면 이 아이도 혜천원을 떠나 독립해야 한다. 많은 아이가 그렇듯이 두 번다시 혜천원엔 발길을 하지 않겠지. 어디에서 어떻게 살든 모든 게 자기 책임이다.

혜천원의 '언니'로서 그대로 지나칠 수는 없는 일이었다. 그런데 꾸중하면 아이들은 '선생님'이라서 그런다고 오해한다. 자기들이랑 같은 처지였으면서 마음을 몰라준다며 서운해한다. 이럴 땐 혼낼 수도 없고 모른 척할 수도 없다. 언니 노릇도 어렵고 선생님 역할도 힘겹다. 늘 샌드위치 같은 존재였다.

　주말이면 혜천원에는 해야 할 일이 늘 산더미다. 밀린 빨래는 기본이고 목욕탕과 식당 청소에 수챗구멍 찌꺼기 제거, 구석구석 먼지 털기…. 나도 주말 대청소를 정말 싫어했다. 따뜻한 물이 나오지 않는 한겨울은 지옥 같았다. 그때에 비하면 많이 좋아졌다.

　한 아이가 입을 삐죽 내민 채 건성으로 하는 게 눈에 띄었다. 나이 차도 몇 살 되지 않는데 선생이랍시고 일을 시키니 못마땅할 만도 했다. 누구보다 혜천원 아이들의 마음을 잘 알지만 별도리가 없다. 제대로 하자고 한마디 했을 뿐인데 대뜸 쏘아붙인다.

　"언니는 얼굴이 그래 가지고 여기 선생님 하는 거잖아!"

　그 말에 동생들이 얼굴 때문에 나를 업신여긴다는 생각이 들어 서운했다. 아이들을 엄하게 대한 건 그들이 밖에 나가 손가락질을 당하는 게 싫어서이기도 했지만, 동생들에게 얕보이지 않고 싶어서이기도 했다.

　그동안 혜천원에서 가장 무서운 사람은 유 선생님이었다. 아무리 졸려도 계단을 올라오는 유 선생님 발소리만 들으면 번쩍 잠이 달아날 정도였다. 하지만 내가 교사가 되었을 즈음엔 다 큰 아이들을 상대하기에 유 선생님도 슬슬 기운이 빠지고 있었다. 어쩌다 보니 유 선생님의 바통을 내가 이어받은 셈이 되었다. 까불까불한 남자애들도 내 앞에서는 벌벌 떨었다.

남자애들을 맡아 키울 때의 일이다. 한 녀석이 나를 보자마자 눈치를 살폈다. 무슨 문제가 있다는 걸 한눈에 알아챘다. "뭔 일이고?" 한마디에 호주머니에서 껌 한 통을 꺼내더니, 너무 먹고 싶어서 가게에서 슬쩍 했다고 털어놨다. 먹고 싶었던 간절함에 짝의 회수권 한 장을 몰래 떼어 핫도그를 사 먹었던 일이 떠올랐다. 짝이 알고도 모른 척해 준 덕분에 두 번 다시 도둑질은 하지 않았다. 그때 짝이 내가 한 일을 사람들에게 말했더라면, 지금의 나는 없을지도 모른다. 처벌만이 능사는 아니었다.

"다 씹어라!"

벌을 설까, 매를 맞을까 걱정하던 아이의 두 눈이 휘둥그레졌다. 벌이라면 큰 벌이다.

"이 껌 다 씹어라. 다 씹고 앞으로는 절대 훔치지 마라, 알았재."

그제야 아이가 울음을 터뜨렸다. 울면서 껌 한 통을 다 씹던 아이의 표정이 아직도 눈에 선하다.

남자애들은 여자애들과 다르다는 걸 교사 일을 하면서 알게 되었다. 적극적으로 나서야 할 때는 움츠러들면서, 공연히 힘자랑을 하려고 나서기도 한다. 아무리 생각해도 이해되지 않는 행동을 할 때도 있다.

다른 방 남자아이 하나 때문에 혜천원에 소동이 일어났다. 그 아이가 학교 친구네 집에서 놀다 왔는데, 돈이 없어졌다는 것이다. 그 사실을 친구의 어머니는 조심스럽게 얘기했다. 혹여 보육원 아이라서 의심하는 건 아니라는 점을 알아 달라고 거듭 강조했다.

담당 선생님과 여러 선생님이 돌아가면서 그 아이를 만나 보았다. 아이는 입에 자물쇠라도 채운 듯 아무 말도 하지 않았다. 정말 훔친 건지, 누명을 쓴 게 억울해서 묵묵부답인 건지 알 수 없어서 선생님들은 모두 답답했다. 어쩔 수 없이 내가 악역을 맡았다.

방문을 열자 고개를 숙인 채 방 모서리에 앉아 있던 아이가 고개를 들었다. 방으로 들어가 문을 닫았다. 누명을 썼다면 정말 억울할 것이다. 상처 받지 않게 조심스레 말을 꺼냈다.

"선생님은 너 이해한다…"

그 한마디에 아이가 무릎을 꿇고 빌기 시작했다. 기실 탁자에 돈이 놓여 있길래 자신도 모르게 주머니에 넣고 말았단다. 화가 나고 속이 상해야 하는데 어이가 없었다. 고집스레 입을 꾹 닫고 있던 녀석이 내가 그렇게 무서웠던 걸까.

내가 담당 교사가 되면 아이들은 싫어하는 기색을 다 드러낸다. 다른 선생님도 있는데 왜 김희아 선생님이냐고 투덜대는 소리도 듣는다.

물론 좋은 추억도 많다. 프로야구 시즌이면 남자아이들을 다

데리고 야구장으로 간다. 목이 쉬도록 우리 팀을 응원하다 돌아오는 길은, 몸도 마음도 가뿐하게 느껴졌다. 내 생일에는 아이들이 깜짝 파티를 마련해 주었다. 용돈을 조금씩 모아 과자와 음료를 사고 선물까지 준비했다. 그때까지 내 생일 파티를 해 본 기억이 없었는데, 아이들이 초코파이 위에 꽂은 촛불을 끄라고 할 땐 눈물이 날 뻔했다. 하지만 울면 얕잡아 보일까 봐 꾹 참았다.

정말 몰랐다. 최대한 엄한 모습으로 대하는 게 선생님 역할을 잘하는 거라고 생각했다. 그러니 아이들 앞에서 약한 모습을 보일 수는 없었다. 하지만 그게 아니었다. 아이들을 한 번이라도 더 안아 주었어야 했다. 머리를 쓰다듬어 주고 한 번이라도 더 웃어 주었어야 했다. 나중에 아이들을 낳고 기르면서야 알았다. 예은이와 예지를 기르면서 순간순간 그때 아이들이 떠올랐다. 미안하고 미안했다.

보육 교사 시절, 내가 정말 악역을 했다는 말을 나중에 성인이 된 혜천원 아이들을 만난 자리에서 들었다. 그들이 하는 이야기를 들으면서 그때 일이 떠올랐다. 밤 9시 반 점호 시간 전에 아이들은 모두 각자 맡은 구역을 청소한다. 그런데 한 아이가 점호 시간을 어기고 늦게 들어왔다. 당연히 야단을 쳤다. 한창 사춘기였던 아이는 혼이 난 게 분해서, 한밤중에 몰래 일어나 신발장에 있는 내 구두를 찢어 놓았다.

다음 날 외출하려고 신발장을 열었는데 구두가 엉망진창으로 찢겨 있었다. 구두를 못 신게 되었다는 것보다 아이들이 이토록 나를 미워하나 싶어 마음이 아팠다. 그 아이를 불러 네가 한 거 안다고 했지만 아이는 끝까지 하지 않았다고 우겼다. 세월이 지나 다시 만난 자리에서 그때 일을 웃으며 얘기하면서 자기가 한 일 맞다고 털어놓았다.

"그때 니가 끝까지 안 했다 했잖아?"

"내가 그랬다고 우째 말하노. 그래서 거짓말한다고 언니한테 더 혼났다 아이가!"

누가 먼저랄 것도 없이 한바탕 웃음이 터졌다. 이제는 모두 추억이 된 나날이었다. 다른 기억을 얘기하는 아이도 있었다.

"언니 그거 아나? 내가 뭔가 힘든 일이 있었는데 언니가 내 어깨에 두 손을 올려 주었다 아이가."

"그래? 혹시 니도 기분 나빠서 내 손 뿌리쳤드나?"

"어데! 한 번도 누가 내 어깨를 그렇게 잡아 준 적이 없었거든. 이상하게도 마음에 뭉친 게 풀리더라고."

우리가 바란 건 그다지 큰 게 아니었을지 모른다. 다시 그때로 돌아간다면 사랑으로 아이들을 돌보고 싶다. 선생님이 아니라 엄마로, 엄마의 마음으로.

나를 사랑해줄 한 사람

하나님, 이 점 없어지게 해주세요

예전에는 얼굴의 화염상모반을 치료할 수 있는 첨단 장비가 드물었다. 인근에서는 동산병원이 유일했는데 비용이 만만치 않았다. 500원짜리 동전 크기의 모반을 레이저로 치료하는 데 드는 비용이 자그마치 60만 원이었다. 첫 월급이 20만 3,100원이었으니 십일조를 내고 남은 돈을 하나도 쓰지 않고 모은다 해도 석 달 이상을 모아야 하는 큰 금액이다.

돈을 벌면 제일 먼저 하고 싶은 일이 바로 반점 치료였다. 아무리 아껴도 매달 기본 생활비가 나간다. 500원 동전 크기의 점 하나 치료하려면 여섯 달, 일곱 달은 아껴 쓰면서 돈을 모아야 한다. 이렇게 속도가 더디니 언제 반점 치료를 마칠 수 있을지 걱정이었지만, 반점을 치료하고 돌아오는 날은 희망으로 발걸음이 가벼웠다.

레이저 치료를 한 부위는 새까맣게 탔다가 딱지가 앉는데, 딱지만 떨어지면 곧장 하얀 피부가 드러나리라 기대했다. 하지만 딱지가 떨어진 자리에도 암적색 모반이 그대로 있었다. 그때까지도 내 얼굴 모반이 단순한 레이저 치료로는 없어지지 않는다는 걸 몰랐다. 모반이 덮고 있는 얼굴 쪽 눈은 녹내장을 앓았고 입천장과 잇몸도 빨갰다. 모반의 정도가 심해 진피층 아래까지 자리 잡고 있다는 걸 알아채지 못했다. 그렇게 계속 몇 달씩 돈을 모아 치료를 받으러 다녔고, 그러는 사이 피부는 상태가 더 나빠져서 귤껍질처럼 우툴두툴해지고 있었다.

혜천원의 젊은 동료는 열애 중이었다. 혜천원을 나간 친구들도 하나둘 애인이 생긴 모양이었다. 드러내 놓고 말하지는 않았지만, 동료와 친구들이 부러웠다. 딱히 연애를 하고 싶은 건 아니었다. 그저 그 나이 또래 여자들이 누리고 경험하는 자연스러운 일들이 하고 싶었다.

고등학교 2학년 때 전국의 보육원 여학생들을 상대로 한 예비 부모 교육에서 나는 꿈을 '현모양처'라고 말했다. 텔레비전에 나오는 가수가 되겠다고 했다간 전국적인 망신을 살 게 뻔했으니까. 현모양처라고 말은 했지만, 얼굴에 반점이 있는 나를 좋아해 줄 남자가 세상에 있을까 생각했다.

더디기는 하지만 치료를 통해 반점이 사라지면 나도 남자친구를 사귈 수 있을 거라고 믿었다. 다른 아가씨들이 하는 평범한 생활에 대한 희망을 쉽사리 버릴 수는 없었다.

머리를 기르면서 동네 단골 미용실도 생겼다. 미용실 아주머니를 '이모'라고 부르며 따랐다. 시간이 지나면서 속내도 털어놓게 되었다. 이모는 내 반점을 자기 일처럼 속상해했다. 점만 없으면 예쁜 얼굴이라며 안타까워했다. 엄마가 있었다면… 엄마도 내 점 때문에 마음 아파했겠지. 미용실 이모를 믿고 의지하기 시작하면서 가족이 생긴 느낌이 들었다. 혜천원 밖에도 마음 편히 들러 쉴 곳이 생긴 것이다.

어느 날 이모가 괜찮은 남자가 있다며 소개받아 보겠느냐고 물었다. 작지만 집도 있고 직장도 든든하다고 했다. 아무래도 평소보다 더 신경을 써서 옷을 입었다. 혜천원을 나서는데 선생님들이 우르르 뒤쫓아 나왔다. 뒤통수가 따가울 정도였다.

약속 장소에 가 보니 남자분이 먼저 나와 앉아 있었다. 한눈에도 늙수그레해 보였는데 마흔 살이라고 했다. 동행한 미용실 이모는 그 남자가 어떤 사람인지, 몇 살인지 이미 다 아는 듯했다. 자리에서 일어나면서 내게 잘해 보라는 의미로 눈을 찡긋했다.

스무 살의 나이 차, 문득 남자분의 나이가 내가 어머니처럼 믿고 따르는 유 선생님과 동갑이라는 생각이 들었다. 상처하고 재혼을 하려는 것인지도 몰랐다. 이런 사실을 모르고 유 선생님은 내가 남자를 소개받는다고 기뻐하셨다.

남자는 내가 카페로 들어올 때 흘끗 한번 본 뒤로 별말이 없었다. 내가 고아라는 건 이미 들어 알고 있을 터였다. 미용실 이모가 자리를 뜨고 30분 정도 앉아 있었을 까. 남자가 약속이 있다면서 먼저 일어났다. 그제야 퇴짜 맞았다는 걸 깨달았다. 얼굴 반점이 이렇게까지 큰 결함일까 싶어 마음이 아팠다. 마주 보며 앉아 있기에도 부담스러울 만큼 징그러운 걸까. 아마 그 남자분은 이모 저모 따져 보았을 것이다. 고아이기만 했더라면 어땠을까. 얼굴 반점뿐이었다면 또 어땠을까….

미용실 이모가 궁금해하며 기다리고 있으리란 걸 알았지만 들르지 않았다. 내 처지에 집 있고 직장 있는 남자가 어디 흔한 기회냐고 이모는 생각했을지도 모른다. 내가 가진 흠에 비하면 스무 살 많은 건 대수롭지 않다고 생각했을지도 모른다. 어쩌면 이모뿐 아니라 온 세상이 그렇게 여길지도 모를 일이다. 혜천원 동료나 친구들이 하는 평범한 연애 같은 건 아예 꿈꾸지 말아야 하는 걸까.

그날 밤 아이들을 재워 놓고 기도했다. 반점이 내겐 오히려 감사의 차별이라는 사실을 잘 알고 있다. 하지만 때때로 삶은 이렇듯 야속한 면을 보여 주기도 한다. 낮의 일이 떠올랐다. 스무 살이

나 많은 남자에게 딱지를 맞았다. 스무 살이나 어린 여자를 소개받으러 나왔냐며 놀라고 화를 내며 자리를 떠나야 할 사람은 오히려 나 아닌가.

얼굴의 반점이 정말 싫었다. 무릎을 꿇고 기도하면서 주먹 쥔 손으로 반점을 문질렀다. 지우개로 문지르듯 계속 이렇게 하면 점이 지워질 것도 같다.

"하나님, 이 점 좀 없애 주세요, 제발 없어지게 해주세요!"

뜨거운 눈물이 뺨을 타고 흘러내렸다. 눈물이 닿자 화락화락 쓰라렸지만 문지르기를 멈추지 않았다. 하나님께 애원하면서 계속 반점을 문질렀다. 얼마나 문질렀는지 살갗이 에일 정도였다. 이렇게 문질러서 지워질 수만 있다면 이깟 통증은 아무것도 아니었다.

그동안 계속 레이저 치료에 돈을 써서 저축해 놓은 돈도 없다. 치료 과정에서 딱지가 앉고 떨어지기를 반복하다 보니 오히려 피부는 울퉁불퉁하게 변하고 말았다. 나는 이렇게 노처녀로 늙어 갈 것이다. 보육원 출신이란 사실은 말하지 않으면 모를 테지만, 얼굴 반점은 결코 숨길 수 없다. 눈물이 멈추지 않았다.

"하나님, 나는 왜 이렇게 태어났나요? 왜 나한테 이걸 주셨나요? 하나님, 제발 이 점 없애 주세요!"

눈물로 희부예진 시야에 무언가가 보였다. 창가에 어떤 형상이 비쳐 보였다. 처음에는 내 모습이 반사된 거려니 했다. 유리창에 맺힌 형상도 울고 있었으니까. 그러다 문득 깨달았다. 그 형상은 내가 아니었다. 울음을 멈추고 가까이 다가가는데도 형상은 여전히 울고 있었다. 울음소리는 들리지 않았지만 흐느끼고 있음을 알 수 있었다. 그 상황을 어떻게 말로 정확히 설명할 수 있을까.

나는 유리창에 맺힌 형상이 바로 그분, 하나님이라는 것을 알았다. 하나님이 울고 계셨다. 나로 인해 울고 계셨다. 손을 내밀어 보았지만 형상이 잡히지는 않았다. 나는 언제 울며불며 원망을 쏟아 냈나 싶게 냉정을 되찾았다. 그 어느 때보다도 정신이 맑았다. 얼굴의 점은 아무것도 아닐지 모른다. 그 점은 내가 내 속에서 실제보다 더 크게 자꾸만 키워 왔는지도 모른다. 그날 하나님께 약속했다.

"하나님, 다시는 제 얼굴 때문에 하나님 눈에 눈물 나지 않게 하겠습니다."

하나님께 드리는 약속이었지만 나 자신에게 하는 다짐이기도 했다. 그 뒤로 나는 울지 않았다. 얼굴 반점 때문에 두 번 다시 울지 않았다.

이름을 불러 줘서 고마워

여느 때와 다름없이 동네 가스 배달소에 전화를 넣었다. 혜천원으로 가스를 배달해 달라는 간단한 말을 주고받는데, 아무래도 전화 목소리가 귀에 익었다. 누구더라? 순간 가슴이 철렁 내려앉았다. 고등학교 동창 성재가 분명했다. 성재의 집은 경주였다. 졸업 후 취직했다는 소식을 고등학교 동창에게 들은 것 같은데 어떻게 혜천원 근처의 가스 집에서 일하는 걸까.

전화를 끊고 나서도 안절부절못했다. 영문을 알지 못하는 유 선생님이 의아한 듯 쳐다보았다.

"선생님, 선생님! 성재예요, 성재!"

성재라는 말에 유 선생님도 눈이 휘둥그레졌다. 고등학교 내 내 그 말을 달고 살았으니 선생님도 단번에 알아들었다.

"선생님, 저 어떡해요. 가스통 밑에 숨어 있을까요? 등잔 밑이 어둡다 카니까 거기면 안 보이겠죠?"

호들갑을 떠는 나를 보면서 선생님은 웃기만 했다.

"그리 성재 성재 해쌌더니, 오늘 드디어 갸 얼굴 보는갑다."

성재와의 전화 통화는 고등학교 3학년 여름에 자연스럽게 끊 겼다. "사실 내가 할 말이 있는데…"라는 성재의 말이 마지막이었 고, 그 뒤로 내가 전화를 하지 않았다. 혜천원은 남학생의 전화는 바꿔 주지 않으니 성재가 전화를 걸었더라도 어차피 통화는 불가 능했다.

졸업한 뒤 우연히 성재의 연애 소식을 들었다. 성재에게 좋아 한다는 말 한 번 끼내지 못한 게 못내 씁쓸했다. 그런데 다시 목소 리만 들었을 뿐인데도 가슴이 떨렸다. 하지만 이렇게 마주치기는 싫다. 아니, 이렇게라도 한번 보고 싶다. 내 마음을 나도 알 수 없 었다. 그런데 정작 가스 배달을 온 사람은 성재의 친구였다.

고등학교를 졸업한 그해 여름, 교회에서 영덕의 용추골로 수 련회를 갔다. 거기서 놀러 온 성재와 우연히 마주쳤는데 반가웠지 만 반가운 척도 못 했다. 성재가 "니 여기 웬일인데?" 물었고, 나도 무뚝뚝하게 "그런 니는 웬일이고?" 되묻고는 끝이었다. 그렇게 둘이 마주칠 확률이 얼마나 될까. 그때 곁에 서 있던 싱재 친구들이 휘파람을 불어 댔다.

"김희아, 어떻게 이런 데서 다 만나나?"

배달 온 남자는 그때 휘파람을 불던 친구 중 한 명이 분명했다. 그를 통해 성재의 근황을 들었다. 곧 입대할 예정인데 입대 전 잠시 친구네 일을 거들고 있다고 했다. 그 친구를 통해 성재에게 안부를 전할 수도 있었을 텐데 이번에도 아무 말을 못했다.

성재와 만날 작정이었다면 전화 한 통이면 될 일이었다. 성재가 그 여자애와 사귀고 있다는 걸 알고 있었으니까. 그 뒤로 가스를 배달시키려고 전화를 했지만 성재가 받지는 않았다.

어느 날 어떤 여자에게서 전화가 왔다. 목소리를 알 듯 말 듯 했다. "성재…." 잠시 뜸을 들이더니 첫 마디를 꺼냈다. 그제야 얼굴이 떠올랐다. 성재가 좋아하던, 나중에 성재와 사귄다던 여자애였다. 그런데 왜 나한테 전화했을까. 하기 어려운 말을 꺼내듯 그 애가 말했다. "희아야, 나 성재랑 헤어졌다. 좀 됐어."

강원도 철원군 갈말읍 상사리…. 종이에 받아 적은 주소를 들여다보았다. 성재가 군 생활을 하고 있다는 군부대 주소였다. 왜 내게 성재의 부대 주소를 알려 주었을까. 성재와 사귀는 동안 내가 마음에 걸렸던 걸까. 그동안 알 수 없는 게 남자 마음이라고만 생각했다. 하지만 여자 마음도 다르지 않은 것 같다. 헤어진 애인의 주소를 다른 여자에게 알려 주는 여자의 마음은 어떤 걸까.

주소를 다시 보면서 이번이 아니면 영영 성재를 못 볼지도 모른다는 생각이 들었다. '그래, 하고도 후회하고 안 하고도 후회할 거면, 그냥 하고 후회하자.' 이제야 정말 김희아가 된 것 같았다.

성재를 만나러 가는 길에 중학교 친구인 은경이가 선뜻 동행해 주었다. 우린 일단 서울로 올라갔다. 군인들이 군것질을 좋아한다는 말을 어디선가 들은 적이 있어서 과자도 잔뜩 사서 부대를 찾아갔다. 정말 군대 간 애인을 면회하러 가는 기분이 들었다.

1월이라 추운 날씨였는데 먼 길을 같이 가 주는 은경이에게 고맙고 미안했다. 주소만 들고 물어물어 가려니 길에서 버린 시간이 많았다. 결국 부대로 가는 버스가 끊겨서 시골 터미널에서 발만 동동 굴렀다. 어차피 부대에 도착했더라도 면회가 안 되는 시간이었다. 우리는 터미널 근처 여관에서 묵었다.

친구와 단둘이 이렇게 멀리까지 온 건 처음이었다. 게다가 아가씨 둘이 여관 방을 잡아 잠을 자려니 잠이 오지 않았다. 복도 쪽에서 삐걱거리는 소리만 나도 괜히 신경이 바싹 곤두섰다. 둘 다 거의 뜬눈으로 밤을 지샜다. 날이 밝기를 기다리며 나는 성재에게 편지를 썼다. 편지는 면회를 마치고 돌아간 뒤에야 성재 손에 들어갈 것이다.

잠을 설친 뒤 날이 밝자 부랴부랴 첫 차를 탔다. 버스는 구불구불한 산길을 한참 올라가서 우리를 군부대 앞에 내려놓고 사라졌다. 그런데 부대 정문 위병소에서 생각지도 못한 이야기를 들었다. 월요일은 면회가 안 된다는 거였다. 역시 성재와의 인연은 여기까지구나 하는 생각에 다리에 힘이 풀렸다.

군인은 일단 면회소에서 기다려 보라고 했다. 얼마를 기다렸을까. 면회가 된다 안 된다, 성재가 오고 있다 못 온다 가타부타 말이 없었다. 이 먼 길을 혼자 왔다면 아마 중간에 포기하고 돌아갔을 거다. 추운데도 춥다는 말 한마디 없이 곁에 앉아 기다려 주는 은경이가 정말 든든하고 고마웠다. 사방이 고요했다. 문득 그 여자애도 성재를 보러 먼 길을 왔을지도 모른다는 생각이 들었다. 그런데 둘은 왜 헤어진 걸까.

군인 한 명이 우리 앞에 와서 "충성!" 하고 경례를 붙였다. 성재였다! 전보다 조금은 마른 듯하고 조금은 검게 타 보였다. 군복을 입은 성재 모습이 어딘가 어색해서 나는 두어 발짝 떨어져 서먹하게 서 있기만 했다. 눈치 빠른 은경이가 둘만의 대화 시간을 갖도록 자리를 피해 주었는데도 말이다.

성재는 내가 왜 면회를 왔는지 의아했을 것이다. 어쩌면 누가 찾아왔다는 말에 헤어진 여자친구가 온 줄 알고 들떴을지도 모른다. 이런저런 생각으로 머릿속에 복잡해졌다. 정작 성재는 내가 면회 온 게 하나도 어색하지 않은지 아무렇지 않게 말했다.

"하마터면 니 못 볼 뻔했다."

위병소 군인 말처럼 월요일은 면회가 되지 않는 데다가 성재가 지내는 내무반은 산을 넘어가야 있었다. 오늘도 원래는 이쪽으로 나올 계획이 없었는데 괜히 한번 나오고 싶어 왔다가 면회객 소식을 들었다는 거였다. 성재의 말이 사실이라면 이렇게 기막힌 우연이 또 있을까. 성재가 이를 드러내고 웃었다.

"참말로 웃긴대이! 산 너머 있었으면 오늘 여긴 몬 왔다."

한 시간의 면회는 지난 이야기를 다 쏟아 내기에는 너무 짧았다. 돌아오는 길에야 그때 일을 물어 보지 못한 게 생각났다. '내 니한테 할 말 있는데….' 그때 하려던 말이 무엇이었는지 성재에게 묻지 못했던 것이다. 다음에 만나면 꼭 물어 봐야지 하고 마음에 꼭꼭 접어 두었다.

성재에게 전화가 온 건 며칠 뒤였다. 하필 우리 방 아이들을 목욕시키고 있을 때라 경황이 없었다. 비누 거품이 묻은 손을 대충 닦고 전화를 받았다. 편지 잘 받았다면서 정작 내용에 대해서는 아무런 말이 없었다. 남자에게 전화가 온 건 처음이었다. 당황스럽고 부끄러웠다. '제대하면 얼굴이라도 보자'란 말을 하기가 왜 그렇게 어려웠을까. 성재와 밥도 먹고 차도 마시고 싶었다. 예전에 조카 이야기로 수다를 떨 때처럼 긴긴 대화를 나누고 싶었다. 그런데 이번에도 그런 말은 꺼내지도 못하고 전화를 끊고 말았다.

성재 소식을 다시 들은 건 1년이 흐른 뒤였다. 전날 꿈에 성재가 나타나 말 없이 나를 물끄러미 바라보기만 했다. 이번에 성재와 연락이 되면 꼭 얼굴 한번 보자란 말을 할 거라고 다짐하며 꿈에서 깼다. 그날 고등학교 동창에게 전화가 왔다.

"니 알고 있나, 성재 소식?"

"와? 성재한테 사고라도 났다 카드나?"

별생각 없이 내뱉은 말이었다. 머릿속에는 어젯밤 꿈에 나타난 성재 모습이 선명했다. 지금쯤 제대해서 경주 고향 집에 있겠지 생각했다. 그런데 친구의 다음 말이 청천벽력이었다.

"니, 우찌 알았노?"

오토바이 사고였다. 경주에서 오토바이를 타고 가다가 교차로에서 사고가 난 것이었다. 사방이 하얗게 변하더니 뒤로 물러났다. 몸이 공중으로 붕 뜨는 것 같았다. 내가 내 모습을 내려다보고 있는 느낌이 들었다. 갑자기 한기가 몰려와 몸이 오들오들 떨렸다. 성재에게 물어 볼 말이 있었는데….

성재를 처음 만나던 날부터 버스 안에서 별생각 없이 무릎에 앉았던 일, 멀고 먼 길을 찾아 면회 갔던 일…. 성재와의 추억은 이렇게 선명한데 그는 이제 세상에 없다. 제대 후 1년 만에 세상을 떠났다. 같은 하늘 아래 있다는 것만으로도 위안이 되었는데….

성재는 죽었지만 나는 계속 성재 꿈을 꾸었다. 꿈속에서 성재는 멀쩡하다. 너무도 반가워서 마구 소리를 질러 댔다. "니 죽었다 카드니 안 죽었네! 갸들이 거짓말한 기제? 우리 둘이 못 만나게 할라고 니 죽었다 카는 기제?" 내가 흥분해서 물어도 성재는 꿈에서 조차 말이 없었다.

언젠가 라디오 방송에서 이 일을 이야기할 기회가 있었다. 그 때 나는 성재를 7년을 좋아하고 70년을 그리워해야 할 친구라고 말했다. 고등학교 2학년 3월부터 좋아했던 아이. 그가 있어 고등학교를 졸업할 수 있었다. 그가 있어 학교에 갈 때 신이 났다. 그가 있어 혜천원에서 도망가지 않았다. 성재는 탤런트 손창민을 닮았다. 헐리우드 배우 실베스터 스탤론도. 그렇게 자주 생각했는데도 어느덧 성재의 얼굴이 점점 희미해진다.

고등학교 3학년 여름 그때로 돌아간다면, 전화기를 쥐고 있던 그날 저녁으로 돌아간다면…. "희아야, 내 니한테 할 말 있는데"라고 하자마자 나는 기다렸다는 듯 재촉했을 것이다.

"그래, 내한테 할 말이 뭔데? 얘기해 봐라, 내 단디 들을게."

그러다 나에게 남자친구가 생기고 사랑이 싹트면서, 내 이름을 불러 준 고마운 친구는 더는 꿈에 찾아오지 않았다.

희아라고 내 이름 불러 줘서 정말 고마워, 성재야.

첫 데이트, 첫 키스

계명대 앞에 두 남자가 노란색 장미 한 송이씩을 들고 서 있다. 혜천원 동료와 동료의 남자친구, 그리고 그의 친구와 나 이렇게 넷이 더블 데이트를 하기로 한 날이다.

혜천원을 그만둔 동료에게서 전화가 왔다. 남자친구를 소개해 주겠다는 말에 깜짝 놀랐다. 내 인생에서는 생각도 못 할 일이었다. 더구나 더블 데이트라니. 물론 나보다 스무 살 많은 남자를 소개받은 적이 있기는 하다. 그가 날 마음에 들어 하지 않긴 했지만.

소개해 준 동료를 생각해서 짙은 화장으로 반점을 가렸다. 그러고도 모자라 긴 머리카락을 풀어헤쳤다. 그때쯤 나름의 요령이 생겼다. 될 수 있으면 사람들 시선이 얼굴에 쏠리지 않게 하는 옷차림을 연구하기 시작했다.

어릴 땐 선생님들의 손길만 기다렸지만 자라서는 내가 이 방면에 소질이 있다는 걸 알게 되었다. 일단 살이 찌지 않아 몸매는 호리호리한 편이었다. 허리가 잘록하게 들어가는 스타일의 옷을 즐겨 입고, 높은 구두를 신는다. 그러면 사람들의 시선이 제일 먼저 옷에 머문다. 혜천원 아이들 사이에서 나는 가장 무서운 선생님이었던 한편, 옷을 가장 잘 입는 선생님이기도 했다.

처음 하는 데이트라 옷도 새로 빼입었다. 남자들이 각각 장미 한 송이씩을 건네주었다. 그때 우리는 스물셋, 스물넷이었다. 내가 소개받은 사람은 한 살 위로, 소방공무원 시험을 준비하고 있다고 했다. 이름은 박상묵. 레스토랑에서 돈가스 정식을 먹는 동안에도 나는 그 사람의 하얀 운동화만 보았다. 혹시나 정면으로 보았다가 반점을 들킬까 봐 그랬다. 그 사람에게 내 첫인상은 '부끄러움이 무척 많은 여자'이지 않았을까.

식사 후 홀짝홀짝 커피를 조금씩, 자주 마셨다. 커피를 좋아한다기보다는 컵을 들어 얼굴을 가려 보려는 생각이었다. 어쩌다 눈이 마주치고 그가 빤히 바라본다 싶으면 가슴이 철렁했다. 혹시 화장으로 가린 반점이 표가 나는 건 아닐까.

클럽에도 갔다. 귀가 울리는 음악을 들으면서 춤을 췄다. 이야기할 땐 크게 소리를 질러야 했다. 아무것도 아닌 일에 정말 즐거웠다. 처음으로 평범한 또래 아가씨들이 보내는 평범한 일상 같은 하루를 보냈다. 그날 밤늦게야 혜천원으로 돌아왔다. 헤어진 뒤로도 그 하루가 잔상처럼 남았다.

며칠 뒤 동료의 남자친구에게서 연락이 왔다. '상묵이가 희아씨를 마음에 들어하는데 전화번호를 알려 줘도 되냐'고 물었다. 나는 그 시절 많이 사용하던 '삐삐'(무선호출기) 번호를 알려 주었다.

별 기대가 없었는데 삐삐 번호를 알려 준 뒤로 나도 모르게 그의 전화를 기다렸다. 아이들 숙제를 봐주다가도, 목욕을 시키다가도 삐삐에 혹시 전화번호가 남겨진 건 아닐까 싶어 수시로 확인하곤 했다.

그렇게 일주일이 흘렀지만 아무런 연락이 없었다. 뭐 이렇게 싱거운 사람이 있나 하는 생각이 들었다. 연락하지 않을 거면서 뭐하러 남의 연락처를 달라고 한 걸까 싶어 화가 났다. 결국 기다리다 못해 내가 먼저 삐삐로 연락했더니 잠시 뒤 전화가 왔다. 나는 다짜고짜 따지듯 물었다.

"아니, 전화한다면서 와 안 했어요?"

"아 네, 죄송합니다. 제가 좀 바빠 갖고예…."

그 말을 하고는 그가 멋쩍은 듯 웃었다. 어렵게 통화가 되었지만 당장 만날 수는 없었다. 보육원에서는 24시간 아이들을 돌봐야 했고 한 달에 한두 번 쉴 수 있었다. 게다가 상묵 씨와 통화하기 시작한 12월은 1년 중 혜천원에서 가장 바쁜 달이기도 했다. 구세군 자선냄비도 있고 후원자의 밤, 성탄절 준비 등 일이 많았다.

만나지는 못한 채 매일 밤이면 전화 통화를 했다. 그 무렵 방마다 전화가 한 대씩 개통되었다. 생전 처음 나만의 전화를 갖게 된 것이다. 누군가 내게 전화를 하면 내가 직접 받을 수 있었다. 그와 통화하면서 문득 성재가 생각났다. 다리가 아프도록 공중전화 부스에 서 있던 기억도.

평상시 전화는 장롱 안에 숨겨 두었다. 아이들이 장난 전화를 할 수도 있기 때문이다. 아이들이 다 잠든 걸 확인한 후 상묵 씨와 통화를 했다. 미주알고주알 별일 아닌 일들까지 다 이야기했다. 내 이야기를 나눌 수 있는 한 사람, 내 이야기를 들어 줄 한 사람이 있다는 것이 신기할 따름이었다. 전화하다 나도 모르게 목소리가 높아지고 웃음이 터져 나올 때도 있었다. 그럴 때면 아이들이 깬 건 아닐까 화들짝 놀라 잠든 아이들을 다시 한번 살피곤 했다.

어쩌면 자는 척 누워 통화를 엿듣는 아이가 있었는지도 모르겠다. 어릴 적 언니들 수다를 엿들었던 나처럼 말이다. 우리 방 아이들 중에는 어릴 적 나처럼 불안해할 아이가 없어 다행이었다. 우리 아이들은 하나같이 다 예쁘니까! 나처럼 얼굴에 흉한 반점을 가지고 태어나지 않았으니까! 별안간 상묵 씨가 내 얼굴 반점에 대해 모르고 있다는 사실이 떠올랐다.

다음 데이트까지 계속 전화 통화밖에 할 수 없었다. 통화하면 할수록 시간이 점점 늘어났다. 어느 날엔가는 새벽 4시까지 통화했다. 무슨 이야기를 그리 길게 했는지 기억도 나지 않는다. 두어 시간 자고 일어나서 아이들을 깨워 밥 먹이고 씻겨 학교에 보냈다. 교사 회의에 참석한 뒤 방 청소를 하고 아이들 옷도 빨아 널어야 하니 잠시 쉴 틈이 없는데도 피곤한 줄 몰랐다. 대체 그 에너지가 어디에서 나온 걸까.

그 무렵 상묵 씨 친구들이 그를 '공중전화'로 부르기 시작했다. 친구들끼리 만나 밥 먹고 놀다가도 어느 틈엔가 사라져 헤어질 때까지 나타나지 않곤 했는데, 대체 어디로 사라졌나 찾아보면 공중전화를 붙들고 서 있더라는 거였다. 그랬으니 친구들 사이에서 아예 '공중전화'가 되어 버린 것이다.

성탄절이 다가오면 구세군교회에서는 자선냄비 행사를 시작한다. 이 시기에는 자선냄비에 거액을 기부하는 익명의 기부자들이 화제가 되곤 한다. 중앙로에서 아이들과 자선냄비 행사를 하고 있었다. 누군가 천 원짜리 몇 장을 냄비에 넣고 쓱 지나갔다. 상묵 씨였다. 다음 데이트까지 기다릴 수 없어 온 게 분명했다. 정말 기분이 좋았다.

자선냄비 행사가 끝난 뒤 그와 늦은 저녁을 먹었다. 내가 보고 싶어서 찾아와 준 사람이 있다니, 추워도 추운 줄 몰랐다. 식사 때가 지났는데 배도 고프지 않았다. 돈가스가 절반가량 남았다. 그가 아무 말도 없이 내 접시를 자기 앞으로 당기더니 내가 먹다 남긴 돈가스를 먹었다. 깜짝 놀랐다. 아무도 나와 함께 도시락을 먹지 않을까 봐 전전긍긍하던 어린 시절이 떠올랐다. 보육원 아이라는 걸 알고는 누가 나와 밥을 먹어 줄까, 혹시 도시락이 예쁘면 먹어 줄까 싶어 누군가 운동장에 두고 간 도시락을 들고 온 기억도. 그런데 이 남자는 아무렇지도 않게 내가 먹다 남긴 음식을 먹고 있다. 그의 얼굴을 보았다. 혹시나 눈이 마주칠까 싶어 커피잔으로 얼굴을 가린 채.

상묵 씨는 몰랐지만 그의 친구들은 내 얼굴이 이상하다는 걸 눈치챘다고 한다. 아무리 화장으로 반점을 가렸더라도 그 부위가 비대칭이었을 테니까. 그런데 이 남자는 정말 몰랐나 보다. 아니면 그런 것쯤 별문제 아니라고 생각했던 걸까. 한 친구는 그에게 "얼굴이 좀 그렇다. 계속 만나야겠나?"라며 헤어지기를 충고하기도 했단다.

한 번 두 번 만남이 이어지고 있었지만 나는 계속 이별을 염두에 두었다. 얼굴의 반점을 아는 순간 그는 떠날 것이다. 스무 살이나 차이 나는 남자도 내 얼굴을 보고 돌아섰으니까. 데이트가 끝나면 상묵 씨가 혜천원까지 데려다주었다. 그는 내가 혜천원에서 성장했다는 사실도 알고 있었다. 그런 그에게 내 얼굴이 아닌 마음을 봐 달라고 할 수는 없었다.

혜천원 골목에서 그가 몸을 조금 떨었다.

"추워요?"

나를 보지 않고 애먼 전봇대 끝을 올려다보며 그가 말했다.

"내가 지금 추워서 떠는 걸로 보여요?"

남자들을 모르기는 고등학교 때나 그때나 마찬가지였다. '안 추운데 와 떨고 있노?'라고 생각했다. 이제 혜천원이 코앞이다. 할 말이 있다면서 그가 나를 돌려세웠다. 무슨 말을 하려는 건까? 혹시나 그만 만나자는 건 아닐까? 그의 얼굴을 바라보는데 그가 훅 다가서더니 키스를 했다.

첫 키스인데 솔직히 별 느낌이 없었다. 설렐 겨를도 없었다. 그저 걱정부터 앞섰다. 반점을 눈치챈 건 아닐까. 반점이 있는 윗입술은 아랫입술보다 두꺼웠다. 화장으로 숨겼어도 자세히 보면 표시가 난다. 입술을 대 보았으니 금방 알아챘을 수 있다. 그런데 그가 너무 긴장한 탓인지 알아채지 못한 듯했다.

혜천원에 가서 잠든 아이들 곁에 누웠다. 손가락으로 입술을 만져 보았다. 그동안 보았던 영화의 키스 장면들이 지나갔다. 영화 속 키스는 아름다웠다. 달콤해 보였다. 한 번 더 해 보면 알 수 있을까. 그 전에 내가 숨겨 온 사실부터 말해야 한다.

데이트를 하려면 적어도 2주 이상 기다려야 했다. 상묵 씨는 고령 집에 머물고 있었다. 차로 한 시간 거리밖에 되지 않았지만 마치 각각 서울과 대구에 떨어져 있는 듯 멀게만 느껴졌다. 첫 키스를 했어도 2주라는 기간은 그 떨림이 사라지고도 남을 만한 시간이었다.

별안간 싫은 감정도 생겼는데, 데이트 때 그가 입고 나온 점퍼가 마음에 들지 않았기 때문이다. 그날따라 그가 입고 있는 누런 점퍼가 너무도 궁색해 보였다. 실은 얼굴 반점에 대해 털어놓지 못한 죄책감이 그렇게 표출된 게 아닌가 싶다.

상묵 씨 어머니는 그가 초등학교 3학년 때 돌아가시고 집에는 연로한 아버님만 계셨다. 그는 처음 본 소방공무원 시험에서 떨어졌다. 나보다는 좀 더 여유 있는 여자와 사귀는 편이 그에게는 좋을지도 모른다.

두 달 동안 그를 만나지 않았지만, 문득문득 생각났다. 만약 그가 음료수를 흘린 내 스웨터를 세탁해 주겠다고 가져가지 않았다면 영영 못 만났을지도 모른다. 용기가 없어 떠나보낸 사람은 하나로 족했다. 하든 하지 않든 후회할 거라면, 해 보고 후회하는 게 낫다고 생각했다.

그에게 전화를 걸었다. 신호가 가고 그가 전화를 받자마자 대뜸 이렇게 말했다.

"내 스웨터 와 안 주는데?"

그날 그를 만나고 돌아오는 골목길에서 다시 키스했다. 두 번째지만 첫 키스 같았다. 그때 내가 그를 정말 많이 그리워했음을 깨달았다. 이번엔 얼굴 반점을 들킬까 봐 걱정하지 않았다. 아니, 아무 생각도 떠오르지 않았다.

이 남자는 정말 이상하다

우리는 둘 다 서툴렀다. 사실 서툰 줄도 몰랐다. 그의 팔이 내 어깨를 꽉 껴안았다. 멈칫거리던 나도 그의 허리를 안았다. 누군가 나를 안아 준 것은 처음이었다. 뽀뽀를 해준 적도 없었다. 그의 따뜻한 체온을 느끼면서 얼굴 반점을 잊었고, 헤어져 있던 두 달 동안 그를 무척 그리워했다는 것과 다시는 그와 헤어질 수 없다는 것을 깨달았다.

수많은 별 중의 하나인 지구
지구 위의 파리

파리의 몽수리 공원에서

겨울 햇살 비치는 어느 아침

너 나에게 입 맞추고

나 너에게 입 맞춘

이 짧은 영원의 순간을

천년 만년이 걸려도

다 말하지 못하리

내가 좋아하는, 프랑스 국민시인 자끄 프레베르의 〈공원〉이라
는 시다. 상묵 씨와 키스를 나눈 골목길은 내가 제일 좋아하는 곳
이었다. 이곳은 내가 사람들의 시선을 피해 골목길로만 다닐 때,
혜천원으로 가는 마지막 골목이었다. 한쪽으로는 구세군교회의
담장이, 다른 쪽으로는 가정집들의 낮은 담장이 있는 곳이었다. 그
와 키스를 나눌 때 그곳은 대구의 하나뿐인 골목, 대구는 지구 위
의 하나뿐인 도시, 지구는 수많은 별 중 유일한 별인양 느껴졌다.

언젠가 보았던 드라마의 한 장면이 생각난다. 젊은 남편이 과
거에 아내에게 애인이 있었다는 것을 알고 괴로워한다. 그 남자
를 많이 사랑했느냐고 추궁하면서 둘 사이에 불화가 점점 심해진
다. 드라마를 보면서 나는 괴로워하면서 자꾸 아내를 추궁하는 남
편이 도무지 이해되지 않았다. 과거 애인이 있었다는 게 뭐가 그리

기분 나쁜 일인가, 가정을 깰 만큼 상처 받을 일인가, 도무지 공감이 가지 않았다. 하지만 이제는 드라마 속 그 남자의 심정이 어렴풋이 헤아려지기 시작했다.

걱정도 늘었다. 사랑을 받아 보지 못한 사람이 사랑에 빠지면 '올인'하려는 경향이 있다. 나는 그를 사랑하면서도 너무 빠져들면 어떡하나 걱정했다. 연애를 하면서 조금씩 남자를 알아 갔다. 맛있는 음식을 먹으면 그와 같이 먹고 싶었다. 이제 전화 통화로는 성에 차지 않았다. 매일매일 얼굴을 보고 싶었다. 아이들이 잠에서 깨지 않도록 전화기를 들고 아예 장롱 안으로 들어갔다. 나는 많이 웃고 자주 코맹맹이 소리를 냈다.

그와 함께 맞이하는 첫 여름이 되었다. 여름이 되니 화장하는 일이 고역이었다. 반점을 가리려니 자연히 화장이 두꺼워질 수밖에 없는데 쉽게 고칠 수도 없는 노릇이었다. 게다가 치렁치렁하게 길러 뺨을 가린 머리카락 속으로 땀이 흥건히 고였다. 혹시라도 남자친구가 바닷가로 놀러 가자고 할까 봐 겁이 났다.

함께 걸어가면 가끔 우리 둘을 번갈아 쳐다보는 사람들이 있다. 제삼자의 눈에는 내 얼굴이 보통 사람과는 다르다는 게 보였던 것이다. 그런데 이 남자는 정말 이상했다. 눈치채지 못했다. 만남이 계속될수록 사랑이 깊어 가는 만큼 걱정도 커졌다. 죄를 지은 사람 마음이 이럴까.

우리는 늘 대구백화점 앞에서 만났다. 인파 속에 서 있으면 언제 왔는지 그가 내 뒤로 다가와 자기 발로 내 발을 톡 건드렸다. 그만의 인사법이었다. 함께 밥을 먹고 차도 마시고 웃으며 시간을 보내지만, 마음속으로는 언제 어떻게 털어놓아야 하나 하는 생각만 가득했다.

사진 한 장을 들고 가서 보여 주면서 말해야 하나, 편지를 써서 얘기해야 하려나…. 내가 내 모습을 표현하는 건 생각만으로도 수치감이 들었다. 아예 약속 장소에 화장하지 않은 민낯으로 나가야 하나…. 온갖 상념으로 뒤숭숭한 가운데 간절히 기도했다.

'하나님, 이 사람이 제 얼굴이 아니라 마음을 볼 수 있게 해주세요.'

얼마 뒤 상묵 씨를 소개해 주었던 혜천원 동료의 남자친구에게서 연락이 왔다.

"희아 씨, 어찌된 건지는 모르겠지만 상묵이가 희아 씨랑 결혼하고 싶답니다."

나는 얼굴의 반점을 어떻게 얘기해야 할지 고민 중인데 그는 결혼까지 생각하고 있었다. 미적미적하는 사이 일이 이렇게 되고 말았다. 이제는 사실을 털어놓아야 했다. 더 미룰 수는 없었다. 시간이 많지 않다는 건 확실했다. 일단 부딪쳐 보기로 했다.

내 사랑 못난이

상묵 씨와 만난 지 1년이 되는 날이 다가왔다. 날이 날이니만큼 둘이 만나 재미있게 놀자고 전화로 약속까지 헸다. 대구백화점에서 3시에 만나기로 했지만, 일찌감치 오전에 혜천원을 나왔다.

반이 바뀌어 남자아이들을 맡고 있을 때였다. 나는 평소에는 화장을 하지 않았다. 아이들에게 화장한 모습을 보이고 싶지 않았기 때문이다. 엄하기로 소문이 나 있는데 화장한 모습을 보여 아이들에게 얕잡히는 게 싫었다. 남자아이들이 '저런 게 여자인가'라는 편견을 갖는 것도 싫었다. 그래서 남자친구를 만나는 날이면 늘 인근의 혜천원 출신 언니 집으로 가서 화장을 하곤 했다.

그날도 마찬가지였다. 혜천원 정문을 나와 별생각 없이 우유를 마시려 얼굴을 들었을 때였다. 저 앞에 주차된 차에서 누군가 내리는 것이 보였다. 시선이 자연스럽게 그쪽을 향했다.

거기 서 있는 건 바로 그 사람, 상묵 씨였다. 그 순간 거리가 온통 하얗게 변하더니 현기증이 몰려왔다. 주변의 모든 소음이 커다란 구멍 속으로 빨려 들어간 듯 귓속이 먹먹해졌다. 시간이 멈추고 이 세상에 그와 나, 단둘만 있는 것 같았다. 그의 얼굴이 더욱 또렷하게 다가왔다. 그에게 가장 보이기 싫고 들키기 싫었던 얼굴을 이렇게 들키고 말았다. 이젠 끝이구나. 대구백화점에서 3시에 만나기로 한 사람이 12시도 안 된 이 시간에 왜 여기에 있는지 알다가도 모를 일이었다.

어떻게 그와 함께 차 안에 앉게 되었는지도 모르겠다. 정신을 차리고 보니 내가 조수석에 앉아 있었다. 모든 것이 끝났다는 생각뿐이었다. 제일 숨기고 싶은 비밀을 들켜 버렸다는 수치감, 그러게 진작에 털어놓았어야 했다는 후회 두 감정이 뒤섞여 소용돌이쳤다. 그는 한참 동안 아무 말도 하지 않았다. 이윽고 입을 떼고 물었다.

"언제부터 그랬노?"

끝났다는 생각에 오기가 났다. 방귀 뀐 놈이 성낸다는 게 딱 그때의 내 얘기였다.

"와? 니 만나고부터 그랬다."

차를 타고 동네를 돌았다. 쉴 새 없이 말을 쏟아 낸 것 같다.

어쩌면 아무 말도 하지 않았을지도. 같은 장소를 여러 번 지나친 듯했다. 남자친구의 차가 언니 집 앞에 멈춰 섰다.

차에서 내려 언니 집 대문까지 아무렇지도 않은 척 걸었다. 안으로 들어서 대문을 닫은 뒤로는 후다닥 정신없이 뛰었다.

"언니, 언니, 남자친구가 내 얼굴 봤다. 나 이제 어떡하노? 어떡하노, 언니? 나 이 사람 이제 몬 만난다. 나 어떡하노?"

울음이 멈추지 않았다. 너무 울어 기진맥진했고, 그러다 깜빡 잠이 든 모양이었다. 언니가 흔들어 깨웠다. 그와의 약속 시각이 30분 앞으로 다가와 있었다. 도저히 갈 수 없었다. 가 봐야 그가 온다는 보장이 없었다. 갈지 말지 갈팡질팡하고 있을 때 언니가 한마디 했다.

"희아야, 그래도 약속 장소에는 나가 봐라. 그래야 후회 안 한다."

언니의 응원에 힘입어 화장을 하고 대구백화점 앞으로 갔다. 약속 시간에서 이미 한 시간이나 지난 뒤였다. 만나기로 한 장소에 남자친구는 보이지 않았다. 예상했던 일이다.

그날따라 젊은 연인들의 모습이 계속 눈에 들어왔다. 거리에 흥겨운 음악이 울려 퍼졌다. 대구백화점은 내게 익숙한 곳이었다. 틈만 나면 친구들과 놀러 오고 싶어 했던 곳이고, 성탄절 즈음이면 구세군 자선냄비 행사를 하던 곳이다. 하지만 모든 풍경이 나와는 아무 상관 없이 흘러가고 있었나.

이제 돌아가야지 생각하며 마음을 접었다. 그때 누군가 내 발을 톡 찼다. 너무나 익숙한 그 신호, 바로 상묵 씨였다.

"상묵 씨, 사실은 내가 말 안 하려고 한 게 아니고….."

내 말은 들으려고도 않고 그가 내 손을 이끌었다.

"어서 밥 묵자. 배고프다."

그날도 여느 날과 다를 바 없었다. 레스토랑에 가서 둘이 돈가스 정식을 시켰고 상묵 씨는 내가 남긴 것까지 깨끗이 먹었다. 그는 얼굴 이야기는 한마디도 하지 않았다. 혹시 충격이 너무 큰 나머지 아까 본 내 모습을 잊은 건 아닐까? 아니, 이 모든 상황이 꿈은 아닐까? 마음이 조마조마했다. 그와 만나는 이 시간이 즐겁지만, 이제 다시 오지 않을 시간이라는 생각에 두려웠다. 마음 한편으로 헤어질 준비를 끝냈다.

그가 평소처럼 혜천원까지 바래다 주었다. 이제 그만 헤어지자는 말을 언제 할까 마음 졸이며 기다렸다. 문 앞에서 그가 내 머리를 쓰다듬으며 말했다. "잘 자라!" 그게 다였다. 그의 뒷모습을 바라보다 나도 돌아섰다.

점호를 마치고 방으로 돌아와 누웠지만 잠이 오지 않았다. 헤어질 때 그는 다시 만나자는 말이 없었다. 이것으로 끝이구나 생각하고 있었는데 전화벨이 울렸다. 상묵 씨였다. 아무 일 없었던 것처럼 그가 말했다.

"희아 씨 잘 들어갔나? 잘 자고 다음에 만나자."

아! 그의 말에 '이제 화장 안 하고 만나도 되겠구나' 하는 생각이 제일 먼저 들었다. 그동안 변장에 가까운 화장을 하느라 정말 힘들었다. 눈도 따갑고 얼굴도 간지러웠다. 나는 누구에게랄 것도 없이 '감사합니다, 감사합니다'를 연신 중얼거렸다. 기나긴 하루 끝에 나는 기절하듯 곯아떨어졌다.

남자애들을 기르는 것도 전처럼 어렵지만은 않았다. 내겐 상묵 씨가 있었다. 상묵 씨를 통해 남자에 대해 알아 가면서 내가 맡아 왔던 남자애들 심리도 조금은 알 것 같았다.

본래 내 얼굴을 아예 못 본 사람처럼 상묵 씨는 변함이 없었다. 그를 만날 때면 여전히 화장을 했다. 하지만 목적이 달랐다. 전에는 반점을 가리기 위해서였고, 이제는 조금이라도 더 예쁘게 보이고 싶어서였다. 그를 사랑하게 되니까 그의 어린 시절 모습도 궁금해졌다. 우리 반 남자애들을 보면서 상묵 씨의 어린 시절 모습을 그려 보기도 했다.

헤어질 때면 그는 여전히 나를 꼭 안아 주었다. 가식이나 동정 같은 건 느낄 수 없었다. 얼굴 모반을 들켰을 때만 해도 내가 먼저 그를 떠나보내야겠다고 생각했지만, 이젠 그런 일은 상상조차 할 수 없었다. 이 세상에서 단 한 사람, 상묵 씨만큼은 욕심을 내고 싶었다.

우리는 시로 떼려야 뗄 수 없는 사이가 되었다. 그렇게 감사하게 1년을 더 만났다. 상묵 씨의 애창곡은 어느새 윤종신의 〈내 사랑 못난이〉로 바뀌었다.

… 나에겐 누구나 말리는
못생긴 여자친구 하나 있지
친구들은 그녀에게
첫인사로 인상 좋다 하지
그 후에도 친구들은
뻔히 여자친구 있는 내게
소갤 받으러 나오라며
내 안의 그녈
무시하면서 말을 하지
하지만 아무도 모르고 있지
그녀만이 가진 매력 …
내게 그녀는 너무
사랑스럽기만 해
남들이 뭐라 해도
너희들이나 잘 살아 보렴
난 행복할 테니

상악동암

기도 시간에 얼굴 한쪽이 욱신거렸다. 대수롭지 않게 생각했다. 그러더니 어금니가 아파 왔다. 치과에 갔더니 보철을 씌운 이 안쪽이 썩었을지도 모른다고 했다. 치과 치료를 시작하여 마지막 이까지 치료를 마쳤는데 다음 날 또 이가 쑤셨다.

10월이었다. 남자친구와 데이트하던 카페에서 차를 마시다가 잠깐 화장실에 들렀다. 고개를 숙이는데 화장실 바닥에 피 한 방울이 똑 떨어졌다. 코피였다. 여학생 시절에는 코피를 흘리고 싶었다. 좋아하는 선생님 앞에서 관심을 받고 싶었던 거다. 그때는 그렇게 염원하던 코피를 이제야 보게 되다니.

휴지로 닦으려는데 이번엔 줄줄 흘러내렸다. 지혈을 해보려 했지만 소용이 없었다. 콧구멍을 막은 휴지가 금방 빨갛게 물들었다. 상묵 씨가 발견하고 놀라서 뛰어왔다. 그날은 헤어질 때까지 휴지로 코를 막고 있었다. 치료 받은 이도 나아지지 않는 데다가 코피가 흐르면서 눈물까지 나기 시작했다.

코피가 터진 뒤로 콧속이 이상했다. 겨울이 되면 늘 비염이 도지곤 했으므로 이번에도 비염이 시작되나 보다 생각했다. 동네 이비인후과에 갔더니 적십자병원으로 가 보라고 했다. 적십자병원에서 의사 선생님이 코 안을 보려 기구를 넣었는데, 뭘 잘못 건드렸는지 다시 코피가 쏟아졌다. 잠깐 동안 흘린 피의 양이 너무 많아서 어질어질할 정도였다.

병원을 적십자병원에서 영남대병원으로 다시 바꾸었다. 몇 가지 검사를 받은 후 의사 선생님이 보호자를 데리고 다시 오라고 했다. 스물다섯 살의 성인에게 보호자와 함께 오라는 뜻을 알아챘어야 했는데 나는 대수롭지 않게 말했다.

"보호자 없는데요."

의사 선생님이 뭐 이런 대책 없는 아가씨가 있나 싶었는지 말없이 물끄러미 나를 바라보았다.

"보호자가 없으면 함께 올 만한 다른 사람은 없어요?"

"제가 일하는 보육원 원장님이 계세요."

결국 조혜란 원장님을 모시고 다시 병원으로 갔다. 담당의가 원장님에게 한 이야기를 아주 한참 후에야 들었다. 상악동암이었다. 악성종양으로 개도 걸릴 수 있는 병이라고 했다.

조직 검사를 받던 날은 우연하게도 상묵 씨와 만난 지 2년째 되는 날이었다. 첫 번째 기념일엔 민얼굴을 보고 놀라고, 두 번째 기념일엔 조직 검사를 한다고 해서 놀라고, 다음 기념일엔 도대체 무슨 일로 상묵 씨를 놀라게 할지…. 말로 할 수 없는 미안한 마음이 밀려왔다.

기념일에 만나 재미있게 놀자고 약속했는데 코 안의 조직을 떼어 검사를 받느라 얼굴이 두 배로 부어올랐다. 한번 쏟아진 코피도 잘 멈추지 않았다. 화장하려고 언니 집에 들렀지만, 화장은 고사하고 누워 있기만 했다. 상묵 씨가 찾아와 퉁퉁 부은 내 얼굴을 들여다보았다. 누워 있으니 얼굴을 가리던 머리카락마저 젖혀져서 모반이 더 적나라하게 드러났던 모양이다. 걱정스런 표정으로 얼굴을 들여다보던 상묵 씨가 한마디 했다.

"점이 여기까지 다 있었네."

병원에서는 하루빨리 입원해서 수술을 받으라고 했다. 혜천원이 가장 바쁜 달 12월에 수술 때문에 꼼짝달싹 못 하게 생겼다. 내가 맡은 아이들까지 다른 교사들이 돌봐 줘야 한다. 입원 준비를 하면서 아이들에게 당부했다.

"선생님 말씀 잘 들어야 한다. 여기 없어도 내가 다 보고 있다,

알았나? 선생님 금방 올게!"

담당의로부터 '물혹'이라고만 들은 터라 입원한 뒤에도 나는 여전히 그렇게 알고 있었다. 물혹으로 입원한 다른 침대의 환자는 퇴원하는데 며칠이 흘러도 내겐 퇴원하란 말을 하지 않았다. 매일 매일 검사가 이어졌다. 이비인후과에서 성형외과로 이동하며 일곱 개 과를 거쳤다.

수술 전날 담당의와 마주 앉았다. 그제야 병명을 정확히 알려 주었다.

"김희아 씨 병명은 상악동암이라는 악성종양입니다."

종양이란 말만 알아들었다. 의사의 설명이 이어졌다.

"이제 수술을 하면 오른쪽 얼굴뼈가 다 잘려 나갑니다. 그 부위는 다른 피부를 이식해야 합니다. 이식이 잘 안 되었을 경우 괴사가 일어나서 얼굴에 구멍이 생길 수도 있습니다. 먹은 음식이 코로 나올 수도 있는데 그때는 목에 구멍을 내야 합니다. 살을 이식해야 하기 때문에 팔에 있는 동맥이 그 자리로 올라오게 되는데, 피부를 떼어 낸 팔은 허벅지 살로 메울 겁니다."

암이 무서운 게 아니었다. 후유증도 무섭지 않았다. 수술 설명을 듣는 순간 단 하나, 남자친구의 얼굴이 스쳐 지나갔다. 뼈가 잘려 나가는 고통, 허벅지 살을 떼어 내는 이식 수술, 그런 건 잘 모르겠다. 이제는 남자친구와 헤어져야 한다는 사실이 의사의 어떤 설명보다 더 현실감 있게 다가왔다. 헤어짐의 아픔, 혼자 남게 되리라는 공포는 그 어떤 말보다 더 생생하게 다가왔다.

병실로 돌아와 침대에 앉았다. 코피가 쏟아져서 바로 누울 수도 없었다. 사람들은 평소 위로 삼아 말하곤 했다. 얼굴에 점만 없으면 참 예쁜 얼굴이라고. 하지만 이제 그나마 성한 얼굴마저 보기 흉하게 일그러질 것이다. 반점은 화장으로 가릴 수 있었지만, 수술로 변형된 얼굴은 무엇으로 가려야 할까.

남자친구와 함께 보낸 지난 2년의 세월이 눈앞에 지나갔다. 누구에게도 듣지 못한 사랑한다는 말을 해주었고, 힘들다고 투정을 부릴 때마다 받아 준 사람. 손이 시리다고 하면 내 손을 쏙 이끌어 자기 외투 주머니 속에 넣어 주고, 춥다고 하면 외투도 벗어 준 사람. 보육원 출신임을 알고도, 얼굴을 덮은 반점을 보고도 나를 사랑해 준 사람. 그런데 이제 나는 그에게 해줄 수 있는 게 아무것도 없었다.

수술 동의서에 사인을 했다. 바쁜 와중에도 조 원장님과 교회 사모님이 문병을 왔다. 휠체어에 앉아 있으니 밤하늘에 뜬 별이 올려다보였다. 유난히 별이 많이 떴다.

"내일 수술하고 깨어나면 저 별을 다시 볼 수 있을 테니까 그게 얼마나 감사한 일이에요."

사모님이 울컥 부아가 났나 보다.

"감사하긴 뭐가 감사하노?"

엄마가 있었다면, 엄마가 곁에 있었다면, 나는 마구 소리를 질렀을 것이다. '엄마, 나 미치겠어! 그동안에도 얼굴 반점 때문에 겨우겨우 참아 왔는데, 수술하면 얼굴이 뭉텅 사라질 거래. 나 어떡해 엄마! 엄마, 왜 나한테 이런 병이 생긴 거야? 대체 왜?'

너무 괴로워서 병실 바닥을 데굴데굴 뒹굴었을지도 모른다. 하지만 다른 사람들 앞에서 그럴 수는 없었다. 내가 할 수 있는 말이란 고작 감사의 말뿐이었다. 내 생애를 통틀어 엄마가 가장 절실한 시간이었다. 엄마를 붙잡고 떼를 쓰며 울고 싶었다.

엄마, 나 이것 때문에 이제 그 사람하고 헤어져야 해. 엄마 나 어떡해? 뭐라고 말 좀 해 봐. 엄마! 엄마! 엄마!

가장 아프고도 행복했던 시간

공중전화를 찾았다. 한밤중이라 병실 복도는 텅 비어 있었고, 적막 가운데 내 발소리만 울렸다. 전화번호를 하나씩 꾹꾹 눌렀다. 그러나 마지막 번호 하나에 멈췄다. 그 숫자 위에 손가락을 대고 한참 있었다. 누르면 헤어지자는 말을 해야 하고, 그럼 우린 끝이었다. 마음으로는 그의 바짓가랑이라도 붙잡고 매달리고 싶었다.

　하지만 그 사람 곁에 내가 있어서는 안 될 일이었다. 기쁨은 나누면 두 배가 되고 아픔은 나누면 반이 된다지만, 내 경우만큼은 아픔이 거꾸로 배가된다는 걸 누구보다 잘 알았다. 반점 때문에 사람들은 길을 가다가도 나를 쳐다봤는데 그나마 멀쩡하던 오른쪽 얼굴마저 흉하게 변하면 어찌 될까. 나 때문에 그 사람까지 못 사람들의 호기심 어린 시선을 무시로 겪어야만 할 것이다.

손가락에 힘을 실어 마지막 숫자를 눌렀다. 잠시 후 상묵 씨가 전화를 받았다.

"상묵 씨, 우리 이제 헤어집시다."

그렇게 말하고 전화를 끊었다. 어쩌면 또다시 버림받을까 무서워 먼저 헤어지자고 했는지도 모른다.

하루가 지나고 이틀이 지났다. 전화는 오지 않았다. 코피가 계속 흘렀다. 검붉은 선지 같은 피는 두루마리 휴지 한 통을 써도 멈추지 않았다. 그렇게 사흘이 흘렀다. 할 수 있는 게 기도뿐이었다.

'하나님, 그 사람이 떠나가도 원망은 하지 않겠습니다. 한 번도 받아 보지 못한 사랑을 주었으니 감사의 마음으로 살아가겠습니다. 하지만 하나님은 제 마음 다 아시지요?'

새벽마다 통증으로 잠에서 깼다. 진통제 없이는 잠을 잘 수가 없었다. 통증이 수그러들면 이번에는 코피가 쏟아졌다. 코피 때문에 반듯하게 누울 수가 없어서 침대에 반쯤 기댄 채 잠이 들었던 모양이다. 잠결에 보니 뭔가 거무스름한 형체가 보였다. 그 사람이라는 걸 단번에 알았다. 눈을 번쩍 뜨고 싶었지만 부끄러웠다. 동시에 그가 왔다는 안도감과 함께 화가 치밀었다. 그의 전화를 기다리던 사흘 동안 별의별 생각을 다 했다.

시계를 보니 새벽 3시였다. 눈앞에 서 있는 그에게 '상묵 씨

없는 사흘이 그렇게 긴 줄 몰랐다'라고 말하고 싶었지만, 엉뚱한
말이 튀어나왔다.

"왜 왔는데?"

상묵 씨가 대답했다.

"보고 싶어 왔다."

수술실에 들어가기 전날은 정말 행복했다. 담당 간호사에게
"간호사님, 저는 왜 이렇게 수술하는 날이 소풍 날처럼 기다려지
지요?"라고 말했을 정도였다. 원장님을 비롯해 동료들의 사랑과
관심을 받았다. 남자친구도 곁에 있어 주었다. 그 관심과 사랑에
비하면 암은 아무것도 아니었다. 암보다 무서운 게 이별이었는데
남자친구가 함께 있으니 즐거웠다. 태어난 뒤로 가장 많은 사랑을
한꺼번에 받고 있었다. 나는 병원에서 제일 행복한 시간을 보낼 수
있었다.

나중에야 이부순 사관님이 상묵 씨에게 한 말을 전해 들었다.
사관님은 상묵 씨에게 자꾸 찾아오지 말고 그만 헤어지라고 말했
다고 한다. 수술 뒤 얼굴이 더 흉하게 바뀐 모습을 보고 헤어져서
더 큰 상처를 주지 말고 차라리 지금 헤어지라는 얘기였다. 그때
상묵 씨는 단호하게 "절대 안 헤어집니다"라고 대답했다고 한다.

입원해 있는 동안 중학교 동창 은경이가 매일매일 퇴근길에
들렀다. 수술 전날에는 목욕도 시켜 주었다. 목욕할 때도 코피가

왈칵 쏟아졌다. 코피 때문에 수술 침상에 눕지도 못하고 앉아서 수술실로 들어가야 했다. 수술 잘 받고 나오라고 모두 손을 흔들어 주었다. 수술실 문이 닫히고 사랑하는 사람과 감사한 분들의 얼굴도 사라졌다. 그리고 열세 시간의 수술이 시작되었다.

원장님은 수술 동의서 외에 다른 서류에도 사인해야 했다. 24시간 자리를 비우지 말고 김희아 씨를 곁에서 간호해야 한다는 서류였다. 수술 후 거울도 치우고 과도처럼 흉기가 될 만한 건 모두 치우라고 했단다. 환자가 자살할지도 모른다면서. 나중에 그 이야기를 듣고 얼마나 크게 웃었는지 모른다.

광대뼈와 윗니의 절반을 도려내는 수술이었다. 먼저 눈 밑에서 코 밑까지 절개해 암세포가 번진 부위를 도려냈다. 피부를 지탱할 것이 없으니 팔목 동맥을 비롯해 근육을 떼어 와 빈 부분을 채우고, 피가 통하도록 목의 동맥과 연결했다. 팔에는 허벅지 살을 이식했다. 젊은 여성이라서 피부는 잘라 내지 않고 그대로 살려 두었다고 했다.

마취가 풀릴 무렵 문득 의사들의 말이 귀에 들려왔다.

"오늘 수술이 너무 길어 아직 밥도 못 먹었네."

마취가 덜 풀린 혀로 이렇게 말했던 것 같다.

"저 때문에 식사도 못 하셨죠? 죄송하고 감사합니다."

열세 시간의 긴 수술을 마치고 의식을 회복했을 때 그리운 얼굴들이 다 눈앞에 있었다. 상묵 씨와 원장님, 사관님과 동료들. 바쁘고도 분주한 12월에 나는 그분들의 사랑을 독차지한 셈이었다.

입원해 있는 한 달 동안 쉴 새 없이 코피가 쏟아졌다. 팔과 다리까지 수술했기 때문에 거동할 수 없었다. 혜천원의 선생님들이 교대로 찾아와 대소변을 받아 주었다. 회사 일로 고단할 텐데 친구 은경이도 계속 들러 주었다. 모두들 감사하고 미안했다.

남자친구도 매일 찾아왔다. 장난삼아 "나중에 AB형 필요하면 피 좀 도!"라고 말하곤 했다. 상묵 씨와 나는 혈액형이 같았다.

아침이면 의사가 사타구니에서 채혈을 했다. 통증도 통증이지만 남자 선생님이라 너무 부끄러웠다. 그런데 그분이 어찌나 넉살이 좋은지 창피해하는 나에게 이렇게 말했다. "김희아 씨, 내 아무한테도 말 안 할 테니 걱정하지 말아요."

밤이면 피를 쏟고 아침이면 수혈을 해야 했다. 어느 날 잠결에 건강한 남자의 AB형 피가 필요하다는 의사의 말을 듣고는 눈을 번쩍 떴다.

"선생님! 선생님! 제 남자친구 불러 주세요!"

고령에 있던 상묵 씨가 급히 병원으로 달려왔다. 다행히 그날 상묵 씨의 혈장을 수혈받은 뒤로는 한 번도 수혈하지 않았다.

긴 병원 생활에 조금씩 지쳐 갔다. 사람들의 관심과 사랑도 좋지만, 이제 그만 혜천원으로 돌아가고 싶었다. 우리 방 아이들도 보고 싶었다. 유동식 식사가 물리기도 했다. 앞 침상 환자가 먹는 김밥이 그렇게 먹고 싶을 수가 없었다. 하지만 수술 후 입이 벌어지지 않아서 김밥 같은 음식은 아예 엄두도 내지 못했다. 먹고 싶은 걸 맘껏 먹고 씹을 수 있다는 게 얼마나 감사한 일인지를 새삼 깨달았다.

병원에서 일기를 썼다.

"하나님, 지금 제가 겪고 있는 아픔과 육체적 고통을 잊지 않게 해주세요. 아픈 사람을 만나면 이 기억을 가지고 진심으로 그들을 위로하는 사람이 되게 해주세요."

혜천원을 떠나다

퇴원 무렵 병원으로 찾아온 동료 선생님이 조심스럽게 말을 꺼냈다.

"희아 선생님, 이제 어떡할 거예요?"

"뭘요?"

"직장 말이에요. 아파서 아이들을 돌볼 수 있을까요?"

전혀 생각지 못한 일이었다. 직장을 그만둬야 한다는 생각은 꿈에도 하지 않았다. 하지만 아무런 대꾸도 못 했다. 혜천원은 내 집이기도 하지만 직장이기도 했다. 직원인 내가 일을 하지 못한다면 더 이상 혜천원에 머물 수는 없었다.

병원에 있는 동안 사표가 수리되었다. 입원 중에는 그렇게 퇴원하기만 바랐는데 이제 다른 걱정이 생겼다. 나는 이제 어디로 가야 하나? 한동안 입밖에 내기를 정말 싫어했던 그 말이 저절로 튀어 나왔다. 다시금 혼자고 고아라는 걸 절감했다.

어느 날 담당의가 말했다.

"김희아 씨, 내일 퇴원하세요!"

가슴을 파고드는 말이었다. 이어서 마음 깊은 곳에서 울리는 말이 있었다. '나, 는, 이, 제, 어, 떡, 하, 지?'

병원에 있는 동안 살면서 가장 아팠지만 동시에 가장 행복했다. 사랑과 관심 속에 간호를 받았고, 사람들이 자주 내 이름을 불러 주었으며, 위로와 응원이 끊이지 않았던 행복한 시간이었다.

한 달에 걸친 병원 생활을 끝내고 혜천원으로 돌아왔다. 짐을 정리해야 했다. 내가 돌보던 방 아이들은 다른 선생님들 방으로 뿔뿔이 흩어진 뒤였다. 아이들과 마주쳤지만 한 달 동안 떨어져 있어서인지 나를 낯설어하는 눈치였다. 이제는 내가 자신들의 선생님이 아닌 줄 알게 되었을 것이다.

한 달 동안 비어 있던 방은 썰렁했다. 6년간의 직장 생활이 끝나는 게 실감 났다. 나를 혜천원에 취직시켜 주신 변 원장님 말씀이 떠올랐다. '희아야, 여기서 오래오래 일해라.'

방 한쪽에서 입원하기 전에 산 화분이 나를 맞아 주었다. 한 달 동안 물을 먹지 못한 스킨답서스의 이파리가 바싹 말라 있었다.

스킨다비스는 줄기를 잘라서 컵에 꽂아 두면 뿌리를 내릴 정도로 생명력이 강한 식물이다. 화분에 물을 한 컵 주고 잠이 들었다. 다음 날 일어나 보니 언제 그랬냐는 듯 이파리가 생기를 되찾고 있었다.

스킨다비스 화분은 그때부터 무려 30여 년을 나와 함께해 왔다. 시들었나 싶으면 푸르게 생기가 돌고, 죽었나 싶으면 다시 일어났다. 정말 생명력이 강했다. 물 한 컵만으로 잎이 다시 살아났다. 희아와 참 많이도 닮았다. 나도 "얼굴이 그래서 뭘 하겠노"라는 말만 들었다면 좌절로 생을 마감했을 것이다. 내 얘기를 들어주고 응원해 준 친구의 말이 화분을 살린 물 한 컵처럼 무언가를 꿈꿀 수 있게 해주었다.

거취가 정해질 때까지 방에서 혼자 지내면서 혜천원을 구석구석 둘러보았다. 코스모스방 앞에 서니 텔레비전을 보던 추억이 떠올랐다. 그 방에만 텔레비전이 있었기 때문에 늘 아이들로 붐볐다. 〈소공녀〉라는 외화를 본 뒤 소공녀가 되고 싶었다. 아버지를 여읜 소공녀 세라의 추운 다락방에 누군가 맛있는 음식을 차려 놓고 촛불을 켜 둔 채 사라진 장면이 여전히 선명하다.

진달래방 앞에서도 잠깐 멈춰 섰다. 누군가 내가 자는 진달래방에도 촛불과 음식을 두고 가길 간절히 바랐던 기억이 난다. 소공녀가 아저씨의 손을 잡고 떠나는 장면에서는 나도 누군가의 손을 잡고 혜천원을 떠나기를 꿈꾸었다. 하지만 이제 나는 병으로 인해 혼자 떠나야 했다. 몸이 아픈 것도, 정신이 아픈 것도 아니었다. 단지 얼굴이 아플 뿐이었다. 그런데도 '계속 일하고 싶어요, 저를 붙잡아 주세요'라고 말할 수 없었다.

지금에 와서 그때를 돌아보면, 스물다섯 살 아가씨가 얼마나 막막했을까 싶다. 그 나이에 암에 걸리고 직장도 잃고 갈 곳도 없었다. 그 시기를 어떻게 이겨 냈을까 대견하다는 생각도 든다. 스물다섯 살이 되어서야 진짜 고아가 되었구나 싶었다.

직원이 아니었기 때문일까. 잠시 머물던 방에 몸을 눕히는 것조차 불편했다. 누가 뭐라고 하는 것도 아닌데 마음이 편치 않았다. 빨리 방을 구해야 했다.

오늘 본 방을 수요일에 계약하기로 했다. 난 어디로 가야 하나.
서럽고 서글프다. 군중 속의 외로움이란. 많은 아이들이 있지만
문을 꼭 닫은 나의 방은 외로움으로 가득하다. 무엇으로 채워야
하나. 무엇으로 외로움을 달래야 하나.
나의 동지는 없다. 날 위하는 이도 없다.
하기야 착하지도 않은 나를 누가 좋아할까.
몸이 피곤하다. 식사도 잘 못 하겠다.
속이 메스껍고 하여튼 기분이 빵점이다. 외롭다.
- 일기장에서

입원해 있는 동안 직장이 없어지면서 기초생활보장 대상자로 지정되었다. 보험금과 후원금 등으로 천만 원짜리 전세방을 얻게 되어, 어린 시절을 보낸 집이자 직장이었던 혜천원을 떠났다. 후원자님의 편지와 사진이 든 상자, 스킨다비스 화분 그리고 그동안 내가 사용해 온 전화번호를 가지고서.

나를 사랑해줄 한 사람

가족 이상의 가족

내 친구 옥순이는 지금도 내 이야기를 들으면 운다. 듣고 또 들어 다 아는 이야기인데 들을 때마다 눈물이 난다고 했다. 옥순이는 중학교 2학년 때 친구다. 300원씩 모아 나를 수학여행에 보내 준 2학년 4반 친구 중 한 명이다. 나중에 많은 사람 앞에서 내 이야기를 떨지 않고 할 수 있게 된 건 옥순이에게 내 이야기를 수도 없이 했기 때문이다. 옥순이를 다시 만난 건 수술을 하고 혜천원을 나온 뒤였다.

혜천원을 나와 살기 시작한 집은 혜천원에서 걸어서 5분도 걸리지 않는 옥탑방이었다. 아무런 연고도 없는 내게 혜천원은 친정 같은 곳이었다. 유 선생님과 조 원장님이 계신 혜천원이 옥탑방에서 보인다는 사실만으로도 큰 위안이 되었다.

혜천원을 나왔지만 나는 여전히 혜천원의 그늘 아래 있었다. 원장님이 가끔 쌀과 부식 거리를 가져다주셨다. 구청의 지원도 있었다. 기초생활보장 수급자라서 매월 생활비로 13만 원을 받았다. 그 돈으로 한 달 한 달 생계를 꾸려 나갔다.

방사선 치료를 계속 받다 보니 머리카락이 빠졌다. 게다가 고개를 숙이거나 조금만 힘을 주면 영락없이 코피가 쏟아졌다. 그러니 혼자 머리를 감을 수도 없었다. 상묵 씨가 찾아와 나를 화장실 문턱에 눕혀 놓고 머리를 감겨 주었다.

갑자기 할 일이 없어진 뒤로 하루가 정말 길게 느껴졌다. 매일 아침 방사선 치료를 받으러 가야 하는데, 혼자 병원에 다니기가 싫었다. 무섭기도 했다. 혼자 있으니까 혼자 생각하고 결정하는 일이 많아졌다.

남자친구는 있지만 아직 결혼한 사이는 아니었다. 곁에 있어 달라고 무작정 붙잡아 둘 수는 없었다. 그냥 발길을 끊으면 그걸로 끝인 사람이라는 생각이 들었다. 집이 고령이라는 것밖에 알지 못하니 그가 마음만 먹는다면 찾을 길이 묘연했다. 혼자 지내는 데다 몸까지 아프니 점점 더 안 좋은 생각에 빠져들곤 했다.

어느 날, 방사선 치료를 받고 돌아오는 길에 옥순이와 마주쳤다. 그동안 가끔 길에서 마주치면 "희아, 안녕!" "순아, 안녕!" 인사를 하고 지나치곤 했다. 옥순이는 평소와는 다르게 놀란 표정으로 눈이 휘둥그레졌다. 얼굴에 난 수술 자국을 보면서 대체 무슨 일이 있었던 거냐고 묻는데 금방이라도 눈물이 쏟아질 것 같았다.

그날부터 옥순이는 옥탑방을 수시로 드나들었다. 수술 자국이 선명한 내 얼굴을 보는 게 아무렇지도 않은 모양이었다. 남자친구가 있어도 채워지지 않는 부분이 있는데, 그걸 옥순이가 채워 주었다. 옥순이는 친자매처럼 나를 챙겼다. 집에 맛있는 반찬이 있으면 갖다 주었고, 양파와 마늘 같은 식재료도 올 때마다 챙겨 왔다. 과일도 꼭 먹어야 한다면서 집에 가는 길에 들러 넣어 놓고 갔다. 옥순이 어머니는 집의 반찬거리가 왜 자꾸 없어지는지 의아해하셨을 것이다.

주말이면 둘이 방에 누워 뒹굴거리면서 시간을 보냈다. 두 발을 벽에 걸쳐 놓고 나란히 누워 소소한 이야기를 나누는 시간은 크나큰 낙이었다. "순아, 난 언젠가 꼭 텔레비전에 나갈 거다."

옥순이는 내가 왜 그토록 텔레비전에 나가고 싶어 하는지 알고 있었다. 유명해지려는 게 아니었다. 텔레비전에 나가면 엄마가 알아보지 않을까 하여 꿈꾸기 시작한 것이었다.

"옛날부터 니는 말을 잘했다 아이가. 내는 니가 강의를 해도 잘할 거 같다."

"진짜가?"

허황한 소리 그만하라고 핀잔을 줄 만도 한데 옥순이는 개그맨 콤비처럼 딱딱 맞장구를 쳐 주었다.

"순아, 나는 이 얼굴 점이 내가 감당할 수 있으니까 내한테 있는 거라고 생각한다. 그래서 솔직히 감사하다. 내만큼 이래 점이 어울리는 사람이 또 있겠나?"

가끔 이런 이야기를 하면 옥순이는 "어떻게 그런 생각을 할 수가 있노. 니는 정말 대단하다"라며 감탄과 칭찬을 아끼지 않았다. 내가 좋아하는 친구가 해주는 격려와 칭찬의 말에서 큰 힘을 얻었다. 그로 인해 더욱 감사한 마음이 커졌다. 내 말을 비웃지 않고 마음을 다해 들어 주는 친구가 있으니, 마음에 있는 이야기들을 다 꺼낼 수 있었다. 옥순이를 통해 내 꿈이 공상에 그치지 않고 실현 가능성이 있는 장래 희망이 될 수 있었다.

옥순이와 어울려 다니면서 옥순이의 친구들과도 친구가 되었다. 노래방에도 가고 옥탑방에 모여 고스톱을 치기도 했다. 혜천원에서 짐을 싸서 나올 때는 정말 세상에 홀로 남겨진 고아가 된 것 같았다. 그런데 이렇게 친구들과 웃고 떠들면서 나는 다시 예전의 밝고 명랑한 희아가 되어 갔다.

하루는 "희아야, 서점에 책 사러 가는데 같이 갈래" 하는 말에 옥순이를 따라나섰다. 서점에 간다던 옥순이가 별안간 약을 찾을 게 있다면서 한의원에 잠깐 가자고 했다. 아무 생각 없이 옥순이를 따라 한의원에 들어갔는데 내 손을 잡아끌더니 "선생님, 얘 맥 한 번 짚어 봐 주실 수 있어요?" 하는 게 아닌가. 그때까지도 영문을 모르는 나는 옥순이가 하자는 대로 선선히 따랐다. 한참 진맥을 하고 있는 한의사에게 옥순이가 말했다.

"선생님, 내 친구가 정말 많이 아팠어요. 친구한테 좋은 약 하나 지어 주세요."

애당초 옥순이는 책을 사러 가려던 게 아니었다. 극구 사양하는 나에게 옥순이는 기어코 한약을 맞춰 주었다. 한 달 동안 과외해서 번 돈으로 한약을 지어 준 것이었다. 그때까지 한 번도 한약을 먹어 본 적 없는 나는 그렇게 처음이자 마지막으로 한약을 지어 먹었다. 옥순이는 칠성시장에서 몸에 좋다는 물고기를 사서 고아 주기도 했다.

친구가 해준 보약을 먹으면서, 어쩌면 엄마의 마음이란 굳이 엄마가 아니어도 느낄 수 있을지 모른다는 생각을 했다. 그때 결혼도 하지 않았던 옥순이의 내면에는 이미 엄마의 마음이 들어 있었던 것이다. 중학교 시절 동창으로 그냥 가볍게 인사만 하고 지나칠 수 있었을 텐데, 옥순이는 그렇게 하지 않았다. 암으로 잘려 나간 얼굴을 보고 지나치지 않았고, 내 아픔에 공감하고 가족 같은 친구로 다가와 주었다.

나를 변함없이 챙기고 보살펴 주는 또 한 명의 가족이 있다.

리그니 후원자님이었다. 스무 살이 넘었기에 이젠 후원을 끊어도 된다는 본영의 안내가 있었지만, 이번에도 후원금과 함께 암 수술을 받은 나를 위해 기도하고 있다는 소식을 보내 오셨다.

희아야, 지난 6월 20일에 네가 보낸 편지를 어제 받고 무척 기뻤다. 편지를 써 주어서 정말 고맙구나. 지금 우리 사무실 사람들은 대부분 미국 애틀랜타에서 열리는 세계구세군대회에 참석하러 가고 세 명만 남아 있단다. 한국에서도 많이 참석한 걸로 안다. 본영 건물이 이사하기 때문에 지금 우리 세 사람은 정신없이 바쁘게 이삿짐을 싸고 있어. 늦어도 7월 11일까지는 전부 옮겨야 하니, 그 안에 할 일들이 너무 많구나. 그래도 희아야, 너를 위해 계속 기도하고 있단다. 암으로 고생하는 너를 생각하니 마음이 아프구나. 치료받는 건 어떠니? 일은 못 하고 쉬면서 치료만 받고 있는 건지 궁금하다. 책을 읽는 것 정도는 괜찮겠지? 여기 적지만 돈을 같이 보낸다. 조금이라도 도움이 되면 좋겠구나. 더 많이 보내지 못해 미안하다. 나도 한국에 가서 많은 친구도 만나고 싶지만, 은퇴하고 나서 한국 구세군 100주년 기념식이 있는 2008년에나 가능할지 모르겠구나. 왜냐하면 지난 1월부터 양로원에 계시는 어머니를 보러 뉴멕시코에 다녀와야 해서 도저히 시간을 낼 수가 없거든. 내가 있는 캘리포니아로 모셔 오고 싶은데 어머니 건강 때문에

나를 사랑해 줄 사람

먼 길 여행도 어렵거니와 무엇보다도 경비가 세 배나 많이 들기 때문에 모셔 오지도 못하고 있단다. 그래도 오빠가 뉴멕시코에 살고 있어서 자주 방문하니 다행이야.

나는 아직도 네 사진을 가지고 있단다. 사진을 보면서 너를 위해 기도한다. 너는 아직도 혜천원에 살고 있는지 아니면 따로 사는지도 궁금하구나.

내가 너를 사랑하고 언제나 너를 기억하며 기도하고 있음을 잊지 말기 바란다. 하나님께서 희아를 축복하시기를….

왜 '고아'라고 겁을 냈는지, 왜 늘 혼자라고 외로워했는지 모르겠다. 열 살 때부터 내게는 늘 후원자님이 계셨다. 암에 걸려 수술을 받을 때는 많은 분이 사랑을 베풀어 주었다. 은경이와 옥순이, 명순이처럼 좋은 친구들도 늘 곁에 있었다.

그렇게 사랑을 받으면서 배운 게 있다. 그 사랑을 누군가에게 돌려주고 싶다는 것이었다. 그래서 나도 넉넉하진 않았지만 에티오피아에 사는 새디소저마란 소녀를 후원했다. 아버지는 남의 땅을 빌려 농사를 짓는 소작농으로, 가뭄과 소작료 부담으로 인해 끼니를 잇기 어려운 형편이었다. 당연히 교육은 엄두도 내지 못했다. 그 아이에게서 어릴 적 나를 떠올렸다. 안타깝게도 투병생활로 인해 후원이 중단되긴 했지만 사랑을 나누려는 마음이 사라진 건 아니었다.

나는 그해 여름에 받은 리그니 후원자님의 편지를 읽고 또 읽었다. 얼마 전 후원자님은 아버지와 고모를 차례로 떠나보내셨다. 아흔이 다 된 후원자님의 노모도 건강이 좋지 않으시다.

내가 간직하고 있는 사진 속 리그니 후원자님은 노년으로 접어든 백발의 백인 여성이다. 조랑말에게 먹이를 주는 사진인데 한눈에 보아도 인자하고 따스한 분이란 느낌이 든다. 사진만으로도 캘리포니아의 따스한 햇살이 느껴지는 것 같다. 어릴 적 나는 어떻게 '따뜻한 성탄절'이 있는지 이해할 수 없었다.

사진을 볼 때마다 마음이 따뜻해지는 건 후원자님의 인자한 미소와 캘리포니아의 햇살 때문이었을까. 한때 한국 구세군에서도 일했던 리그니 후원자님은 우리나라 참외를 좋아하셨다. 미국에서 아무리 맛있는 수박을 먹어봐도 한국의 수박 맛에 비할 게 못 된다고도 했다. 언제 한국에 오시면 참외와 수박을 실컷 대접하고 싶었다. 나중에 후원을 그만두신 뒤로는 아이티의 한 소녀를 후원하기 시작했다는 편지도 보내 주셨다. 그렇다고 나를 잊은 건 아니라는 얘기와 함께.

늘 사진만 보면서 그리워하던 리그니 후원자님을 드디어 만날 기회가 주어졌다. 2008년 한국구세군 100주년 기념식 행사 때였다. 사진으로 봤을 뿐이지만, 한눈에 그분을 알아볼 수 있었다. 작은 목소리로 뒤에서 그분의 한국 이름을 불렀다.

"이근희 선생님!"

후원자님이 뒤돌아보았다. 그분도 한눈에 나를 알아보시는 것 같았다. 푸른 눈이 조금씩 커졌다. 영어를 잘 못 했지만, 그분에게 그동안 하고 싶었던 말은 어려운 단어, 긴 문장이 필요치 않았다.

"아이 러브 유, 땡큐!"

우리는 서로 힘껏 껴안았다. 둘 사이에 아무 말도 필요 없었다. 통역도 필요 없었다.

감사의
기적을
살다

가장 근사한 프러포즈

결과를 기다리는 짧은 시간이 너무 초조했다. 얼핏 화장실 거울에 얼굴이 비쳤지만 모르는 척 외면했다. 수술 뒤의 얼굴은 내가 봐도 어색할 만큼 뒤틀려 버렸다. 시간이 지날수록 얼굴에 변형이 올 거라는 담당 의사의 말이 기억에 생생했다. 하지만 어떻게 얼굴이 변할지는 예측할 수가 없었다. 뺨부터 서서히 함몰되기 시작했다. 그 무렵 거울을 잘 들여다보지 않았다.

수술 직후에는 얼굴이 심하게 부어올라 광대뼈를 들어낸 것 조차 표나지 않았다. 봉합 자국만 없었다면 아무도 수술 사실을 몰

랐을 것이다. 침대 곁에 앉아 걱정스럽게 얼굴을 들여다보던 상묵
씨도 뭔가 의아했던지 "뼈를 들어낸 게 맞다 카드나?"라고 물어
볼 정도였다.

상묵 씨는 여전히 아무렇지 않게 나를 안아 주었다. 예전과 비
슷하다고 위로하지만 얼굴의 변화는 누구보다 내가 잘 알았다. 움
푹하게 꺼지는 뺨과 함께 눈도 덩달아 빨려 들어가는 듯했다. 얼굴
이 어떻게 변할지 너무 무서웠다.

상묵 씨는 일주일에 두어 번 집에 들렀다. 버스 운전을 시작했
는데 운전병으로 군복무한 덕을 톡톡히 보고 있었다. 고령에서 출
발해 대구로 오는 버스가 대구에 와서 하룻밤 쉬는 날이면 상묵
씨 얼굴을 볼 수 있었다. 밤늦은 시간, 벌컥 문을 열고 들어서면 그
가 온종일 버스를 몰면서 들렀던 정류장들의 냄새가 다 나는 듯했
다. 상묵 씨는 피곤할 텐데도 머리를 감겨 주고 떨어진 생필품들을
사다 놓았다.

혜천원을 그만둔 뒤로는 정부에서 주는 10만 원 남짓한 보조
금으로 한 달을 살고 있었다. 방사선 치료는 진작 끝났지만 직장을
구할 엄두는 내지 못했다. 나를 처음 만날 당시 소방공무원 시험을
준비 중이던 상묵 씨는 중도에 포기하고 말았다. 몇 달 동안이라도
아무 걱정 없이 공부에만 몰두할 여유가 없었다. 내가 혜천원 교사
로 일하고 있다면 상묵 씨를 도울 수 있었을 테지만, 현실은 오히
려 그에게 혹 같은 존재가 되었다. 적은 급여를 쪼개 나까지 챙겨

야 했기 때문이다.

드라마 속 주인공들은 수많은 난관을 극복한 뒤에 결혼에 이른다. 하지만 우리에겐 결혼으로 끝나는 해피엔딩은 아직 먼 이야기였다. 둘 다 가진 게 너무 없었다. 혜천원 동료는 물론이고 길에서 만나는 동네 사람들도 내게 남자친구가 있다는 걸 알고 있었다. 걱정스레 바라보는 시선이 있다는 것도 알았다. 하지만 누구보다 가장 불안한 건 나였다.

고령에서 출발한 버스는 대구를 거쳐 다시 고령으로 돌아갔다. 그런데 어느 날 그가 운전하는 버스가 대구가 아닌 다른 곳으로 가 버리는 꿈을 꾸었다. 버스를 몰고 내가 모르는 곳으로 가서 영영 돌아오지 않았다.

내가 먼저 결혼 이야기를 꺼낼 수는 없었다. 그가 먼저 말을 꺼낼 때까지 기다려야 했다. 하지만 결혼하자고 해도 걱정이었다. 이 얼굴로 어떻게 결혼식장에 들어갈 수 있을까. 상묵 씨 아버님과 친척들에게는 얼굴을 어떻게 보일 수 있을까.

감았던 눈을 살짝 뜨고 테스트기를 보았다. 두 줄 붉은 선이 선명했다. 혹시나 싶어 다시 확인했다. 분명 임신이었다. 가슴이 철렁 내려앉았다. 늘 엄마가 되고 싶었다. 그런데 이 사실을 알고 상묵 씨가 떠나 버리면 어떡하나, 두려움이 몰려왔다.

방 안에 쪼그리고 앉았다. 내가 자라고 근무했던 혜천원이 5

분 거리에 있다. 지난 30년 동안 나는 이 동네를 떠난 적이 없었다. 직장을 그만두고도 다른 동네로 가지 못했다. 무슨 일이 있으면 달려가 도움을 청할 곳이 그곳밖에 없었다. 내게는 친정 같은 곳이었다. 동네 사람들도 혜천원의 반점 있는 아가씨를 다 알고 있었다. 그러니 결혼도 하지 않은 처녀가 배가 불러 다닌다고 손가락질 받을 게 뻔했다.

사람들 눈이 무서워서 임신 테스트기도 멀리 나가서 사 왔다. 나를 향한 사람들의 손가락질은 무섭지 않았다. 하지만 배 속 아기까지 손가락질을 받게 할 수는 없었다. 그렇게 바랐던 아기가 내게 왔는데 마음 놓고 기뻐하지도 못하고 있었다.

아랫배에 손을 대 보지만 아직 어떤 미동도 느껴지지 않았다. 하지만 30분 전과 달리, 나는 이제 혼자가 아니었다. 상묵 씨에게 전화를 걸었다. 몇 번이나 연습했는데도 말을 꺼내기가 쉽지 않았다.

"뭔 일이고? 어디 아프나?"

근무 시간에 전화하는 일이 드물었기에 내가 아픈 줄 안 모양이다.

"상묵 씨, 우리… 아기가 생긴 것 같은데…."

말을 다 마치지도 않았는데 그가 웃음을 터뜨렸다. 웅성웅성 말소리가 들리는 걸로 보아 버스회사의 기사 대기실인 듯했다. 사람들이 많은 곳에서 그가 그렇게 큰 소리로 웃는 건 처음 들어 보는 것 같았다. 실감이 나지 않는지 묻고 또 물었다.

"니 지금 진짜가? 진짜 맞나?"

너무 마음을 졸인 나머지 자리에 주저앉고 말았다. 왜 상묵 씨를 의심했던 걸까. 그제야 나도 소리쳐 말했다.

"진짜다, 진짜! 내가 뭐할라꼬 거짓말을 하겠노!"

이제나저제나 상묵 씨의 청혼을 기다리며 불안한 마음이었다. 그가 끝내 청혼하지 않을지도 모른다고 자포자기한 적도 있었다. 제대로 된 프러포즈는 꿈도 꾸지 않았다. 처음 만났던 그해의 화이트데이에도 그는 사탕을 봉지째 포장도 하지 않고 툭 던져 주었다. 그 무신경에 속이 상해 두어 달 통화도 하지 않았다.

전화를 끊으려는데 상묵 씨가 말했다.

"아버지 만나러 가자!"

그 말이 곧 청혼이었다. 이전에도 그를 기다리고 있을 때면 그가 말없이 다가와 내 발을 툭 건들곤 했다. 그렇게 표현에 서툰 그가 할 수 있는 그다운 프러포즈였다. 나는 큰 소리로 말했다.

"알았다!"

"그런데 아버지한테는 희아 씨가 임신한 거 말 안 할 끼다. 희아 씨도 하지 마라."

왜 그러는지 어렴풋이 알 것 같았다. 아버님은 결혼식이 끝난 뒤에야 임신 사실을 아셨다. 상묵 씨는 무엇보다 아버님이 내 마음을 먼저 보시기를 원했던 것이다.

삶의 힘은 감사입니다

아버님을 뵐 날이 다가왔다. 아버님에게 얼굴을 보여 드리는 일은, 상묵 씨에게 반점을 보여 주지 못하고 전전긍긍하던 때보다 훨씬 더 힘들고 두려웠다. 자주 잠을 설쳤다.

출발 당일 너무 긴장하고 서두른 나머지 보철을 끼는 것도 잊어버렸다. 1층에 내려와 출발하려는 순간에야 떠올라서 상묵 씨가 급히 가지러 올라갔다. 옥탑방까지 뛰어 올라갔다 온 상묵 씨가 보철을 내밀었다. 재건 수술 전이라 보철을 끼고 있어야 그나마 웃는 게 자연스러워 보였다. 상묵 씨 앞에서 입을 쩍 하고 벌렸다. "보철 좀 끼워 도!" 하나도 부끄럽지 않았다. 상묵 씨가 웃으면서 보철을 끼워 주었다.

고령까지는 한 시간도 더 가야 하는데 벌써 가슴이 콩닥거렸다. 결혼을 반대하시면 어떡해야 하나. 부모님이라고는 양가에서 한 분뿐인 상묵 씨 아버님의 축하 속에 결혼하고 싶었다.

아버님은 벌써 약속 장소에 와 계시다고 했다. 약속 장소인 레스토랑의 계단을 내려가는데 너무 긴장해서 앞이 잘 보이지도 않았다. 우리는 서로 좋아서 만나 왔지만 어떤 부모가 막내아들을 고아에다 얼굴 반점에 병까지 걸리고 직장도 없는 아가씨와 결혼시키고 싶어할까.

아버님을 뵈러 가기 전 내가 이모처럼 믿고 따르던 분에게 결혼 인사를 드리러 갔다. '잘됐다!' 하고 축하해 줄 줄 알았는데 상묵 씨를 보더니 안색이 안 좋아 보였다.

"신랑이 너무 멀쩡하니 걱정이다."

상묵 씨와 아무 관계가 없는 사람도 그런 말을 하는데, 아버님이 어찌 쉽게 결혼을 허락하실 수 있을까.

아버님에게 어떻게 인사를 드렸는지 기억이 잘 나지 않는다. 죄인처럼 내내 고개를 떨구고 있었을 것이다. 고개 좀 들라고 상묵 씨가 옆구리를 콕콕 찔러 댔던 것도 같다. 아버님도 한동안 아무 말씀이 없었다. 음식을 시켰지만 손도 댈 수 없었다. 어디론가 숨고 싶었다. 반대하신다면 나와 우리 아기는 어떻게 되는 걸까 하는 생각을 했던 것 같다.

"사람이 살다가 아픈 거를 어떡하겠노."

생각지도 못한 말씀에 놀라고 당황했다. 이제껏 그렇게 따뜻한 위로의 말을 들어 본 적이 없었다.

나를 좋아하는 분들은 내게 닥친 불행에 화를 냈다. 이왕 병이 올 거라면 반점이 있는 쪽으로 오지, 왜 다른 쪽이냐고 울분을 토했다. 그때 내가 제일 원한 건 따뜻한 말 한마디였다. 누군가 꼭 안아 주는 거였다.

"행복하게 잘 살아라. 사랑은 주머니에 넣어 놓고 다니는 거 아니다."

잘 살라는 말씀을 들었을 때부터 울먹이기 시작했을 것이다. 그제야 처음으로 고개를 들고 아버님을 바라보았다. 내가 사랑하는 사람의 아버지, 상묵 씨가 닮은 노인이 거기 앉아 계셨다. 눈도 부리부리하고 코끝도 날카로웠다. 상묵 씨와 너무 닮아서 웃음이 났다. 아버님도 웃으셨다.

"그래, 웃어라. 웃으니 보기 좋네!"

그날 아버님의 그 말씀이 내겐 가장 큰 결혼 선물이었다.

남자와 여자 사이에 태어난 아기

상악동암 수술 이후 코피가 나지 않는 날이 없었다. 수술 초기에는 한 번 피가 나면 말 그대로 쏟아졌다. 날씨가 건조해지면 코가 제일 먼저 알았다. 콧속이 갈라지고 피가 터졌다. 기침이나 재채기에도 피가 났다. 잠을 자다가도 코피가 목으로 쿨럭쿨럭 넘어갔다. 새벽 3시고 4시고 자다가도 벌떡 일어나 고개를 앞으로 숙이고 쏟아지는 코피를 받았다. 달리 방법이 없었다.

10분이고 20분이고 저절로 지혈될 때까지 기다렸다. 바로 누워 잠을 잘 수도 없었다. 벽에 등을 대고 앉아 날이 밝기를 기다리곤 했다. 혼자 아침이 오기를 기다릴 때면 말할 수 없이 외로웠다.

그런데 아기를 가진 뒤부터 별로 외롭지 않았다.

배 속의 아기는 무럭무럭 잘 자랐다. 태동도 크게 느껴졌다. 발길질이 어찌나 센지 나도 모르게 '어이쿠' 소리를 낼 때도 있었다. 배가 조금씩 아래로 내려앉기 시작했다. 일어서는 것도 앉아 숨 쉬는 것도 힘들지만 이쯤이야 아무것도 아니었다.

우리는 5월 26일에 결혼식을 올렸다. 내게서 그런 용기가 나올 줄 몰랐다. 그 많은 사람 앞에 설 자신이 없었다. 그런데 웨딩드레스를 입고 신부 화장을 했다. 이 모든 용기를 준 건 아무래도 태중의 아기인 것만 같았다. 내가 사랑하는 분들이 많이 오셨고 축복 속에 결혼식이 무사히 끝났다. 결혼 사진도 찍었다. 얼굴 모반 때문에 초등학교 졸업 사진도 찍기 싫어했고, 얼굴이 변하면서부터는 더욱더 사진 찍는 일을 피했다. 그런데 아무렇지 않게 사진을 찍었다.

버스 운전을 그만둔 상묵 씨는 트레일러를 운전하기 시작했다. 전세금 2천만 원을 빼서 트레일러 사는 데 보태고 월세로 이사를 했다. 새 차도 아닌 7년이나 된 중고차지만 우리는 새로운 희망에 부풀었다. 바퀴 수만 자그마치 스무 개가 넘는 거대한 트레일러는 도로에서 볼 수 있는 가장 긴 차였다.

상묵 씨와 함께 트레일러를 시승했다. 차에 타는 것도 힘들어 기어오르듯 끙끙대는 나를 보고 상묵 씨가 껄껄 웃었다. 차체가 높아서인지 아주 먼 곳까지 시야에 들어왔다.

트레일러가 덜컹 흔들리면서 엉덩이도 조금 들렸다 떨어졌다. 순간 나도 모르게 두 손으로 배를 감쌌다. 본능에 따라 배 속의 아기를 품으려 했다. 엄마란 이런 건가 싶었다.

시내에는 트레일러를 주차할 만한 장소가 없어서 외곽에 주차해야 했다. 새벽에 출근하는 상묵 씨를 위해 외곽과 좀 더 가까운 동네로 이사했다. 30여 년 만에 처음으로 혜천원 그늘을 벗어난 것이다. 트레일러 핑계를 댔지만 태어날 아기 걱정도 없지는 않았다. 나중에 혹시나 동네 사람들이 나를 향해 "쟤 고아대이"라고 말하는 걸 우리 아이가 들을 수도 있는 일이었다.

혜천원에서 독립하면서 가지고 나온 전화번호는 지역이 바뀌는 바람에 그대로 쓸 수 없었다. 전화번호 따위 별것 아닐 수도 있겠지만, 어떤 사람에게는 사소한 게 큰 의미가 되기도 하는 법이다. 이번에도 옥순이가 도와주었다. 지나칠 수도 있는 이야기에, 옥순이는 그 번호를 자신의 친정집으로 옮겨 놓자고 선뜻 제안했다. 내가 혜천원 근처로 다시 이사할 때 그 번호를 다시 가져가면 된다는 얘기였다.

상묵 씨와 밤새도록 전화를 주고받았던 그 번호로 전화를 걸면 옥순이의 어머니가 받아 주셨다. 이제는 "희아가?" 하며 반가이 전화를 받아 주시던 옥순이 어머니도 이 땅에 계시지 않는다.

상묵 씨는 정기 검진일이면 꼬박꼬박 나와 함께 병원을 갔다. 그가 이토록 다정한 남자인 줄 몰랐다. 아기의 초음파 사진을 들여다보고 생전 안 하던 우스갯소리도 했다. 자기를 쏙 빼닮았단다. 초음파 사진으로는 눈, 코, 입이 잘 보이지도 않는데 말이다.

아기를 품은 열 달 동안 전전긍긍했다. 아기가 생긴 것은 큰 행복이지만 얼굴을 볼 때까지는 마음을 놓을 수 없었다.

"하나님, 건강한 아기를 낳게 해주세요. 제발, 절대, 이 반점은 닮지 않게 해주세요."

의사에게도 조심스레 물어 보았다.

"선생님, 제 얼굴 모반이 우리 아기에게는 안 생기겠지요?"

'걱정 마세요'라는 답을 바랐으나, 의사는 유전될 수도 있고 안 될 수도 있다고 했다. 안심하려고 물었다가 걱정만 곱절로 늘었다. 아기를 가진 뒤 쓰기 시작한 일기에는 온통 벅찬 기대와 기쁨 그리고 반점에 대한 걱정이 뒤섞여 있었다.

마침내 출산일이 다가왔고 제왕 절개 수술로 첫아기를 낳았다. 기침에도 코피를 쏟는 임신부가 자연 분만으로 아기를 낳는다는 건 큰 모험이라고 했기에 선택의 여지가 없었다. 아기는 눈도 제대로 뜨지 못했다. 무엇이 그리 슬픈지 작은 두 손을 꼭 쥔 채 와락와락 울기만 했다. 정신이 없는 와중에도 나는 태어난 아기의 얼굴부터 살폈다. 다행히 반점이 없었다. 몸도 살폈다. 엉덩이의 몽고반점만 빼면 아기의 살갗은 분홍빛이었다. 어디에도 낙인 같은 반짐은 없있다. 그세서야 아기의 손가락과 발가락, 얼굴이 눈에 들어왔다.

간호사가 내 가슴에 잠깐 아기를 내려놓았다. 따뜻했다. 열 달 동안 한 몸으로 지내서인지 낯설지 않았다. 아기를 낳고 울면 눈이 나빠진다는 소리를 들은 것도 같은데 눈물이 멈추지 않았다.

여자와 남자가 만나 결혼을 한다, 그리고 아기를 낳는다…. 혜천원 언니들이 잠자리에서 하는 이야기를 들으며 나는 몹시도 궁금했었다. 나도 여자와 남자가 만나 낳았을까? 그럼 나를 낳은 여자와 남자는 어디로 갔을까? 나는 정말 알에서 태어난 건 아닐까?

우리 아기는 김희아라는 여자와 박상묵이라는 남자 사이에서 태어났다. 이 병원의 의사와 간호사들이 모두 증인이다. 우리 아기는 나처럼 옥상에 올라가 혼자 하늘을 보며 울지는 않을 것이다. 알에서 태어났을지도 모른다는 터무니없는 생각도 하지 않을 것이다.

그렇게 첫아기 예은이가 우리에게 왔다. 무더위가 물러가고 시원한 바람이 불기 시작한 10월이었다.

예은이가 옆에 누워 있는데도 자꾸 눈으로 확인한다. 아이가 거짓말처럼 잠들어 있다. 잘 자는지 불안한 마음에 가만히 숨소리를 들어 보기도 한다. 고사리 같은 손으로 주먹을 꼭 쥐고 있다. 손가락을 하나하나 펴 보기도 하고, 코를 대고 냄새를 맡기도 한다.

비릿하게 젖 냄새가 난다. 가끔 일부러 깨울 때도 있다. 성가신 나머지 울음을 터뜨리는데, 미안하면서도 그 모습이 사랑스러워 어쩔 줄을 모르겠다.

얼굴에 반점이 없는 예쁜 아기를 낳았지만, 걱정이 없는 건 아니었다. 새벽같이 일을 나간 남편은 밤이 되어야 돌아왔다. 그 동안에는 혼자서 아기를 돌봐야 했다. 아기를 낳은 뒤에는 코피가 더 두려워졌다. 아기가 울 때 코피가 나지 않게 해 달라고 기도했다. 코피가 쏟아지고 아기가 울면 아기를 달래느라 코피는 흐르는 대로 둘 수밖에 없었다. 코피를 너무 흘려 이러다 죽는 게 아닌가 두려움이 밀려오기도 했다.

건강에 대한 걱정도 늘었다. 예전에는 죽음에 대한 두려움이 없었지만 이제는 두려움이 생겼다. 우리 아기에게는 엄마가 없는 일이 생기지 않기를 바랐다. 아기를 업고 방바닥에 흥건한 코피를 닦았다. 천장이 떠나갈 듯 울어 대던 아기도 등에서 곤히 잠이 들었다. 아기를 잘 키울 수 있을지 걱정이 떠나지 않았다.

그해 겨울 눈이 내렸다. 대구에서는 흔치 않은 일이었다. 첫눈을 예은이와 같이 보았다. 고개를 겨우 가누기 시작한 예은이는 고개를 까딱거리면서 눈 구경을 하는 듯했다. 예은이를 낳은 뒤 첫눈도 그저 단순한 첫눈이 아니었다. 예은이 없이는 어떻게 살았을까. 상묵 씨와 나누는 대화는 예은이로 시작해서 예은이로 끝났다.

젖을 먹이려 예은이를 안아 들었다. 예은이는 까만 눈으로 나를 올려다본다. 어린 눈을 바라보며 웃어 준다. "까꿍!" 장난을 치면 까르르 웃는다. 젖을 먹으면서도 발을 까딱거리며 장난을 친다. 이 순간의 행복을 무엇과 바꿀 수 있을까.

예은이 얼굴을 한참 내려다보는데 순간 내 얼굴이 겹쳐졌다. 엄마가 나를 안고 젖을 먹이고 있다. 내가 예은이를 내려다보듯 엄마가 내 얼굴을 내려다본다. 동그란 아기 얼굴을 붉은 반점이 뒤덮고 있다. 가슴이 철렁 내려앉는다.

내 얼굴을 볼 때마다 엄마의 마음은 얼마나 무너져 내렸을까. 예은이를 낳아 품에 안고 있으니 처음으로 엄마의 마음이 헤아려졌다. 차라리 반점이 엄마 얼굴에 있었다면 그 상황을 이겨 낼 수 있었으리라. 내 얼굴의 반점을 보면서 엄마는 내내 아파했으리라. 하루에도 수십 번 절망했으리라. 아기의 점을 없애 달라고, 없어질 수 없는 거라면 차라리 내게 달라고, 엄마는 간절히 빌었으리라.

눈물이 예은이의 얼굴로 뚝뚝 떨어지는 것도 몰랐다. 나를 낳고 엄마는 얼마나 울었을까. 눈물이 멈추지 않았다.

엄마, 낳아 주셔서 정말 감사합니다!

그리고 이렇게 태어나서 죄송합니다, 엄마….

사랑하는 나의 딸

요즘은 사람들이 날 보고 세 번 놀란다. 처음엔 날 보고, 두 번째는
내 아기를 보고, 마지막으로는 내 남편을 보고.

사람들은 모른다. 모두 자신이 원해서 가진 줄 알고 잘난 줄 알지만,
이 모든 것을 주관하시는 분은 오직 하나님이시란 걸.

아기는 쌔근쌔근 자고 있고, 상묵 씨 식사 준비하다 몇 자 적는다.

행복하다.

그런데 두려운 맘이 자꾸 생긴다. 괜히 수술한 쪽의 눈이 침침하고
가슴에 작은 통증이 느껴진다. 나는 아파선 안 된다. 비록 모습은
흉하지만 예은이 옆에 엄마가 있어야 한다. 설사 내 모습으로

예은이가 상처를 받는다 해도 난 건강하게 예은이를 지켜 주어야한다. 내 흉한 모습을 아무 거리낌 없이 사랑해 주는 상묵 씨, 정말미안하다. 아무것도 가지지 못한 데다 건강하지도 않은 내 얼굴, 그런 내가 과연 이렇게 행복해도 되나, 사랑을 받아도 되나라는무서운 생각이 든다.

- 일기장에서

길을 걷다가 마주 오던 한 아주머니와 눈이 딱 마주쳤다. 아주머니는 같이 걷던 자기 딸을 쿡쿡 찌르더니 "저 여자, 얼굴 좀 봐!" 하면서 굳이 딸까지 나를 쳐다보게 했다. 그럴 땐 정말 가슴이 에이는 것 같다. 눈이 마주쳐도 그냥 아무렇지 않은 듯 시선을 피해주는 사람이 제일 고맙다.

누가 봐도 눈에 띄는 얼굴이라서 어두운 데서 마주치면 "엄마야!" 하고 놀라는 사람도 있다. 조금씩 꺼지던 뺨이 이제는 표가나게 함몰되었다. 오른쪽 눈도 덩달아 안으로 말려 들어가면서 시야가 침침해졌다.

이런 몸 상태에서 둘째 예지를 낳았다. 건강한 여자아이였다. 예지를 가진 동안에도 예은이 때와 똑같은 걱정을 했다. 기도도 똑같았다. '반점이 없는 건강한 아기를 낳게 해주세요.'

혜천원의 수많은 자매 속에서 자랐기 때문인지 나는 아이들을 많이 낳아 기르고 싶었다. 아이들끼리 투닥거리다 울기도 할 것이고 웃음소리가 담을 넘기도 할 것이다. 상묵 씨도 집 안에 들어설 때 아이들 소리로 떠들썩한 것이 좋다고 했다.

두 아이는 어릴 때부터 성격이 정말 달랐다. 신기하게도 외모는 상묵 씨와 나를 반반씩 닮았다. 아이들을 볼 때마다 부모님 생각을 더 많이 하게 되었다. 일그러지기 전의 얼굴은 이제 생각도 잘 안 나지만, 내 코는 누구를 닮았을까. 힘든 일은 훌훌 털어 버리는 이 낙천성은 누굴 닮았을까. 외로움을 잘 타는 이 성격은 또 누굴 닮은 걸까.

세 살 터울의 아이 둘을 돌보느라 하루가 정신없이 흘러갔다. 암이 완쾌되었다고는 하지만 얼굴의 변형 때문에 일상생활이 불편했다. 쉽게 지쳤고, 얼굴이 조금 쑤시기라도 하면 덜컥 겁부터 났다. 상묵 씨도 점점 더 피곤해했다. 새벽부터 그렇게 큰 차를 몰아야 하니 얼마나 피곤할까. 아무런 도움이 되지 못해 미안한 마음뿐이었다.

상묵 씨 도시락을 싸면서 편지를 넣어 두었다. 트레일러를 몰다가 어느 휴게소에서 숨을 돌릴 때 열어 볼 것이다. 달리 남편을 도울 수는 없었지만 함께하려는 마음만은 알아주길 바랐다.

상묵 씨, 좋은 아침!

피곤한 몸으로 출근해서 아침 식사를 하겠죠.

감사의 기적을 살다

미안해요. 당신한테 잘 대해 주지 못해서.

마음은 안 그런데 몸은 왜 그리도 게으른지.

열심히 노력할게요.

오늘도 힘내시고요.

- 당신을 사랑하는 희아

일을 마치고 돌아온 남편이 예은이와 예지를 안아 주었다. 도시락 가방에서 숟가락이 딸랑거리는 소리가 났다. 설거지를 하려고 보니 내가 쓴 쪽지 뒤에 남편이 남긴 글이 있었다.

저녁부터 피곤한 몸으로 도시락 준비한다고 고생했다.

맛있게 잘 먹었다. 언제나 지금처럼 우리 행복하게 살자.

사랑해.

슬쩍 거실 쪽을 보니 언제 피곤했냐는 듯 남편은 두 아이와 놀면서 웃고 있다. 아무 걱정 없이 행복해 보인다.

여전히 살림은 어렵고 달리 기댈 곳도 없었다. 아버님 틀니를 해드려야 하는데 비용 마련이 쉽지 않았다. 음식을 잘 씹지 못하는 아버님을 뵐 때마다 죄송한 마음뿐이었다.

가난한 사람들은 은행에서 융자 받기도 쉽지 않았다. 근검절약하는데도 빚은 좀처럼 줄어들 줄 몰랐다. 가난이 가난을 낳는다는 말을 실감했다. 이런 형편임에도 두 아이와 노는 남편 표정에서는 그런 힘겨움은 찾아볼 수가 없었다.

문득 혜천원 시절에 늘 궁금해하고 부러워하던 '가정집'이 바로 우리 집이라는 생각이 들었다. 중학교 때, 처음 생일 파티에 초대 받아 찾아간 친구의 집이 떠올랐다. 현관문을 열자마자 맡았던 집 안 냄새와 친구 방에 드리운 커튼, 저녁 어스름에 불이 켜지면서 노랗게 빛나던 창문. '천국이 있다면 바로 이 집 같을 거야' 하고 생각했다.

그런데 연애도 결혼도 꿈꾸지 못했던 내가 가정집을 꾸리고 있다. 두 아이와 남편이 있는 집, 이곳이 내겐 '천국'이다.

동사무소에서 예기치 않은 연락이 왔다. 삼성의료원에서 '밝은 얼굴 찾아 주기' 운동을 하는데 내가 첫 수혜자 중 한 사람이 되었다는 소식이었다. 예지가 생후 6개월밖에 되지 않았을 때라 망설여졌다. 수술을 받자면 2주 이상 아이들을 떼어 놓아야 했기 때문이다.

두 아이를 낳을 때 반점이 있으면 어쩌나 염려했지만, 감사하게도 그런 일은 일어나지 않았다. 하지만 새로운 고민이 생겼다. 아이들과 외출을 할 때 엄마 얼굴 때문에 아이들이 상처를 받으면 어쩌나, 아이들이 부끄러워하면 어쩌나 하는 걱정이었다. 생각이 여기에 미치자 망설일 이유가 없었다.

수술을 앞두고 병실에 앉아 있었다. 열 시간이 넘게 걸리는 큰 수술이라고 했다. 예은이와 예지가 보고 싶어 눈물이 났다. 병원에 있는 동안 아이들을 형님 집에 맡겼는데 아무래도 낯선 데다 엄마가 없으니 힘들어하는 눈치였다.

전화를 걸었는데 내 목소리를 듣자마자 예은이가 울음을 터뜨렸다.

"엄마! 엄마! 보고 싶어요 엄마!"

평상시에도 엄마에게서 잘 떨어지지 않던 아이라 더 걱정이 되었다. 붙어 있을 땐 자주 투닥거리는 남편도 그리웠다. 아이들에게 편지를 쓰려고 침대 등받이를 올렸다.

사랑하는 나의 딸 예은아.

많이 두렵고, 엄마 아빠가 보고 싶어 울었지? 너의 흐느끼는 소리와

'엄마 보고 싶어요' 하며 울부짖는 목소리를 들었을 때 엄마의

가슴은 찢어지듯이 아프고 힘들었어. 너와 전화를 끊고 얼마나

울었던지. 엄마가 이렇게 힘든 수술을 하고자 하는 건 물론

날 위함도 있지만, 아빠와 예은이, 예지를 위해서야.

엄마의 얼굴 때문에 예은이랑 예지가 상처를 받을까 봐 하나님께

기도드렸단다.

'하나님, 도와주세요. 수술 잘되게 해주세요.'

엄마 아빠 딸 예은아, 보고 싶어. 너를 가슴에 꼭 안고 싶어. 예은아,

전화해서 네 목소리를 듣고 싶은데 또 울까 봐 전화를 못 하겠어.

빨리 회복해서 너와 예지 보러 갈게.

사랑해 그리고 미안해.

편지를 쓰는 동안에도 아이들이 걱정되고 그리워서 울었다. 수술이 잘될지도 불안했다. 침대에서 내려와 레버를 돌려 침대 등받이를 다시 내렸다. 이럴 때 상묵 씨가 곁에 있었다면 손가락 하나 까딱하지 않게 다 해주었을 텐데….

드디어 수술이 시작되었다. 상악동암을 수술할 때 의사는 내가 젊은 여성임을 고려해 피부를 그대로 살려 두었다. 그래서 봉합 자국은 있었지만 자연스러웠다. 그런데 뺨이 조금씩 말려 들어가면서 피부가 계속 팽팽하게 당겨진 모양이었다. 집도의가 칼을 대자마자 천이 찢어지듯 피부가 사정없이 찢어져 버렸고, 결국 허벅지 살을 이식할 수밖에 없었다. 들어낸 광대뼈 자리에 보형물을 넣고 허벅지 근육과 피부로 얼굴을 덮는 수술이 무사히 끝났다.

수술은 생각보다 훨씬 더 고통스러웠지만, 2주 후면 퇴원해서 아이들을 만날 수 있다는 생각에 참을 수 있었다. 그런데 퇴원을 며칠 앞두고 열이 오르기 시작했고, 수술한 뺨의 통증 때문에 잠을 잘 수 없을 지경이었다. 그리고 의료진으로부터 청천벽력 같은 소리를 들었다. 무슨 이유에서인지 이식한 부위에 염증이 생겼고 괴사가 시작되었다고 했다.

결국 재수술에 들어가야 했다. 수술 도중 마취가 풀린 것처럼 너무 아파서 참을 수가 없었다. 아이들 생각밖에 나지 않았다. 예지가 이제 겨우 6개월이고, 얼마 후면 예은이의 생일이었다. 참을 수 없는 고통 중에도 두려움이 더 더 컸다. 예은이 생일상도 차려 주지 못하고 이대로 죽는 게 아닌가 싶었다. 참으려 했지만 신음이 새어 나왔다.

수술한 뺨에 가느다란 플라스틱 호스를 끼워 놓았다. 조금씩 소독제를 흘려보내면서 안에 든 고름이 다 빠져나오기를 기다렸다. 다행히 차도가 보이기 시작했다. 염증이 다 가신 뒤에 호스를 빼고 마음을 먹기 시작했다.

혼자 걸을 수 있을 때쯤 거울을 보았다. 오래전 얼굴은 아예 생각도 나지 않았다. 수술한 얼굴이 너무나 낯설었다. 허벅지 살이 얼굴에 붙어 있으니 어색하고 심란했다. 다른 곳보다 유난히 희멀겠다. 하지만 어떻게든 이겨 내야 했다.

얼굴은 별 걱정도 되지 않았다. 2주로 예정되었던 입원 기간이 한 달로 늘어나는 바람에 오랫동안 아이들을 보지 못했다. 그사이 두 아이는 누가 돌보고 있는지 걱정되어 편히 쉴 수도 없었다. 동생을 보고 나서 예은이는 낯을 더 가렸다. 그런 예은이가 울지나 않는지, 밥은 잘 먹고 있는지, 젖먹이 예지는 또 어떤지, 하루라도 빨리 퇴원하고 싶은 마음뿐이었다.

엄마가 맘마 해줄게

염증이 가라앉고 무사히 퇴원했지만 수술 부위는 좀처럼 편해지지 않았다. 예전엔 오른쪽 뺨이 함몰되면서 상대적으로 왼쪽 얼굴 반점 부위가 더 도드라져 보였다. 재건 수술 이후 좌우 대칭은 조금 맞는 것 같았지만 다른 문제가 생겼다. 뺨으로 올라온 허벅지 살이 아직 적응하지 못한 것이다.

뺨에 털이 나기 시작했다. 허벅지에서나 봄 직한 긴 털이었다. 한동안 뺨을 면도해야 했다. 입천장에도 털이 났다. 100원짜리 동전 크기의 허벅지 살을 입천장에도 이식했는데 혀를 대 보면 가칠가칠한 털이 느껴졌다. 내 몸인데도 낯설고 무서웠다. 사람이 아닌 것 같다는 생각이 들고 괜히 수술한 건 아닌가 후회도 밀려왔다.

또 목과 코에서 악취가 났다. 아이들을 양쪽 팔에 안고 잠이 들면 어느새 엄마 얼굴을 피해 돌아누워 자고 있다. 잠결에도 피할 만큼 좋지 않은 냄새가 나는 것이다. 몸이 좋지 않으면 당장 냄새부터 달라졌다. 목젖 바로 뒷부분의 살에 구멍이 나 있는데, 칫솔이 잘 닿지 않는 곳이라 양치하기가 쉽지 않았다. 그러다 보니 냄새가 나는 거였다. 조금이라도 냄새를 없애 보려 사탕을 빨아 먹기 시작했다.

재건 수술을 받았던 병원에 다시 수술을 의뢰하니 환자들이 너무 많이 밀려 있다고 했다. 수술을 예약하고 기다리면서 1년이 지나갔다.

아이들이 자라면서 걱정이 또 생기기 시작했다. 유난히 수줍음이 많던 예은이가 이제는 밖에 나가자고 조르는 날이 많아졌다. 어떻게 아이들과 밖에 나가서 놀아 줄 수 있을까. 놀이터에 있는 사람들이 모두 우리만 쳐다볼 게 빤했다.

예은이는 놀이터만 보면 득달같이 뛰어갔다. 예지도 되뚱거리면서 언니 뒤를 쫓아갔다. 모래 장난도 하고 그네도 곧잘 탔다. 그런데 뜻밖에 놀이터에서 안전사고가 많이 일어난다. 아이들이 노는 걸 그 어느 때보다도 잘 지켜봐야 한다. 그러면 내 얼굴이 눈길을 끄는 건 시간 문제다. 수술 부위의 봉합 자국이 선명히 남아 있는 데다 이식한 부위가 조각보를 이어 놓은 것처럼 부자연스러웠다. 아이들은 이런 엄마 마음도 모르고 계속 밖으로 나가자고 졸라댈 게 분명했다.

거리를 지나다가 우연히 한 아주머니가 쓴 챙모자를 보았다. 햇빛 가리개용으로 챙이 넓은 모자였다. 자외선 차단을 하게끔 챙 색깔도 검어 얼굴이 잘 보이지 않았다. 독특한 모자라는 생각에 눈여겨 보았는데, 얼마 지나지 않아 그 모자를 또 보았다. 한두 사람이 쓴 게 아니었다.

어떻게 아이들을 데리고 놀이터에 가고 바깥 출입을 할까 고민하는 사이, 우리나라에 전국적으로 '선캡' 열풍이 불었다. 나도 얼른 사서 썼다. 나 혼자만 쓰고 다녔다면 금방 이상한 사람이 되었겠지만 전국의 아주머니들이 그 모자로 얼굴을 가리고 다녔으니 아무렇지도 않았다.

선캡으로 얼굴을 가려도 밖을 보는 데는 아무런 지장이 없었다. 아이들이 온종일 놀이터에서 노는 모습을 지켜 보았다. 예은이와 예지가 엄마를 찾아오면 챙을 들고 아이들과 눈을 맞추었다. 그해 여름 그 모자는 아무래도 하나님이 나를 위해 내려 주신 모자가 아닌가 싶었다. 그 뒤로 선캡은 마스크처럼 여름에 꼭 챙겨야 하는 필수품이 되었다.

하루종일 아이들을 보고 있어도 질리지 않았다. 예은이와 예지의 얼굴을 볼 때마다 이런 생각이 들었다.

'나랑 닮았네, 신기하다. 내 얼굴이랑 비슷한데 점이 없네. 내 얼굴에 점이 없었다면 나도 이렇게 예쁜 얼굴이었을까?'

두 아이의 머리를 빗으로 단정하게 빗겨 디스코 머리로 땋아 주기도 하고 형형색색 고무줄로 무지개 다리를 만들어 주기도 했다. 이제 나는 혼자가 아니었다. 예쁜 두 딸이 늘 나와 함께했다. 길에서 만난 사람들에게 아이들이 예쁘다는 말을 자주 들었다. "머리를 어떻게 묶은 거예요? 손재주가 정말 좋네요." 칭찬도 쏟아졌다. 매일매일 아이들을 데리고 다니는 게 좋았다. 아이들 덕분에 흉한 얼굴의 엄마 모습은 가려졌다.

예은이는 여섯 살이 되어서야 어린이집에 갔다. 어느 날 예은이와 둘이서 역할 놀이를 했다. 내가 예은이가 되고, 예은이가 엄마가 되었다.

"엄마, 나 배고파요."

내 말에 예은이가 대답했다.

"우리 아기 배고파? 조금만 기다려, 엄마가 맘마 해줄게."

예은이의 말을 듣는 순간 망치로 머리를 맞는 느낌이 들었다. 엄마가 딸에게 하는 말이 정말 이런 느낌이지 않을까? '조금만 기다려, 엄마가 맘마 해줄게.' 엄마의 따뜻한 마음이 전해지는 듯했다. 한 번 더 그 마음을 느끼고 싶어서 그동안 엄마가 곁에 있었다면 가장 하고 싶었던 말을 예은이에게 했다.

"엄마, 나 아파요!"

"많이 아파? 엄마가 우리 아기 안 아프게 옆에서 지켜 줄게."

고사리 같은 손이 내 얼굴을 쓰다듬어 주었다. 그 손이 엄마 손길처럼 부드럽고 따스했다. 그날 나는 아이에게서 엄마를 느꼈다.

그날 밤 예은이와 팔베개를 하고 함께 누웠다. 자는 줄 알았는데 엄마를 불렀다.

"엄마! 엄마는 왜 구세군 보육원에 들어갔어요?"

주일이면 우리 가족은 구세군교회로 예배를 드리러 갔다. 보육원에서 자란 사람 중에 남편과 같이 교회에 나가는 사람, 아이들에게 엄마가 자란 보육원을 보여 준 사람은 이제껏 없었다. 교회에 다니면서 예은이와 예지는 자연스럽게 엄마가 자란 혜천원에 대해 알게 되었다. 그런데 잠자리에 누워 갑작스레 엄마가 왜 혜천원에서 살았는지 궁금증이 일었던 모양이다.

"글쎄, 엄마도 잘 모르겠는데….'

"그럼 엄마는 몇 살에 갔어요?"

"그것도 모르겠네.'

"그럼 누가 엄마를 키워 줬어요?"

"으응, 보육원에 계신 선생님들이 키워 주셨지.'

그 말에 예은이가 품을 파고들더니 나를 꼭 안아 주었다.

감사의 기적을 살다

"엄마! 엄마는 엄마가 없어서 불쌍하다."

'엄마'란 존재가 얼마나 크기에, 이 어린 아이가 지금 안고 있는 자기 엄마에게 '엄마'가 없다는 게 불쌍해 보였을까. 엄마에게 엄마가 없음을 가여이 여기고 꼭 안아 주는 딸이 있다는 사실이 정말 감사한 순간이었다.

나는 내 모습이 우리 아이들에게 상처가 되지 않을까 늘 걱정했다. 수술한 뒤로는 멀리서 여학생 무리가 걸어오는 것을 보면 긴장부터 했다. 여학생이 일곱 명이 걸어오면 눈 열네 개가 걸어오고 있는 셈이었다. 이런 상황에서는 기도가 절로 나왔다. '저기 앞에 걸어오는 아이 중 누구하고도 눈이 마주치지 않게 해주세요.' 기도를 들어주신 건지, 아이들의 관심이 다른 곳에 쏠려 있는 바람에 눈 열네 개가 그냥 지나친 적도 있다.

결혼하기 전에는 내 얼굴을 보고 비웃는 아이들을 붙잡아 타이르기도 했다. "뭐가 그리 우습노? 나도 같이 좀 웃어 보자." 하지만 예은이 예지의 손을 잡고 갈 때면 아무 말도 하지 못했다. 혹시라도 아이들이 비웃음을 들으면 어쩌나, 사람들의 시선으로 제 엄마를 보면 어쩌나, 온통 신경이 그쪽으로 쏠렸다. 하지만 언제까지 주눅이 들어 있을 수는 없는 일이었다. 엄마이기에 용감하고 담대해져야 했다.

그래도 아이들을 데리고 길을 갈 때면 행복했다. 비록 엄마 얼굴은 성치 않을지언정 두 딸이 예쁘니까 세상 부러울 게 없었다. 두 아이가 내 딸이라는 게 뿌듯하고 자랑스러웠다. 하지만 많은 분이 조심스럽게 말하곤 했다.

"얼굴이 그래서 아이들을 잘 키울 수 있겠나?"

"아이들이 상처를 받을 텐데, 그래도 사람들 앞에 얼굴을 드러낼 수 있겠나?"

어느 누구도 아이들을 키우는 데 얼굴쯤은 문제 되지 않는다고, 그러니 아무 걱정하지 말라고 말해 주지 않았다.

예은이가 다섯 살 때쯤 둘이 나란히 손을 잡고 길을 걷고 있었다. 문득 예은이가 나중에 커서 학교를 다니는 모습이 떠올라 생각지도 못한 예방 교육(?)을 하게 되었다.

"예은아, 이다음에 학생이 되어 친구들이랑 걸어가는데 길에서 엄마랑 마주쳤어. 그때 갑자기 엄마 모습이 부끄럽거나 창피하면 엄마를 살짝 피해 가도 돼. 엄마 마음이 아플까 봐 걱정할 필요도 없어. 엄마는 네 마음 다 아니까. 알겠지, 딸?"

예은이는 무슨 말인지도 모르면서 힘차게 대답했다.

"네!"

그렇게 말하면서 스스로 마음의 준비를 한 것 같다. 아이가 자라면서 다른 엄마들과 제 엄마를 비교할 날이 올 테니까. 그런 날이 오면 언제든 상처 받을 수도 있을 테니까.

친구이자 멘토에게 배운 것들

삼성의료원에 신청한 2차 재건 수술이 3년 만에야 받아들여져 수술 날짜가 잡혔다. 1차 재건 수술 후 저녁이면 눈곱이 많이 끼고 한 번씩 근육이 땅길 때면 너무 아팠다. 이번 수술로 그런 증상들이 사라지고 좀 더 좋아지기를 기대해 보지만, 수술을 생각하면 여전히 두려움이 앞섰다.

이번에 또 옥순이의 도움을 받았다. 예은이가 일곱 살, 예지가 네 살, 손이 정말 많이 갈 때인데 마음 편히 맡길 곳이 없었다. 그걸 눈치챈 옥순이가 선뜻 아이들을 보아 주겠다고 나선 것이다. 마침 옥순이가 사는 집도 수술을 받아야 할 병원에서 가까운 곳에 있었다.

옥순이에게도 예은이 예지와 동갑인 두 딸아이가 있는 데다 남편은 승진 시험을 준비하고 있었다. 그런 상황에서 예은이 예지를 맡기로 했으니, 힘은 힘대로 몇 곱절 더 들고 시험 준비 중인 남편 눈치도 봐야 할 처지였다. 바늘방석에 앉은 것처럼 마음이 편치 않았지만 달리 방법이 없었다.

수술 당일 아이들과 떨어지는데 옥순이가 말했다.

"희아야, 걱정하지 마라. 하나님이 지켜보고 계신다는 맘으로 잘 돌볼 끼다."

그 말에 웃음이 터졌다. 애당초 그런 걱정은 하지도 않았다. 예은이 예지는 평소에도 옥순이를 이모라고 부르며 잘 따랐다. 또래 친구들도 있으니 심심하지도 않을 테고. 그저 옥순이에게 너무 큰 짐이 될까 봐 그게 걱정이었다.

오른쪽 얼굴의 함몰로 인해 왼쪽 반점이 있는 광대뼈가 너무 돌출되어 그쪽으로는 누울 수도 없었다. 돌출된 뼈가 먼저 닿아 아팠다. 그래서 왼쪽 광대뼈를 갈아 내는 수술을 먼저 했다. 다음으로, 복부의 지방 덩어리를 떼어 내, 수술은 했지만 여전히 푹 꺼져 있는 오른쪽 얼굴에 채워 넣었다. 뺨이 종전보다 조금 더 볼록하게 올라왔다. 계속 이식 수술을 하느라 팔과 허벅지, 복부까지 온통 흉터투성이가 되었다.

누구나 자기 얼굴을 보려면 거울이 필요하다. 얼굴을 비추는 도구 없이 제 얼굴을 볼 수 있는 방법은 없다. 눈에 안 보이니 간혹 반점이 있다는 것도, 수술했다는 것도 잊을 때가 있다. 하지만 하루에도 여러 번 팔과 허벅지, 배에 난 흉터를 볼 때마다 보이지 않는 내 얼굴이 떠올랐다. 반점과 함께 암 수술과 뒤이은 몇 번의 수술로 인해 일그러진 얼굴이 생각났다.

입원실에 누워 아이들이 잘 지내는지 걱정하고 있었다. 그때 옥순이에게서 전화가 왔다. 자정이 가까운 시간이었기에 가슴이 철렁했다.

"희아야, 예지가 잠을 안 자고 자꾸 울기만 한다. 이러다 뒤로 넘어갈까 봐 걱정이다. 내가 아를 데리고 잠깐 거기 갈까?"

얼마나 울어 댔으면 이 시간에 아이를 데리고 병원에 올 생각을 했을까. 아이가 우는 소리 때문에 시험 공부에 집중 못 했을 옥순이 남편이 떠올랐다. 언제까지 옥순이에게 도움만 받아야 할까. 언제쯤이면 나도 옥순이에게 힘이 되어 줄 수 있을까.

어둑한 병원 로비에서 옥순이와 만났다. 예은이도 왔다. 수술한 부위가 쑤시고 아파서 예은이를 보고도 안아 줄 수 없었다. "엄마!" 하며 달려드는데 혹시나 수술한 부위에라도 닿을까 봐 주춤거리고 말았다. 병원에 들어올 때 이미 예지는 옥순이 등에서 자고 있었다. 택시를 타자마자 언제 울었나 싶게 울음을 뚝 그쳤단다. 병원 로비를 뛰어다니던 예은이가 다가와 말했다.

"엄마, 옥순이 이모가 엄마 수술하는 동안 계속 기도했어요!"

넷이나 되는 아이들 때문에 병원에 올 수는 없으니, 수술 시간 내내 집에서 기도했다는 것이다. 그때 마침 담당의가 지나갔다. 내가 인사를 하니 옥순이가 의사를 붙잡고 말했다.

"선생님, 우리 친구 한 달만 입원시켜 주시면 안 돼요? 지금까지 너무 아팠으니 좀 쉬었다가 퇴원할 수 있게요."

담당의가 웃으며 말했다.

"그건 안 됩니다."

옥순이가 재차 물었다.

"그럼 한 주만 더, 어떻게 안 될까요?"

한 주가 웬 말인가. 옥순이와 옥순이 남편에게 미안해서 하루라도 더 일찍 퇴원하고 싶은 마음뿐이었다.

퇴원 절차를 밟고 아이들을 데리러 옥순이네로 갔다. 평소 예은이는 변비로 고생했다. 그런데 옥순이가 그동안 음식을 얼마나 잘해서 먹였는지 예은이의 변비가 말끔히 나아 있었다. 어린 예지는 낯선 엄마의 얼굴이 무서운지 아빠 등 뒤로 자꾸 숨었다.

그러던 예지가 잠들었다. 그 옆에 살짝 누우니 인기척을 느낀 예지가 게슴츠레 눈을 떴다가 감았다. 엄마는 맞는 것 같은데 수술한 얼굴이 낯선 모양이다. "예지야, 예지야!" 작은 목소리로 이름을 불러 주니 그제야 조금씩 다가와 내 손을 잡았다.

나는 늘 받으며 살았다. 가진 것이 너무 없었기에 누군가와 나눌 생각은 아예 하지 못했다. 늘 받아만 왔기에 내 것을 남에게 주는 게 익숙지 않았다. 그런데 옥순이를 통해 남에게 베풀고 그 사람이 기뻐하는 모습을 보는 게 얼마나 행복한지 알았다. '주고도 기분 좋다!'라는 말 뜻을 알게 된 것이다.

박옥순. 내가 가장 아프고 힘들 때 곁이 되어 준 이 친구는 내 인생의 훌륭한 멘토이자 엄마이자 자매였다. 어쩌면 엄마여도 "꿈 깨라!" 했을 허황한 이야기를 언제나 잘 들어 주었고 "잘될 거다"라는 응원을 잊지 않았다. 좋은 일이 있으면 자기 일처럼 좋아하고 축하해 주었다. 그 어떤 이야기도, 부끄러운 일도 이 친구 앞에서만큼은 창피하지 않았다.

"희아야, 니 정말 대단하다. 나는 꿈도 못 꾸는데."

친구의 변함 없는 응원 덕분에 나는 꿈을 포기하지 않을 수 있었다. 예전부터 방송에 나갈 거라고, 책을 쓸 거라고 말할 때마다 옥순이는 알고 있었다. 내가 유명해지고 돈을 많이 벌려는 게 아니라 엄마를 찾기 위해서라는 걸. 텔레비전에 나가면, 다른 사람은 몰라도 엄마는 나를 한눈에 알아볼 거라 생각하기 때문이란 걸.

나중에 방송 프로그램에 나간 뒤로 나는 하루아침에 '텔레비전에 나온 사람'이 되었다. 예전에는 "저 사람 얼굴 좀 봐라"라며 수군대거나 손가락질당했는데, 텔레비전에 출연한 이후에는 순식간에 '텔레비전에 나온 사람'이 되었다.

예전부터 나는 사진 찍는 것을 좋아하지 않았다. 어릴 적에는 반점 있는 얼굴이 싫어서였다. 크고 나서는 친지의 결혼 사진 촬영에 끼었다가 누군가로부터 "사진 다 버렸다!"라는 말을 들어서였다. 그때 알았다. 내 얼굴 때문에 다른 사람의 사진을 버리게 될 수도 있다는 것을. 내 얼굴만 신경 쓰느라 미처 다른 사람 처지까지는 생각지 못했던 것이다.

그런데 방송에 나간 후로는 나를 알아보고 같이 사진을 찍자고 하는 분들이 생겼다. "감사 아줌마네요!" 하면서 먼저 다가와서 인사도 하고 손도 잡아 주기도 했다. 예전부터 대한민국 사람들이 모두 다 가족이고 친구면 좋겠다고 생각했는데 텔레비전에 나간 뒤로 실제로 그런 일이 일어났다.

내 소원은 그저 허황한 이야기에 불과했다. 옥순이뿐 아니라 친구들이 내 이야기를 귀담아들어 주지 않았다면 정말 허황한 이야기로 끝나고 말았으리라. 옥순이, 그리고 친구들이 있어 지금의 내가 있다. 사랑하는 친구들아, 정말 고맙다!

감사의 기적을 살다

나의 '가정집'

언제부턴가 폭식을 하기 시작했다. 수술 뒤 윗니의 절반이 없어졌다. 단단하고 질긴 음식을 씹어먹을 수 없었다. 나는 부드럽고 달콤한 맛에 다시 빠져들었다.

평상시에도 식탐이 있긴 했다. 배가 고프지 않아도 눈앞에 음식이 있으면 일단 다 먹어 두자는 욕심이 일었다. 그 바람에 배탈이 나기도 했고, 천천히 먹으라고 상묵 씨가 핀잔을 줄 때도 있었다. 하지만 잘 고쳐지지 않았다. 아무래도 늘 허기졌던 어린 시절의 영향일 것이다.

상묵 씨는 눈에 띄게 지쳐 갔다. 매일 새벽에 나갔다가 저녁 늦게 돌아왔다. 꾀가 나서 하루 정도는 쉴 만도 한데, 새벽이면 어김없이 일하러 나갔다. 존경스럽고 감사한 마음이 들다가도, 그가 점점 자동 인형이 되어 가는 건 아닌가 싶기도 했다. 태엽을 감아 놓은 인형처럼 쉬지 않고 움직이다가 어느 날 태엽이 끊어지지 않을까 걱정스러웠다. 엄마가 그리웠다. 이럴 때 친정 엄마가 있어서 힘들고 지친 상묵 씨에게 따뜻한 식사라도 한 끼 차려 주면 얼마나 좋을까.

한편, 그가 나를 보고 웃어 준 게 언제인지 기억나지 않았다. 나는 두 아이의 엄마이기 전에 한 남자의 아내이자 여자였다. 그런데 아픈 얼굴을 치료하느라 몸 곳곳에 흉터가 남았고, 이식 수술로 온통 뒤죽박죽된 몸이 마치 피카소의 그림 속 여자 같았다. 나도 보기 싫을 정도니 남편 눈엔들 내가 여자로 보일까 싶었다.

그토록 바랐던 결혼을 하고 아이들을 낳아 키우고 있지만, 현실은 우리가 감당하기에 여전히 너무 힘겨웠다. 열심히 일하는데도 빚이 줄어들지 않았다. 물질을 좇아 살지 않게 해 달라고 늘 기도하지만 그 기도가 무색할 만큼 애시당초 가진 게 너무 없었다.

평소에는 다 먹지도 못하는 햄버거를 한 번에 두 개나 먹었다. 식욕을 절제할 수 없었다. 여자로서 자신감이 사라지니 남편의 사랑까지 의심하게 되었다. 저 사람이 왜 나와 결혼했을까 묻고 싶어졌고, 동정심으로 결혼했나 생각하면 비참해지기도 했다. 그런 생각 중에도 의시와는 상관없이 햄버거를 입속으로 구겨 넣었다. 어린 예은이가 엄마를 이상한 눈으로 볼 정도였다.

예은이도 이제는 엄마의 얼굴이 친구 엄마들과 다르다는 것을 알았다. 그렇지만 엄마 얼굴을 이상하게 본 적은 한 번도 없었다. 그런 예은이가 햄버거 두 개를 순식간에 먹어 치우는 엄마는 이상하게 바라보았다. 그래도 멈출 수 없었다. 씹지도 않고 삼켰다. 포만감이 들면 덜 외로웠다.

한동안은 햄버거만 먹었다. 다음은 며칠 동안 탕수육만 먹었다. 그다음엔 치킨이었다. 그렇게 음식을 바꿔 가면서 탐닉했다. 그러자 걷잡을 수 없이 몸이 불어나기 시작했다. 배가 나오고 등에 살이 붙었다. 얼굴형도 바뀌었다. 잠도 늘었다. 이제 맞는 옷이 없을 정도였다. 너무 많이 먹는다는 생각을 했지만 그때뿐이었다. 문득 먹어도 먹어도 허기가 지던 어린 시절이 떠올랐다.

저녁이 되면 일기장에는 후회하는 말들만 가득했다. 아이들과 재미있게 놀아 주지 못해 미안하고, 맛있는 반찬과 간식을 챙기지 못한 것도 미안했다. 양치를 꼼꼼히 챙기지도, 잘 씻기지도 못해 미안했다. '돼지 같은 게으름'을 고치고 싶었다.

언제부턴가 남편이 뒤처져서 걷는다는 걸 알았다. 나는 가족이 함께 있다는 사실만으로 행복했기에 그 사실을 늦게 깨달았다. 남편이 내 곁에서 나란히 걷지 않는다는 걸 알았을 때 정말 마음이 아팠다. 그와 동시에, 지나치는 사람들이 수군대는 말을 듣게 되는 남편에게 미안한 마음이 들었다. 그래서 남편에게 말했다.

"여보, 이제 마트 혼자 갈게. 당신은 피곤하니까 그냥 집에 있어요."

나들이를 가서 좋은 경치를 구경할 때도 아이들과 남편을 앞서 보내고 나는 터벅터벅 뒤따라가곤 했다. 그냥 혼자 차에 앉아서 기다린 적도 있었다. 내 얼굴에 따라붙는 사람들의 시선으로 인해 가족의 즐거움까지 깨지는 건 싫었다.

어느 날엔가는 남편에게 따져 물었다. 남편이 친구들과 나누는 대화에서 '동정심'이라는 말을 들었기 때문이다.

"당신, 동정심으로 나랑 결혼했나?"

내 말에 남편이 어이없다는 얼굴로 반박했다.

"뭐라 카노 지금? 당신하고 결혼 안 했으면 이렇게 예쁜 딸들이 있었겠나. 나 혼자 고향에서 살고 있었을 끼다. 동정심? 누가 결혼을 동정심으로 한다 카드노? 다시는 그런 소리 하지 마라!"

남편은 오랜 시간 나를 품어 주었다. 만약 내가 부자였다면 분명 돈 보고 결혼했다고 오해받았을 것이다. 하지만 남편은 진실한 사랑으로 있는 그대로의 나 하나만 보고 결혼했다. 그래서 남편에게 미안한 마음이 있었다. 도움이 되지 못해 더 그랬다. 그래서 해서는 안 될 말을 한 적도 있다.

"여보, 차라리 나를 버리세요!"

그때 남편은 아무 말도 하지 않았다. 처음으로 나의 맨얼굴을 보았던 그날처럼 아무 말도 하지 않았다. 남편에 대한 고마움과 미안함이 나 자신을 의기소침하게 만들었는지도 모른다.

내가 남편에게 원하는 것은 큰 게 아니었다. 따뜻한 말 한마디가 전부였다. 하지만 피로와 삶의 현실에 찌들어 있는 그는 섭섭한 말로 상처를 주곤 했다. 그럴 땐 우리가 정말 사랑했나 하는 생각이 들었다. 가끔 찾아뵙는 아버님에게 그나마 위로의 말을 들었다.

아버님을 뵈러 갈 때면 예은이와 예지가 "할아버지" 하고 소리 지르며 달려갔다. 아버님은 서로 자기를 먼저 보라는 두 아이의 등쌀에도 싱글벙글 웃었다.

우리의 바듯한 살림을 다 아시는 아버님은 우리에게 아무런 도움을 주지 못해 정말 미안해하셨다. 어디 몸이 아파도 아프단 말씀을 일절 하지 않았다. 틀니를 못 해드려 죄송하다고 하면 늘 이렇게 말씀하셨다.

"뭔 소리고? 이런 큰 선물을 둘씩이나 줬는데."

내가 할 수 있는 효도라곤 무르고 부드러운 반찬을 해드리는 것밖에 없었다. 늘 감사의 마음을 전할 방법을 궁리하다가, 한번은 발을 씻겨 드렸다. 의자에 앉으시라고 한 뒤 노란 대야에 물을 받아 발을 씻겨 드렸다. 미안하고 쑥스러운 듯 자꾸 웃으셨다. 그럴 때면 빠진 이가 그대로 드러났다.

"아버님, 조금만 기다리세요. 곧 틀니를 해드릴게요."

조금만 기다리면 살림이 필 줄 알았다. 아버님에게 남은 시간
이 아직은 많은 줄 알았다. 아버님이 또 웃으셨다.

"어허허, 간지럽대이."

달리 해드릴 없어 안타까워하는 마음을 아버님은 아셨으리라.
하여 쑥쓰러운 것도 참고 발을 맡기셨으리라. 갈라지고 튼, 두꺼운
각질이 덮인 아버님의 발은 나무 등걸 같았다. 어디 한 곳 부드러
운 데가 없었다. 발을 씻겨 드리면서 눈물을 참느라 무진 애를 써
야 했다.

아프다는 말로 걱정을 끼칠까 하여 그냥 참으셨나 보다. 내색
하시지 않아 아버님 몸속의 병이 점점 커지는 걸 모르고 지냈다.
아버님은 담도암으로 돌아가셨다. 수술 시기를 놓쳐 제대로 손을
써 보지도 못했다. 벌써 10년도 더 지난 일이다.

아버님이 살아 계셨다면 "우리 며느리가 텔레비전에 나왔다
아이가!" 하며 동네방네 자랑하셨으리라. 틀니도 해드리고 해외
여행도 보내 드렸을 텐데, 조금만 더 기다려 주셨더라면…. 아버님
생각만 하면 눈물이 앞을 가린다. 그래도 두 손녀를 안겨 드릴 수
있어 감사할 뿐이다. 어떤 선물보다 가장 크고 귀한 선물이라고 하
셨으니까.

이제는 어린 시절 오래도록 품었던 '가정집'에 대한 환상을 버

렸다. 가정집 아이는 고민이 없는 줄 아느냐던 혜천원 선생님의 말씀이 떠오른다. 혜천원에서 나의 존재와 부모님에 대해 고민할 때, 가정집 아이들도 비슷한 고민을 했다는 것을 알게 되었다.

이제야 가정집에 대해 잘 안다. 그래서 나의 '가정집'이 더욱 소중하다.

상처 받지 않는 아이로 키우기

"김희아 씨는 어른이니까 그 모든 것을 감사로 바꿀 수 있었을지 모르겠어요. 그런데 아이들에게는 그것을 어떻게 가르쳤나요?"

어느 방송에서 진행자가 했던 질문이다. 내 대답은 어렵지 않았다. 그냥 두 아이를 키우면서 겪은 일상을 그대로 얘기했다.

"언젠가 제 큰딸 예은이의 글에서 '때론 엄마가 부끄러울 때도 있습니다'라는 구절을 읽었습니다. 저는 예은이에게 '예은아, 그렇게 말해 줘서 고맙다. 엄마도 때론 사람들이 쳐다보는 게 부끄럽고 싫단다'라고 말해 주었어요. 그러면서 이렇게 말했죠. '하지만 엄마는 감사할 때가 훨씬 더 많아. 예은이 예지가 엄마 딸이어서 감사하고, 엄마가 너희들의 엄마로 살아갈 수 있어서 감사하고, 엄마에게 아빠와 우리 두 딸 같은 가족이 있어서 정말정말 감사하단다…' 이처럼 두 딸에게는 늘 제가 감사한 것을 먼저 찾아서 이야기해 주었습니다. 찾아보면 정말 감사한 것들이 많았거든요. 그렇게 하니까 두 아이도 자연스럽게 엄마가 감사하는 말을 듣고 보면서 자라더라고요."

예은이가 초등학교 들어가기 전이었다. 아이를 학교에 먼저 보낸 엄마가 걱정스레 물었다.

"요즘은 엄마가 뚱뚱해도, 나이가 좀 많다 싶어도 학교에 오는 걸 애들이 창피스러워한다. 희아 니는 어쩔래? 혹시 애들이 엄마 때문에 상처 받으면 어쩔래?"

문득 이런 생각이 들었다. 아이가 상처를 받을 수도 있고 안 받을 수도 있다면, 상처를 받지 않도록 가르치면 어떨까. 고통이 될 수도, 감사가 될 수도 있는 상황에서 내가 감사의 길을 선택한 것처럼 말이다.

예은이가 길을 가다 넘어졌다. 엄마라면 누구나 속상해할 만한 상황이었다. 하지만 "그러니까 똑바로 걸어가라고 했잖아!"라고 말하지 않았다. 넘어진 아이를 일으켜 세우면서 말했다.

"예은아, 크게 넘어졌는데도 조금밖에 안 다쳤네! 정말 다행이다. 하나님이 지켜 주셔서 감사하네."

다음 날 어린이집에 다녀오면서 예은이가 또 넘어져 다쳤다. 내 머리에서 나는 피는 괜찮아도 아이 손가락에서 나는 피는 겁부터 먹는 엄마에게, 예은이가 아무렇지 않은 표정으로 말했다.

"엄마, 넘어졌는데 이것밖에 안 다쳤어요. 다행이지요? 하나님이 지켜 주셔서 감사했어요!"

아이가 상처 받는다고 생각하며 키우면 그 아이는 상처 받는 아이가 되고, 상처 받지 않는다는 마음으로 키우면 상처 받지 않는 아이가 된다는 걸 다시 한번 깨달았다.

예은이가 초등학교에 입학했다. 어느 때보다 엄마 손이 많이 갈 시기였다. 익숙해질 동안 등하굣길을 동행해 주어야 했다. 사전에 요즘 아이들이 어떻다는 말을 듣고 마음의 준비를 했지만 걱정부터 앞섰다. 혹시나 엄마 얼굴 때문에 예은이가 아이들에게 놀림을 받지나 않을까. 친구들의 놀림이 얼마나 큰 상처가 되는지를 나는 누구보다 잘 알았다.

마스크를 쓰고 길을 나섰다. 새 옷에 새 가방을 메고 새 신주머니를 든 예은이가 신이 난 듯 내 손을 잡고 뛰듯이 걸었다. 앞뒤로 엄마와 함께 가는 1학년들이 눈에 띄었다. 문득 오래 전 초등학교 입학식 때의 내 모습이 생각났다. 엄마 없이 학교를 오가는 동안, 입학식을 하는 내내 얼굴 반점 때문에 걱정하며 긴장했던 기억이 떠올랐다.

엄마 얼굴 때문에 예은이가 놀림을 당할까 봐 두려워 아예 아이 학교에도 못 가는 엄마가 되어야 할까. 우리 예은이를 엄마 없는 아이로 만들어야 할까. 대답은 하나였다. '그래선 안 된다!' 그렇다. 나부터 중심을 잡아야 한다. 어떤 일에도, 어떤 상황에도 흔들리지 말아야 한다.

입학 후 첫 학부모 참관 수업이 있는 날이 다가왔다. 그렇지 않아도 예은이의 학교 생활이 궁금하던 참이었다. 예은이는 몇 번이나 "엄마, 꼭 오세요"라며 나에게 다짐을 받고 학교를 갔다. 나는 분홍색 마스크를 하고 집을 나섰다.

한껏 멋을 낸 엄마들이 교실 뒤에 서서 아이들의 수업을 지켜보고 있었다. 나는 복도에 서서 창으로 예은이를 찾았다. 교실 문이 열릴 때마다 예은이가 고개를 돌려 문을 바라보았다. 용기를 내서 문을 열고 교실로 들어섰다. 엄마를 발견한 예은이가 활짝 웃으면서 손을 흔들었다. 엄마가 온 걸 알아서인지 선생님의 질문에도 크게 대답하고 손도 번쩍번쩍 들었다.

참관 수업을 마치고 아이들이 야외 수업을 하러 운동장으로 우르르 몰려 나갔다. 예은이의 의자에 앉았다. 의자가 너무 작아 간신히 엉덩이를 얹었다. 예은이에게 짧은 편지를 썼다. "예은아, 사랑한다. 고맙다." 편지를 접어 필통 속에 넣어 두었다.

엄마가 1학년 참관 수업에도 오고 2학년 때도 왔으니, 3학년 때도 오는 건 당연한 일이 되었다. 아이가 엄마 때문에 상처 받을 걸 걱정했다면 가지 못했을 것이다. 물론 가고 싶지 않을 때도 있었다. 하지만 교실 뒷문만 바라보면서 엄마가 오기까지 이제나저제나 기다릴 아이 생각에 기운을 내곤 했다. 교실 문을 열고 엄마를 기다리던 아이와 눈을 맞추면 아이는 그제야 활짝 웃었다. '우리 엄마 왔다!' 아이의 환한 얼굴에서 자부심을 보았다. 그만큼 나도 뿌듯함을 느꼈다.

하지만 아이들과 관련된 일일수록 일방적으로 결정해서는 안 된다는 것을 잘 알고 있었다. 그래서 늘 아이들에게 물어 보았다.

예지가 어린이집에 다닐 때였다. 그 무렵 공방을 열었는데 입소문이 나면서 어린이집에서 비누 공예 수업을 해줄 수 있겠느냐는 연락이 왔다.

두 아이는 생김새만큼이나 성격도 다르다. 예지는 움직이기 전에 두 번 세 번 더 생각하고 말수도 적은 아이였다. 그렇기에 사전에 아무 말도 없이 엄마가 어린이집에 불쑥 나타나면 예지가 놀랄 게 뻔했다. 아이들은 밤이면 서로 엄마 곁에서 자겠다고 다투지만, 엄마가 학교나 어린이집을 찾아가는 건 경우가 다른 일이었다. 나는 예지에게 먼저 물어 보았다.

"예지야, 어린이집에서 엄마한테 비누 공예 가르쳐 달라고 전화가 왔어. 엄마가 예지 어린이집에 수업하러 갈까?"

아니나 다를까, 예지가 기어 들어가는 목소리로 말했다.

"음… 아니요."

"그래, 그럼 엄마 안 갈게. 안 가도 돼."

안 가겠다는 엄마 말에 잠시 머뭇거리던 예지가 다시 말했다.

"아니요, 엄마. 오세요."

어린이집에 도착했다. 호기심과 장난기로 가득한 까만 눈들이 초롱초롱 반짝였다. 그 속에 예지도 있다. 엄마가 어린이집에 오니 반갑고 좋은 마음 반, 친구들이 엄마를 어떻게 볼까 하는 불안한 마음 반인 듯했다. 수업 시작 전에 아이들에게 인사를 겸해 말했다.

"아줌마는 얼굴이 조금 아파. 친구들도 가족 중에 아픈 사람 있지? 그럴 땐 안 아픈 사람이 아픈 사람을 도와주는 거야."

본격적인 수업이 시작되었다. 고사리손으로 비누 공예를 하는 아이들 표정이 제법 진지했다. 예지도 비누 공예를 하다가 중간중간 고개를 돌려 엄마를 바라봤다. 어느덧 수업을 마치고 공방으로 돌아왔다.

어린이집을 마친 예지가 밝은 얼굴로 달려왔다. 친구들이 "너네 엄마는 어떻게 그런 걸 다 만드냐!" 하면서 부러워했다는 얘기를 흥분해서 했다. "엄마, 오늘 어린이집에서 비누 만들어 줘서 정말 좋았어요. 다음에 또 오세요!"

예지가 초등학교에 입학하면서부터는 두 배로 바빠졌다. 학부모 참관 수업 때면 예은이와 예지의 교실을 번갈아 왔다갔다 하느라 정신이 없을 지경이었다. 그래도 기뻤다. 이런 행복을 누릴 수 있다니 감사할 따름이었다.

예은이는 4학년 때까지 반장에 도전하더니, 5학년 1학기에 반장이 되었다. 반장, 부반장 부모들은 교통 봉사를 해야 해서 이번에도 물었다. "그거 엄마가 할 수 있겠나?" 아이들 둘 다 큰 소리로 좋다고 했다. 건널목에서 교통안전 봉사를 하고 있으면 예은이 예지는 물론이고 친구들까지 큰 소리로 인사를 하고 갔다.

어느 날 급히 마트에 갈 일이 생겼다. 옷을 갈아입고 마지막으로 마스크를 찾는데, 화장대 위에 두었던 마스크가 보이지 않았다. 서랍을 뒤지고 신발장 위도 살폈다. 마스크가 여러 개니 한 개라도 눈에 띌 텐데 그날따라 이상하게 하나도 눈에 보이지 않았다. 종종걸음을 치는데 예은이와 예지가 말했다.

"엄마, 마스크 쓰지 마세요. 우리가 있잖아요!"

그때는 머리도 올백으로 넘기고 다녔기에 마스크를 안 쓰면 반점과 흉터가 적나라하게 드러나 보였다. 그러나 아이들 말에 용기를 내어 집을 나섰다. 계단을 내려가 현관문을 나서는데 아무래도 어색하고 발가벗은 듯한 느낌이 들었다.

마트는 입구에서부터 사람들로 붐비고 있었다. 엄마 손을 하나씩 잡은 예은이와 예지는 정말 아무렇지 않은 표정이었다. 사람들의 시선이 내 얼굴에 머물더니, 두 아이 얼굴로 옮겨 갔다. 아이들에게 미안한 마음이 들려는 순간 예은이가 아무렇지 않은 듯 카트를 밀고 왔다. 표정이 여느 때와 똑같다. 조금도 주저함이 없었다. 대체 이 아이들의 이런 용기가 어디서 생기는 걸까.

그때부터 나도 고개를 반듯이 들었다. 아이들이 괜찮으면 나도 괜찮은 거다. 사람들의 시선 따위 하나도 두렵지 않았다.

온 가족이 함께 보던 〈사랑의 리퀘스트〉란 텔레비전 프로그램이 있었다. 무려 17년간 우리 사회의 어려운 이웃과 함께한 프로그램이었는데 2014년에 종료했다. 어느 날 그 프로그램을 다 같이 보는데, 마스크를 쓴 아주머니가 나왔다. 아이가 상처 받을까 봐한 번도 학교 운동회에 가지 못했다고 말하면서 마스크를 벗었다. 그 모습을 보고는 남편이 대수롭지 않다는 듯 말했다.

"저분은 당신에 비하면 아무것도 아닌데, 와 못 다니노?"

"나하고 비교할 게 아니고, 아프지 않은 당신하고 비교해야지. 모든 게 멀쩡한 당신하고 비교하면 저분한테는 엄청나게 큰 고통일 거예요."

내 말에 오히려 남편은 의아한 표정을 지었다.

"그런데 당신은 온갖 거 다 하잖아? 공방 일도 하고, 대학도 다니고, 애들 학교도 다 따라가고. 다 하잖아?"

듣고 보니 그랬다. 문득 혼잣말이 나왔다.

"정말 그러네. 그럼 나는 무슨 힘으로 하는 거지?"

그때 예은이가 주저하지 않고 소리쳤다.

"엄마는 자신감이지!"

그제야 알았다. 그렇구나, 내가 자신감으로 살고 있구나. 예은이 말에 고개가 끄덕여졌다.

서른다섯 살의 대학생

공방도 아이들을 위해 시작한 일이었다. 예은이가 입학할 때쯤 되자 뭔가를 해야 한다는 생각이 들었다. 아이들에게 엄마가 일하는 모습을 보여 주고도 싶었다. 늘 예은이와 예지가 엄마를 자랑스럽게 생각할 일이 뭘까 궁리해 왔다.

남편도 흔쾌히 지원해 주었다. 괜히 힘쓰지 말고 집에 있으라고 할 줄 알았는데 가게도 같이 보러 다니고 보증금도 만들어 주었다.

나는 어릴 때부터 손으로 그리고 쓰고 만드는 일이 좋았다. 지난날 후원자님도 내가 만들어서 보낸 카드를 정말 마음에 들어하셨다. "정말 네가 만든 거니?"라는 말 한마디가 얼마나 큰 힘이 되었는지 모른다.

공방은 일부러 예은이 친구들이 많이 다니는 길목에 열었다. 예은이 친구들과 수시로 부딪쳐야, 길에서 나를 만나도 아이들이 내 얼굴을 이상하게 보거나 낯설어하지 않을 거라 생각했다.

수강생이 많지는 않았다. 한 사람이 수강을 마치고 나가면 새로운 수강생이 등록하는 식이었다. 그래도 감사하게 가게 월세는 밀리지 않고 낼 수 있었다.

예은이는 학교가 끝나면 공방에 들러 숙제도 하고, 시간 맞춰 학원도 다녀왔다. 그러다 공방 문을 닫고 아이들과 집으로 돌아갔다. 공방에서 예은이가 수강생들과 함께 있다 보니, 자연스럽게 그분들이 나누는 이야기도 듣게 되었다. 한 수강생이 예은이에게 말했다. "너네 엄마는 어쩜 그렇게 손재주가 좋나? 성격도 명랑하고 쾌활하고. 예은아, 너는 그런 엄마 있어서 좋겠네?" 그 말에 예은이도 무척이나 뿌듯해하는 눈치였다.

어느 날 예은이가 다니던 병설 유치원의 선생님이 수강생으로 왔다. 수업을 마치고 온 예은이가 유치원 때 선생님을 보고 깜짝 놀랐다. 자신이 '선생님'이라고 불렀던 분이 엄마에게 선생님, 선생님 하면서 수업을 듣고 있는 모습을 본 것이다. 엄마가 선생님의 선생님이 되었으니 예은이 눈에 얼마나 신기하고 놀라웠을까.

수강생으로 와서 오래 배우다 가는 분들도 있었지만, 내 얼굴만 보고 곧장 발길을 돌리는 분들도 많았다. 현실의 벽은 그렇게 여전히 높았다.

그러던 어느 날 웬일인지 늘 그 시간에 오던 수강생이 오지 않았다. 텅 빈 공방이 그날따라 더 조용했다. 라디오를 틀었는데 명절 특집 방송이 흘러나왔다. 그제야 명절이 코앞이라는 걸 알았다. '나도 한마디' 코너가 진행 중이었는데, 때가 때이니만큼 고향에 가지 못하는 자녀가 고향의 부모님에게 문자로 인사를 보내는 시간이었다. 나도 짧은 문자를 보냈다.

"어디에 계신지 알 수는 없지만, 엄마 아빠 늘 건강하세요. 사랑합니다."

창밖을 내다보니 다른 때보다 거리도 조용했다. 그때 방송에서 내 사연이 휴대전화 뒷번호와 함께 흘러나왔다.

"○○○○ 님이 보내 주신 문자입니다. '어디에 계신지 알 수는 없지만, 엄마 아빠 늘 건강하세요. 사랑합니다.' 어떤 사연인지는 모르겠지만 어디에 계시든 이 사랑의 안부 인사를 부모님께서 꼭 듣고 계시면 좋겠습니다."

방송에 나왔다는 흥분도 잠시, 엄마가 몹시도 보고 싶었다.

명절이 되면 우리 가족은 더 외로웠다. 텔레비전은 온통 가족 이야기, 가족 특집으로 가득했다. 함께 드라마를 보던 예은이가 말했다.

"엄마, 우리도 외할머니 외할아버지가 있으면 참 좋겠다."

"그래, 엄마도 엄마가 있으면 참 좋겠네…."

엄마가 울적해지는 걸 눈치챘는지 예은이가 위로의 말을 건넸다.

"엄마가 우리 엄마라서 참 좋아요."

"그래, 엄마도 예은이 예지 엄마라서 정말 행복하고 감사해. 엄마가 이 세상에서 제일 부자야."

옆에서 듣고 있던 예지가 끼어들었다.

"엄마, 부자예요? 그럼 운동화 사 주세요."

집 안에 한바탕 웃음보가 터졌다. 행복은 멀리 있는 것이 아니라 바로 가까이에 있다. 든든한 버팀목이자 후원자인 남편에게, 사랑스런 두 딸에게 큰 소리로 말했다.

"우리 부자 되자! 행복 부자, 감사 부자, 위로 부자, 긍정 부자, 선행 부자. 그래, 우리 가족은 부자가 맞다."

오늘 나에게 없는 것, 부족한 것을 찾으면 불행하다. 그러나 나에게 있는 것, 주어진 것을 찾으면 감사하다.

POP, 폼아트, 톨페인팅, 양초와 비누 만들기 등 매년 수공예를 하나씩 배워 나갔다. 공방을 하는 5년 동안 해마다 아이템을 하나씩 추가했다. 또 컨트리 인형으로 시작해 홈 패브릭, 카르토나주 등 패브릭 공예까지, 가게 안이 다양한 품목으로 계속 채워졌다.

뭔가를 배우러 맨 처음 모임에 나갈 때는 두려움이 있다. 하지만 낯을 익히고 난 뒤로는 어느새 그 모임의 분위기 메이커가 되었다. 중학교 때부터 우스갯소리로 좌중을 휘어잡던 성격이 어디 가지 않았다. 과정을 수료하고 더는 모임에 나가지 않으면 내가 없어 썰렁하다는 말이 들려왔다.

공방은 공예 수업뿐 아니라 내 이야기를 나누는 자리이기도 했다. 예전 옥탑방에서는 옥순이 혼자 내 이야기를 들었다면, 이제는 청중이 한두 명 더 늘었다. 새로운 수강생이 오면 또 새롭게 내 이야기가 시작되었다. 같이 눈물 흘리며 듣거나 공예 배우러 왔다가 인생을 배우고 간다는 분들도 있었다. 내 모습에도 괘념치 않고 공방을 찾아 주는 분들이 고마웠다. 그분들에게 "저와의 만남이 자랑이 될 수 있게 더 열심히 살겠습니다" 말하곤 했다.

공방을 차리기 전 서른다섯 살에 늦깎이 대학생이 된 것도 그런 이유에서였다. 혜천원에서 일한 경험으로 사회복지과에 들어갔다. 입학하고 보니 젊은 청년들은 물론 내 또래의 만학도도 많았다. 학교는 마스크를 쓰고 다녔다. 하루 이틀이 지나 자기 소개 시간이 되었다. 나는 마스크를 벗고 나를 소개했다.

그 시간 이후 말이 없던 아이들이 멀리서도 "언니, 안녕하세요" 하며 인사를 건네기 시작했다. 과에서 제일 예쁜 언니도 옆에 와서 앉았다. 다른 학생들이 "언니, 여기 앉아요"라고 권해도 "나는 희아 씨 옆에 앉을란다" 하며 내 옆에 앉았다. 내가 하는 자기 소개를 듣고 집에 가서 우리 과에 대단한 친구가 들어왔다고 자랑까지 했단다. 그날 이후로 그 언니와 단짝이 되었다.

친구 하나가 단짝 언니에게 "희아 씨와 밥을 같이 먹다니 정말 대단하네요"라고 했다는 얘길 들었다. 지금까지 살아오면서 들었던 가장 가슴 아프고 서러운 말이었다. 학교를 오갈 때도 단짝 언니와 함께일 때와 나 혼자일 때, 과 친구들의 반응이 천양지차였다. 언니와 함께 가면 인사를 건네고 말을 하던 친구들도 나 혼자 가면 알은척하지 않았다. 내가 잘못 봤겠지, 자격지심이겠지 하고 넘겨 버리려 해도 자꾸 신경이 쓰였다. 화려하고 예쁜 사람은 많은 사람의 관심을 받기 마련이다.

같이 공부하는 친구들은 많지만 밥을 같이 먹자고 말해 주고 전화번호를 물어 준 사람은 한 사람뿐이었다. 모두가 친구가 되어 싶어 하는 현정 언니였다.

학기 중에 공방 개업을 준비하여 개업일에 많은 사람을 초대했다. 아침부터 서둘러서 떡이랑 과일도 예쁘게 담고 음료수도 준비했다. 모든 준비가 끝나 초대한 손님들만 오면 완벽했다.

그런데 시간이 지나도 아무도 오지 않았다. 떡이 식어 가고 있었고, 예은이 예지는 어리둥절한 모습이었다. 한참 만에 "희아, 축하해!"라는 인사와 함께 공방 문이 열렸다. 그때까지 대화도 많이 나눠 보지 못한, 강의실에서도 늘 제일 앞에 앉던 언니였다. 언니도 의아한 표정으로 물었다.

"아무도 안 왔어? 나는 많이 왔을 줄 알았는데…."

이런저런 대화를 나누다가 언니가 돌아갔다. 그게 끝이었다. 그 후로는 아무도 오지 않았다. 다른 문제는 없었다. 내 모습을 잠시 깜박했을 뿐. 내가 처한 현실을 잠시 망각했을 뿐.

사람들은 내게 인복이 많다고들 하지만 복이 아니라 노력의 결과였을지도 모른다. 늘 먼저 인사하고 안부를 묻고 연락을 했다. 사람을 만나고 사귀는 걸 즐거워하는 성격이라서 가능한 일이었다. 일가친척 하나 없는 내 결혼식 사진의 하객 수가 웬만한 이들의 결혼식 때보다 많은 건 그런 이유에서였다.

학자금 대출을 받아 어렵게 시작한 공부였기에 하루하루 정말 귀한 시간이었다. 남들이 나를 어떻게 보느냐는 중요하지 않았다. 내가 나를 어떻게 보느냐가 중요했다. 아무 생각 없이 던지는 말과 비웃음, 눈빛 때문에 마음이 흔들리지 않았다.

2학기 마지막 시험 답안지 뒷장에 이렇게 썼다. "교수님, 제가 졸업한 뒤 한 시간만 시간을 주신다면 학생들에게 제 이야기를 하고 싶습니다." 삶의 고통이 어떻게 감사가 되었는지 이야기하고 싶었다. 최악이라 할 만한 나의 조건이 어떻게 감사의 씨앗으로 바뀌었는지 나누고 싶었다.

성장 과정에서 나는 늘 소외되고 관심 받지 못한 존재였기에, 내 이름을 담아 써 준 편지와 카드를 몸의 일부처럼 소중히 여기고 모아 왔다. 내 이름을 부르며 나를 응원하고 격려하고 위로하는 사랑의 말들이 담긴 그 편지와 카드 들은 내게 감사한 마음으로 삶을 살아갈 힘을 불어넣어 주었고, 지금도 감사하는 삶의 원동력이 되고 있다.

학기 중에 혜천원으로 실습을 나갔다. 구세군교회는 늘 예배를 드리러 오갔지만 이렇듯 아이들을 직접 돌보는 건 오랜만이었다. 선생님이 왔다는데도 아이들은 데면데면 대했다. 예은이 예지를 키우는 마음으로 다시 아이들을 키우고 싶다는 생각도 했다.

너덧 살 남자아이들을 씻겼다. 우리 아이들에게 하듯 엉덩이를 톡톡 두들겨 주었다. 한 아이가 울음을 터뜨렸다. 머리를 감을 때면 비누가 눈에 들어가고 코에 물이 들어가서 무섭다고 했다. "엄마가 해줄게." 나도 모르게 이 말이 튀어나왔다. 대야에 물을 받은 후 아이를 안은 채 조심스럽게 머리를 감겼다. 무서워하던 아이도 잠시 뒤 편안하게 몸을 맡겼다. 아직도 엄마의 손이 많이 필요하고 엄마에게 한창 투정을 부릴 나이였다. 아이를 돌보는 일이 어떤 것인지 이제야 알 것 같았다.

유 선생님처럼 오래오래 아이들을 돌보라는 변 원장님 말씀이 다시 떠올랐다. 그 약속을 지키지 못해 늘 죄송한 마음이었다. 원장님이 계속 바뀌더라도 변함없이 자리를 지키는 교사가 한 사람 정도는 있어야 한다는 생각도 했다. 혜천원을 나가 독립한 아이들이 언제든 찾아올 수 있는, 결혼하지 않은 아이들이라면 명절 때 오갈 데 없어 방황하지 않고 찾아올 수 있는 나무 같은 사람이 되고 싶었다. 예은이 예지를 키우며 아이들을 향한 사랑을 문득문득 느낄 때면 마음 한편으로 혜천원 아이들이 떠올랐다.

나를 엄마라고 부르던 다정이라는 여자아이가 보고 싶었다. 혜천원을 그만둘 때 가지고 나온 짐에 그 애의 작은 바지도 들어 있었다. 나중에 대학생이 된 다정이를 만나 그 바지를 전해 주었다. 어릴 적 사진에서 네가 입고 있던 바지라고 했더니 눈이 휘둥그레지며 놀라워했다. 다정이가 잘 성장해 있어서 얼마나 감사했는지 모른다.

처음 보육 교사로 일하던 시절, 나는 여전히 어렸고 아이들을 어떻게 사랑해야 하는지 알지 못했다. 밖에서 손가락질받지 않게 하려는 마음에서 그저 엄하게 대하고 많이 꾸중했다. 예은이 예지를 키우면서 아이들을 꾸중할 땐 하더라도 그들을 사랑하는 마음을 의심하게 해서는 안 된다는 것을 알았다.

예은이 예지가 아플 때면 밤에 잠을 잘 수도 없었다. 열은 내렸는지, 잠은 잘 자는지, 숨 쉬는 건 괜찮은지 살펴보느라 밤을 새우곤 했다. 그런데 보육 교사 시절에는 아픈 아이를 데리고 병원을 다녀와서는, 밥 먹고 약 잘 챙겨 먹으라고 하는 게 다였다. 잘못한 아이들을 엄하게 야단치더라도, 그럼에도 그들을 변함없이 사랑한다는 믿음을 주었어야 했는데 그러지 못했다.

예은이와 예지는 집에 돌아오면 그날 있었던 일을 시시콜콜 다 이야기했다. 하지만 혜천원 아이들은 내게 아무 말도 하지 않았다. 아니, 나 자신이 들어 줄 생각을 못 했다. 그때 마음이 많이 허기져 있었을 아이들에게 미안하고 미안했다. 하나님에게 그때 내가 아이들의 마음을 아프게 했다면 그 마음을 사랑으로 채워 달라고 기도했다.

실습을 마치고 돌아오려는데 한 아이가 다리를 붙잡았다. 품에 안고 머리를 감긴 그 아이였다. 그 마음을 누구보다 잘 알기에 꼭 안아 주었다. 그리고 아이와 눈을 맞추고 "다음에 또 올게"라며 인사를 나누었다. 안타깝게도 그 약속은 지킬 수 없었다. 훗날 내 친정 혜천원이 운영상 어려움으로 인해 문을 닫았기 때문이다.

아이들을 돌볼 기회가 다시 찾아왔다. 구세군교회의 박원국 사관님이 대구의 한 보육원에 채용 공고가 났다고 알려 주셨다. 사모님도 "좋은 기회이니 이력서를 한번 내 봐라" 하시며 등을 떼밀었다. 예은이 예지가 어렸다면 망설였을 것이다. 하지만 이제는 많이 자라서 예전만큼 엄마 손길을 필요로 하지는 않을 때였다. 문득 두 자녀를 시어머니에게 맡기고 혜천원 아이들을 돌보시던 유 선생님이 떠올랐다. 그분처럼 되는 건 정말 어려운 일이지만, 지난날 변 원장님에게 오래오래 일하겠다고 한 약속이 생각났다.

상묵 씨는 그 힘든 일을 굳이 하려고 하냐면서 반대하고 나섰다. 물론 분명 쉽지는 않은 일이었다. 하지만 지난날 아이들에게 못 해준 일을 해 보고 싶었다. 따뜻한 말 한마디, 손 한 번 더 잡아 주기, 자주 안아 주기 등 아이들을 사랑하고 내가 늘 그들 편임을 느끼게 해주고 싶었다. 예은이 예지가 엄마 곁에서 늘 편안하고 안심하듯, 그 아이들에게도 쉼과 안정감을 주는 나무 그늘이 되고 싶었다.

자신감이 차올랐고, 이력서와 함께 손편지로 여섯 장 썼다. 예전에 잘하지 못했던 만큼 할 말이 많았다. "김희아라는 사람을 한 달만이라도 채용해 보시고, 그게 길다면 일주일, 그것도 길다면 하루만이라도 채용해 보시기 바랍니다. 그런데도 부족하다고 하시면 아무 말 없이 물러나겠습니다."

보육원 원장님과 긴 시간 대화도 나누었다. 결국 자리를 얻지는 못했지만 후회는 없었다. 시도해 보기도 전에 포기하는 것은 나답지 않은 일이었다. 혜천원을 그만둔 이후 처음 낸 이력서였다. 어디에든 다시 이력서를 낼 자신감이 생긴 것만으로도 충분했다.

삶의 힘은 감사입니다

주부 강사 오디션

2004년부터 우리나라 장애 분류에 '안면장애' 항목이 새로 추가되었다. 선천성 기형이나 질병, 사고 등으로 안면 부위에 발생한 장애가 얼마나 중요한지 비로소 인식하기 시작한 것이다.

사회 생활이나 대인 관계에서 '얼굴'의 중요성을 더 말해 무엇할까. 면접, 첫인상, 첫 대면 등 삶에서 중요한 일과 상황을 가리키는 단어에는 '얼굴'이 들어간다. 다른 나라의 경우 진즉부터 안면장애인 개념이 도입되었지만, 우리나라는 2004년에야 도입했다. 나는 안면장애 3급이다.

저녁에 텔레비전을 보던 예은이가 부엌에 있는 나를 불렀다.

"엄마! 엄마도 저기 나가 보세요."

늘 사람들 앞에서 강연하고 싶다고 입버릇처럼 한 말을 아이들도 새기고 있었던 모양이다. 프로그램 제목에 '강연'이 들어가니 엄마에게 나가 보라고 한 것이다.

부엌 일을 하느라 건성으로 예은이에게 대꾸했다.

"그래? 그럼 엄마가 함 나가 보까?"

"엄마, 지금 자막으로 전화번호 나와요!"

"그럼 전화번호 좀 적어 놔라."

그즈음에도 멀리까지 공방 일을 배우러 다니고 있었다. 기차를 타러 동대구역으로 분주히 움직일 때, 유 선생님에게서 전화가 왔다. 방금 텔레비전에서 주부 강사 오디션 공모를 봤는데 내 얼굴이 떠올랐다는 것이다. 유 선생님은 어릴 적 나의 허황한 장래 희망 이야기를 잘 들어 주었다. 한 번도 "쓸데없는 소리 하지 마"라고 타박하지 않았다.

접수 일정까지 모두 듣고 나서도 선뜻 내키지 않았다. 늘 방송에 나가겠다고 말은 해 왔지만, 정작 그런 기회를 만나자 망설여졌다. 그런 경험이 없기도 했고, 보육원에 낸 이력서처럼 퇴짜를 맞을까 하여 걱정도 되었다. 혼자 곰곰이 생각했다. 내 이야기가 사람들에게 감동을 줄 수 있을까? 괜히 텔레비전에 나가 전국적인 망신만 당하는 건 아닐까?

두려움과 설렘이 교차했다. 보육원에서 성장기를 보냈고, 얼굴 반점으로 힘겨웠으며, 꽃다운 나이에 암으로 남은 얼굴마저 들어내야 했던 내 이야기가 과연 사람들에게 감동을 줄 수 있을까? 괜히 텔레비전을 보는 사람들 기분만 언짢아지는 건 아닐까? 왜 저런 여자를 텔레비전에 내보냈냐고 항의하지 않을까?

내 얼굴을 보고 "밥맛이네"라고 말한 사람도 있었다. 방송에 나갔다가 그렇게 말하는 사람들이 전국적으로 늘어나는 건 아닐까 걱정도 되었다. 물론 이제는 그런 말을 들어도 "내가 밥 사 준 적도 없는데, 왜 밥맛이라 카노?" 하고 흘려 버린다.

남편에게 의논하니 "그기 뭔 소리고?" 하며 이해하지 못하는 표정이었다. 아마 전후 맥락을 이해했다면 허황한 생각이라며 단번에 "치아뿌라!" 하며 반대했을지도 모른다. 솔직히 나도 지금까지 살아온 이야기를 대한민국 국민 앞에서 털어놓을 자신까지는 없었다.

그렇게 시간이 흘러 접수 마지막 날이 되었다. 결정적으로 용기를 준 건 예은이의 글이었다.

우리 엄마

5-5 박예은

우리 엄마는 장애 3급 복지카드를 가지고 계세요. 엄마는 제가 태어

니기 전에 무슨 암에 걸려서 얼굴 수술을 하셨어요. 그리고 왼쪽
얼굴에는 화상처럼 보이는 보라색 점이 있어요. 핏줄이 굵어져서
생긴 거라고 엄마는 말씀하세요. 엄마는 항상 긍정적이세요. 다른
사람들이 엄마를 보고 구시렁거려도 엄마는 "예은아, 사람들은
자기와 다르게 생긴 사람을 쳐다볼 수 있어"라고 항상 말씀하세요.
하지만 저는 아픈 엄마가 조금은 부끄러울 때도 있어요. 그래도
엄마가 세상에서 제일 좋습니다. 엄마는 엄마의 모습을 부끄러워
하지 않으시거든요. 그래서 엄마는 공예 교실을 하십니다.
엄마 주변에 계시는 분들은 항상 긍정적인 저희 엄마가 좋다고
하세요. 그리고 이렇게 아픈 엄마랑 결혼해 주신 저희 아빠도
좋으시고요. 아빠는 엄마 수술할 때 항상 엄마 옆에서 계셨다고
하세요. 그렇게 아빠 엄마 사이에서 저와 동생이 태어났어요.
엄마는 저에게 커서 엄마를 자랑스러워할 줄 아는 사람이 되라고
하셨어요.
또 어떤 프로그램에서 조금 아픈 사람이 나왔어요. 그런데 아빠가
"당신이랑 비교하면 저 사람은 아무것도 아니다"라고 말씀하셨어
요. 그리고 이런저런 얘기를 하다가 엄마가 "저 사람이 그러면 나는
뭐지?"라고 말씀하셨어요. 그래서 제가 "엄마는 '자신감'이죠"라고
말했어요. 저는 항상 긍정적으로 생각하는, 항상 자신감 있는
저희 엄마가 제일 좋아요. 엄마, 사랑해요!

삶의 힘은 감사입니다

초등학교 5학년이던 예은이가 쓴 엄마에 관한 짧은 글 속에 내가 어떻게 살아왔는지 압축되어 있었다. 예은이의 글을 통해 내 이야기에 위로받을 사람이 있지 않을까 하는 생각이 들었다. 내가 살아온 이야기, 내가 겪은 일들을 들으면서 힘겹고 고통스런 삶을 살고 있는 이들이 조금이나마 위로받을 수 있다면 충분하지 않을까. 마감일 새벽에 서둘러 지원 동기를 쓴 다음 참가 신청을 했다.

몸의 장애도 아픔이지만 마음의 장애도 아픔이 되며, 이 마음의 장애가 있는 사람도 많다고 생각합니다. 장애 때문에 밖에 다니지 못하고 은둔 생활을 하는 사람들, 사랑하는 자녀의 학교에도 못 가고 부모의 장애가 아이에게 상처가 된다고 생각하는 사람들, 당당하게 일어서지 못하고 숨죽이고 있는 몸과 마음의 장애가 있는 사람들에게, 아픔도 감사로 바꿀 수 있었던 제 이야기를 전하고 싶습니다.
세상의 눈으로 저를 본다면 고아에다 얼굴의 반은 붉은 점, 나머지 반은 암으로 살아가는 최악의 조건이지만, 저는 최고의 장점이라고 생각하면서, 한 번도 절 낳아 준 부모님을 원망하지 않았습니다. 고아로 살아가는 걸 부끄러워하지 않았고, 암으로 인한 수술과 치료로 얼굴은 흉하지만 콤플렉스라 생각하지 않으며 살아갑니다. 저의 이런 마음과 생각을 세상에 자랑하고 싶습니다.

감사의 기적을 살다

이틀 뒤 전화가 왔다. 서울로 와서 예선 오디션을 보라는 소식이었다. 예선에는 모두 40명이 뽑혔는데, 나는 월요일 오후 예선 참가자 20명 중 아홉 번째 순서였다.

오디션 날이 하루 뒤로 다가왔다. 그때까지도 기차표를 예매하지 않고 있었다. 언제든 현장에서도 바로 표를 구할 수 있었기 때문이다. 물론 이제까지 월요일 이른 시간의 기차표는 사 본 적 없기에 '설마?' 하는 생각이 스쳤지만 워낙 태평한 성격이었다. 오히려 남편이 나서서 차표 예매했냐고 자꾸 묻는 바람에 그제야 인터넷 예매를 알아 보았다. 그런데 좌석이 몇 남지 않아서 가족이 모두 떨어져 앉아야 할 상황이었다. 집에서 출력하려고 보니 프린터 잉크 부족으로 출력이 되지 않아서 급하게 공방으로 달려갔다. 공방에서 다시 예매하려고 보니 그새 좌석이 매진되어 버렸고, 좌석이 남아 있는 가장 빠른 기차편이 12시 30분이었다. 이 기차를 타면 예선이 끝나고 한참 뒤에나 도착하게 될 터였다.

이제는 입석표라도 구하려고 대구역으로 달려갔다. 역으로 서둘러 가는 동안 간절한 속마음이 튀어나왔다.

"예은아, 누가 기차표 취소했으면 좋겠다."

안절부절못하고 창구로 가서 물어 보았으나 입석도 모두 매진이라는 답이 돌아왔다. 눈앞이 깜깜해져 돌아서려는데 역무원이 갑자기 불러 세웠다. 그 짧은 시간에 누군가 좌석 네 개를 취소

했다는 것이다. 그리하여 감사하게도 그 좌석은 우리 가족에게 주어졌다. 하마터면 오디션 참가도 못 해 보고 끝날 뻔한 상황에서 기차표를 구하고 보니 문득 큰 행운이 찾아올 것 같은 예감이 들었다.

예선 참가자 40명은 심사 결과 8명으로 압축되었다. 이 최종 후보 8명이 텔레비전에 나간다고 했다. 예선 심사위원 중 한 분이 '김희아 씨는 힘든 일을 겪다 보니 다른 사람들은 생각지도 못한 인상적인 말을 한다'는 얘길 해주었다.

텔레비전 화면에 잘 나올 수 있게 출연자 모두 미용실을 들렀다. 앞머리를 자른다는 말에 순간 움찔했다. 머리가 치렁치렁하면 화면에 예쁘게 나오지 않는다는 얘기에 자를 수밖에 없었다. 습관이 무섭다고, 늘 앞머리를 길러 반점을 가리다 보니 머리를 자르는 게 왠지 불안하게 느껴졌다.

안면장애 3급인 사람이 나오니 시선이 집중되었다. 평범한 사람들과는 다른, 뭔가 사연 많은 인생사가 보였던 것일까. 5분간의 강연이 끝난 뒤 질문을 받았다.

"김희아 씨는 그토록 슬픈 이야기를 어쩜 그렇게 울지도 않고 차분하게 하실 수 있나요?"

"40년 동안 너무 많이 울어서 그렇지예."

무심결에 나온 대답이었다.

결승전에는 4명이 올라갔다. 이제는 방청객들 앞에서 강연을 해야 하는 순서였다. 옥순이와 공방 수강생들 앞에서 반복해서 했던 이야기, 어느 누구의 이야기가 아닌 바로 내 이야기를 나누었다. 그리고 최종 결선 진출자 4명 가운데 내가 일등상을 받았다. "진정한 감사와 긍정의 힘을 깨달을 수 있었던 강연"으로 "일반인중 강사의 재능을 보인 흔치 않은 인재이며, 유머, 힘, 눈물, 논리적 전환, 결론까지 완벽했다"라는 심사평을 들었다.

시상이 끝나고 남편에게 전화를 했다.

"여보, 나 일등 했어요!"

"정말인가? 진짜 일등 했나?"

방송 중에 건 전화여서 남편은 자기 목소리가 방송에 나가는 줄도 몰랐다. 오랫동안 하지 못한 말을 꺼냈다. "사랑해 여보!"

내 말에 무뚝뚝한 상묵 씨다운 답이 돌아왔다.

"바쁠 낀데 고마 전화 끊어라…."

방송이 나가고 난 뒤 여기저기서 전화를 받았다. "나는 니한테 그 이야기를 수없이 들었는데 와 또 눈물이 나는지 모르겠다." 연락이 끊겼던 친구들에게서도 전화가 오기 시작했다. 새삼 방송의 위력이 대단하다는 생각이 들었다.

이렇게 하나둘 연락이 오다 보면 언젠가 엄마에게서 연락이 올지도 모를 일이었다. 내가 텔레비전에 나가고 싶었던 가장 큰 이유가 바로 그것이었다.

엄마 점은 복점이야

2차 재건 수술 뒤에 많이 좋아졌다지만 여전히 얼굴은 다른 피부를 덧붙인 켈로이드 자국이 선명했다. 피부가 당겨지면서 코 한쪽도 덩달아 끌려 올라갔다. 마치 시침핀을 잘못 끼워 운 천 같다. 무엇보다 계속 눈물이 흘렀다. 잘 모르는 분들은 왜 자꾸 우느냐 묻기도 했다. 손으로 눈물을 닦아 주시는 분도 있었다. 물론 고아에다 얼굴 반점에 상악동암까지, 전생에 무슨 죄가 많길래 인생이 그렇냐는 말을 서슴없이 하는 분도 있었다.

하지만 나는 우리 아이들에게 늘 얘기하곤 했다.

"엄마 얼굴에 있는 점은 복점이야. 아빠가 엄마 얼굴에 점을 쿡 찍어 놨지."

그랬기에 방송에 나가서도 방청석에 앉아 있는 아이들에게 즉흥적으로 물었다.

"예은아, 엄마 얼굴에 있는 점은 무슨 점?"

갑작스런 엄마 질문에 예은이는 오히려 기다렸다는 듯 "복점!" 하고 큰 소리로 대답했다.

언제부턴가 삶에서 내게 불리한 것들을 뒤집어 생각하기로 마음먹었다. 가장 큰 단점을 놓고도 '이만 한 게 오히려 다행이고 감사할 일 아닌가' 하며 받아들였다. 암 수술로 오른쪽 얼굴뼈가 다 잘려 나갔지만 그래도 눈은 멀쩡하니 다행스럽고 감사했다. 그저 시력이 조금 나빠졌을 뿐. 치아도 반이나 잘려 나갔지만, 아직 반이나 남이 있어서 다행이고 감사했다.

정말 감사한 것은 암의 증상으로 인해 이가 제일 먼저 아프기 시작한 탓에 진작에 치과 치료를 했다는 점이다. 뒤늦게 알았다면 남아 있는 절반의 치아도 상해서 못 쓸 뻔했다. 반쪽 남은 이로 20년을 넘겨 쓰고 있으니 50년 쓴 거나 다를 바 없다. 그런데 윗니가 없으니 아랫니들이 기형적으로 자라기 시작했고, 남아 있는 절반의 치아는 반대쪽으로 밀려나려 했다. 그래도 얼굴에 괴사가 일어나지 않으니 참 다행이었다.

방송이 나간 후 어느 병원에서 방송국으로 연락을 했다고 한

삶의 힘은 감사입니다

다. 내 얼굴을 성형으로 복원해 주겠다는 얘기였다. 계속 안으로 말려 들어가는 듯한 눈을 제자리로 돌려놓을 수 있다면, 코도 제자리를 찾고 줄줄 새듯 흐르는 눈물도 멈춘다면 더 바랄 게 있을까.

몇 번 병원을 왕래했다. 병원 쪽에서는 이참에 반점까지 수술하는 게 어떻겠냐고 권했다. 며칠 동안 반점이 없는 얼굴을 상상하며 행복한 고민을 했다. 오래전부터 입술에 빨간 립스틱을 예쁘게 발라 보는 게 소원이었다. 다른 부위는 그대로 두더라도 윗입술을 덮은 반점만이라도 제거해 볼까 싶었다.

지인 열 명에게 문자로 물었더니, 다섯 사람은 노코멘트였고 나머지는 좋은 기회라는 답이 돌아왔다. 그러다 문득 '내가 왜 모반을 가지고 고민하고 있지?' 하는 생각이 들었다. 아이들에게 항상 얘기했듯이 모반은 나에게 복점이고 감사의 이유였다. 반점 때문에 나는 혜천원에서 보육 교사로 일할 수 있었고, 그 일을 계기로 감사의 차별에 대해 알게 되었다. 아무리 생각해도 반점 때문에 수술하고 싶지는 않았다.

지금까지 아무리 힘들고 고통스러워도 죽고 싶다는 마음을 가져 본 적이 없는데 혹시 수술 후에 그런 마음이 들면 어떡하나. 감사하면서 살아왔고 이겨 왔고, 그래서 다른 사람에게까지 희망을 줄 수 있지 않았던가. 살아가면서 앞으로도 계속 감사를 찾고 누리고 나눌 것이다. 나중에 혹시라도 예은이 예지가 엄마 반점 보기 싫다고 수술하라고 하면 그때 해도 늦지 않을 것이다. 지금은

감사의 기적을 살다

남편도 두 딸도 모두 반대한다.

"이제 와서 수술한다고 '상묵이 니 와이프 예뻐졌네' 할 사람도 없다. 지금 와서 그 고생을 뭐할라꼬 하노? 당신 얼굴에 점이 있다고 내가 결혼을 안 했드나? 바뀐 당신 모습에 내가 적응 못 하면서 살고 싶지는 않다."

반점은 내가 얼굴도 모르는 부모님과 나를 연결하는 유일한 끈이기도 했다. 하나님은 분명 어디엔가 쓰라고 내게 모반을 주셨을 것이다. 그동안 인생의 반이 반점으로 아팠다면 나머지 반은 반점으로 인해 찾은 감사와 함께할 것이다.

예은이가 한마디 툭 던졌다. "엄마, 예뻐지려면 살을 빼세요!" 예은이가 글에서 엄마에 대해 묘사한 대로, 다른 사람의 시선을 의식하면서 살 필요가 없다. '남들이 나를 어떻게 보는가'보다 더 중요한 것은 '내가 나를 어떻게 보는가'일 테니까.

지인 한 분도 수술하지 말라는 문자를 뒤늦게 보내 왔다.

"맞는 말인지는 모르겠지만, 모반이 건강에 이상을 주지 않는다면 안 하시는 게 좋을 것 같습니다. 그 반점이 바로 김희아 씨니까요."

그렇다. 누구나 다 얼굴에 점이 있다. 다른 사람 점은 작고 내 점은 특별히 클 뿐이다. 내 얼굴의 반점이 바로 나 김희아다.

아낌없이 주는 나무, 애라 언니

2013년 KBS 교양프로그램 〈강연 100°C〉에 출연한 뒤 다른 방송사 작가에게서 연락을 받았다. SBS 〈땡큐〉라는 프로그램에 신애라 배우가 나를 초대 손님으로 추천했는데 출연해 줄 수 있겠냐는 것이었다. 신애라 씨가 〈강연 100°C〉 영상을 봤는데 나를 만나고 싶다면서 초대했다는 얘기였다. 그렇게 유명한 연예인이 나를 추천했다는 게 무척 놀랍기도 하면서, 나 같은 사람이 방송에 나가도 될지 망설여지기도 했다.

결국 가족이 다함께 나들이하는 셈치고 서울행 기차를 탔다. 저녁 7시가 넘어 촬영 장소에 도착해 보니 신애라 배우와 개그우

먼 김지선 씨, 비올라 연주자 리처드 용재 오닐 씨 등 출연자들이 한창 촬영을 하고 있었다. 나는 맨 마지막 순서였는데, 모두 내 이야기를 진지하게 들어 주고 눈을 맞추면서 공감해 주고, 함께 웃어 주고 아파하기도 했는데, 나로서는 정말 놀랍고 감사할 따름이었다. 유명인들에게 내 이야기를 나눌 기회가, 그런 분들이 내 이야기에 그렇게 진지하게 귀기울이고 공감해 주는 일이 어디 흔한 일이겠는가. 특히 용재 오닐 씨는 어머니가 한국전쟁 고아로 지적 장애가 있었는데, 미국으로 입양된 어머니 밑에서 성장한 그가 건넨 말에 진심이 느껴졌다.

"김희아 씨는 정말 놀라운 분입니다. 희아 씨 이야기에 깊이 감동 받았습니다. 당신이 겪었던 힘든 시간들이 참 안타깝고 유감스럽군요. 저 역시 장애인의 자녀로 오랫동안 힘든 점들이 있었어요. 희아 씨는 그렇게 힘겨운 삶을 살았는데도 감사하다고 얘기하시네요. 저 역시 잠자리에서 일어날 때마다 감사를 고백하는데, 그게 제 인생에서 가장 큰 선물이라고 생각합니다."

촬영이 끝나자 신애라 배우가 부르더니 내려가면서 먹으라고 자기 차에 있던 간식거리를 모두 건네주었다. 촬영하고 하루 이틀이 지났을까. 방송에 나가 텔레비전에서만 보던 사람들을 만나고 그들이 내 이야기를 물어보고 귀기울여 주고 공감하면서 들어 주던 시간이 꿈처럼 다가왔다. 여전히 잘 믿기지 않았다.

문득 고맙다는 인사를 하고 싶다는 생각이 들어, 처음 연락해 온 방송작가에게 전화를 걸었다. 신애라 배우 연락처를 알려 줄 수 있는지, 혹시 알려 주기 어렵다 해도 괜찮으니 한 번만 물어봐 달라고 부탁했다. 한참만에 방송작가가 전화번호를 알려 주었고, 곧바로 문자 메시지로 감사 인사를 보냈다. 방송 출연 중일 수도 있는데 대뜸 전화를 걸 수는 없는 일이었다.

"안녕하세요. 저는 며칠 전 〈땡큐〉에 출연한 김희아입니다. 그 자리에 저를 추천하고 초대해 주셔서 정말 감사합니다. 만나 뵙고 얘기 나눌 수 있어서 정말 행복하고 즐거웠습니다. 이렇게 문자로나마 감사 인사를 꼭 전하고 싶었습니다."

마음 같아서는 더 길게 쓰고 싶었지만 바쁜 분에게는 그것도 결례일 것 같았다. 유명 연예인에게 내 생애 처음이자 마지막으로 보내는 문자 메시지라고 생각하며 마음을 담아 보냈다. 얼마 안 있어 답신이 왔다.

"저도 희아 씨를 보고 싶었는데, 그렇게 만날 수 있어서 정말 반가웠어요. 나중에 우리 집에 꼭 한번 놀러오세요."

그러면서 집 주소까지 알려 주면서 아이들 방학 때 꼭 놀러오라고 하는 것이었다. 그때 예은이가 열세 살, 예지가 열 살이었으니 신애라 배우가 누구인지, 얼마나 유명한 사람인지 알 리가 없었다. 아이들이 아는 연예인은 예은이가 좋아하던 B1A4 같은 아이돌 그룹과 멤버들이었다. 그런데 내 또래에게는 신애라 배우가 그런 아이돌과 같은 유명인이었다.

서울역에 내려서 택시를 타고 갔다. 집 안으로 들어가니까 온몸이 흥분으로 긴장되고 얼어붙는 느낌이 들었다. 신애라 배우가 "희아 씨!" 하면서 팔을 활짝 벌려 나를 반기며 안아 주었다. 그 순간이 마치 영화 〈사운드 오브 뮤직〉의 여주인공 마리아 선생님을 보는 것처럼 비현실적으로 다가왔다. 내가 살아오면서 그처럼 환한 미소로 반겨 주는 환대를 몇 번이나 받아 봤을까. 아니 받은 적이 있기나 할까.

함께 식사하려고 식탁에 앉았다. 신애라 배우가 함께 기도하자는 말에 눈을 감았다.

"하나님, 이제 우리가 가족이 되었습니다."

기도 첫 구절을 듣자마자 나도 모르게 눈물이 핑 돌았다. 유명 연예인의 집에 초대받아서 손수 차려 준 음식을 먹는데, 음식도 맛있었지만 그 자리, 그 시간 자체가 최고의 진수성찬이었다.

거실에 앉아서 차를 마시며 수다도 떨고 서재에서 함께 사진도 찍었다. 모든 게 꿈만 같고 구름 위에 앉은 듯 설레고 가슴이 벅찼다. 무엇보다 진심어린 친절과 배려, 따스함으로 충만해지던 그 시간을 어떻게 표현할 수 있을까.

어느덧 헤어질 시간이 되었다.

"언니를 만나서 함께 밥 먹고 차도 마시면서 시간을 보낸 게 정말 너무 신기하고 꿈만 같아요."

호칭은 어느새 '언니'로 바뀌어 있었다. 그렇게 편히 부르자고 애라 언니가 호칭을 정리해 주었다.

"나도 희아 씨랑 예은이 예지랑 이렇게 다함께 만나서 시간 보내는 게 내가 더 신기해."

집을 나서기 전에 인사하는 예은이 예지를 부르더니 "이건 인표 씨가 예은이 예지에게 주라고 한 거야"라면서 용돈을 건넸다. 아이들이 "감사합니다!" 인사하면서 받는데 얼마나 좋아하던지, 그 표정을 보면서 내가 더 감사하고 행복했다. 귀갓길에 언니가 고이 담아 준 음식과 반찬을 들고 가는데, 마치 친정집에 들렀다가 바리바리 싸 준 음식을 들고 가는 기분이 이런 걸까 싶었다.

내겐 일생일대의 특별한 만남이었지만, 예은이 예지는 여전히 그냥 엄마가 아는 이모댁에 놀러 갔다 온 줄로만 아는 눈치였다. 그 특별한 만남 이후 어느 날 언니가 텔레비전에 나와서 유학 간다는 얘기를 하고 있었다. 방송 잘 봤다고, 건강하고 안전하게 유학 잘 다녀오시라고 안부 인사를 겸해 문자를 보냈더니 곧이어 답장이 왔다.

"희아 씨, 혹시 나중에 미국 오게 되면 꼭 우리 집에 놀러와."

나도 곧장 답장을 보냈다.

"언니, 제 인생에 미국이라는 나라를 갈 날이 있을지는 모르겠지만 행어나, 어쩌다 미국을 가게 된다면 미리 연락드리고 꼭 놀러갈게요."

유학 간 뒤로도 언니는 내 생일에 축하 메시지를 보내 주었다.

"희아야, 생일 축하해. 귀한 희아 정말 잘 태어났어. 오늘 하루 실컷 행복해!"

'잘 태어났다'는 말은 처음 들어 보는 따스한 말이었다. 그 메시지에 하루가 넉넉히 행복했다. 애라 언니는 자신이 읽은 좋은 글귀가 있으면 따로 보내 주기도 했다.

그렇게 몇 년이 훌쩍 지나 2017년 12월이 되었다. 언니에게서 다시 메시지가 왔다. 얼마 안 있어 한국에 돌아가는데 내년에 온 가족이 미국에 한번 놀러오면 좋겠다는 내용이었다. 보고 싶다면서 미국에서 함께 시간 보내면 좋겠다고 하는데, 우리 아이들과 함께 미국을 여행시켜 주고 싶은 마음이 전해 왔다. 그런데 서울이면야 내일이든 모레든 당장 달려갈 수 있을 테지만 그곳은 미국이었다!

그렇다고 그냥 지레 포기해 버린다면 김희아답지 않는 일이었다. 아이들과 함께 모험에 나서 보자는 심정으로 미국행을 결정했다. 2018년 7월 중순, 예은이 예지 기말고사 끝나고 방학 즈음으로 일정이 정해졌다. 비행기표는 아는 동생 덕분에 편하게 예매할 수 있었다. 남은 걱정은 입국심사였다. 그때는 미국 대통령이 바뀐 뒤 입국심사가 굉장히 까다로워졌다는 얘기가 나돌던 시기였기에 더더욱 걱정이 컸다. 애라 언니와 계속 카톡 메시지를 주고받으면서 도움을 받았고, 언니 아들 정민이도 영어로 된 입국심사 안내문을 우리말로 다 옮겨서 보내 주었다.

출발일까지는 여유가 있어서 짬날 때마다 영어 공부를 하는데, 간단한 회화도 쉽사리 입에 붙지 않았다. 무작정 외우자 했는데도 돌아서면 까먹었다. 그때 예은이가 고등학교 2학년이었는데, "엄마, 걱정하지 마세요. 영어는 우리가 알아서 할게요"라며 안심시키는 말에 마음이 놓였다. 그때부터 여행이 기다려지고 마음이 들떠서 출발일 한참 전부터 짐을 챙기고 가방을 싸면서 아이들과 함께 신나 했다.

인천국제공항을 출발하여 드디어 로스앤젤레스국제공항에 도착했다. 입국심사 대기줄에 서 있는데 괜히 긴장이 되고 심장이 콩닥거리기 시작했다. 심사관이 우리를 보고 손짓하자 겁먹은 다람쥐처럼 셋이 졸졸졸 앞으로 나갔다. 여권을 제출하고 홍채 인식에 지문 스캔까지 다 마쳤다.

예은이 예지에 이어 내 차례가 되었다. 뭐라고 물어보는데 입이 떨어지지 않았다. 예은이가 "엄마, 미국에 왜 왔냐고 물어보잖아요"라며 재촉하는 말에 한마디가 떠올랐다. "마이 프렌드 비짓!" 나의 초간단 대답에 심사관이 활짝 웃으며 여권에 도장을 찍어 주었다. 그 미소가 얼마나 친절하고 다정하게 느껴졌던지 아직도 눈에 선하다.

공항에서 언니 집까지는 미리 보내 준 차량 덕분에 아주 편하게 갈 수 있었다. 언니와 정민이, 두 딸까지 나와서 우리를 반겨 주는데, 이 먼 타국에서 가족이면 이렇게 밝고 반갑게 맞아 줄까 하는 생각이 들었다. 서울이나 미국이나 언니 집이 별다르게 보이진 않았는데, 주방 식탁 위 노트가 눈에 띄었다. '감사 노트'였는데, 미국에서 지내는 동안 나도, 예은이 예지도 오며가며 그 노트에 우리의 감사를 채웠다. 정민이는 정말 신사 같았는데, 예은이 예지를 다정하게 대해 주고 함께 놀아 주며 기타도 가르쳐 주었다.

하루는 언니가 우리를 전부 차에 태워 마트에 데려갔다. 마트 입구에서 마스크를 쓰니까 언니가 말했다.

"희아, 마스크는 벗는 게 어때? 더운데 마스크 벗고 다니는 게 더 편할 텐데…."

"언니, 저는 쓰는 게 더 편한데, 언니 말대로 한번 안 쓰고 다녀볼게요."

그리고 일부러 언니보다 앞서 떨어져서 걸어갔다. 나란히 걸어갈 때 사람들이 쳐다보고 수군거리는 모습을 언니에게까지 보여주고 싶지는 않았다. 마스크를 벗고 가는데 '저 사람 좀 보라'고 손짓 하는 사람도, 수군거리는 사람도 찾아볼 수 없었다. 오히려 방긋 미소를 보내 주는 사람이 있어서 몹시 낯설었다. 2주밖에 안 되는 시간이었지만, 그렇게 나는 미국에서 그냥 보통 사람이 된 것

삶의 힘은 감사입니다

290

처럼 마음 편하게 돌아다닐 수 있었다. 간간이 쳐다보기도 했지만, 어쩌다 한두 명 정도여서 별로 신경 쓰이지도 않았다.

미국 여행 기간 동안 언니 가족의 사랑과 배려로 인해 우리가 누리고 경험한 은혜와 감사의 시간을 모두 얘기하자면 아마 사흘 밤낮을 꼬박 새워도 부족하지 않을까. 함께 디즈니랜드에 가서 정민이의 수고와 안내로 하루종일 신나게 보낸 일이며, 미국 프로야구 경기장에 가서 메이저리그 시합을 구경한 일, 내가 간증할 수 있도록 교회에 연결해 준 덕분에 간증 예배를 함께 드린 일, 내가 만든 김밥과 장조림 같은 음식을 언니 가족이 모두 맛있게 먹는 모습… 모든 게 지금도 어제 일처럼 생생하다.

여행 2주차에 접어들었을 때, 언니와 아이들을 보러 온 차인표 배우를 만났다. 예은이 예지가 인사를 하니까 "예은아, 예지야, 정말 반갑다! 정말 잘왔어!" 하면서 그렇게 반가워할 수 없었다. 그러고는 환한 미소로 두 아이에게 용돈을 주었다. 그 모습을 보자 문득 나도 아이들처럼 용돈을 받아 보고 싶었다. 가족에게든 친척에게든 용돈을 받은 적이 없다 보니 부러운 마음에 농담처럼 말이 튀어나왔다.

"형부, 저는 용돈 안 주시나요?"

내 말에 선뜻 지갑을 꺼내 용돈을 주는데, 나도 예상치 못한 상황 전개여서 민망해졌다.

"아니에요 형부! 제가 괜히 농담으로 한 말이었어요."

"괜찮아요 희아 씨. 얼마든지 받으셔도 돼요. 이제껏 제가 용돈 준 사람들 중에 희아 씨가 최고령자가 되는 거거든요."

그 말에 모두 웃음보가 터졌다. 급히 손사래 치는 나를 오히려 유머 넘치는 말로 편안하게 해준 덕분에 나는 차인표 배우에게 용돈을 받은 최고령자가 되었다.

"희아 씨와 나는 뭔가 되게 비슷한 점이 많은 거 같아."

여행 기간이 끝나갈 무렵, 이런저런 이야기를 나누던 중에 애라 언니가 불쑥 던진 말이었다. 출생 배경이나 성장 환경은 다르지만, 살림살이를 심플하게 하고 사는 거나 주방용품에 특히 관심이 많다거나 작은 일에도 감사하는 마음을 표현하는 점 등이 그랬다.

"혹시 언니 어렸을 때 여동생 하나 잃어버리지 않았어요?"

내가 언니 말에 맞장구치면서 던진 농담에 또 한바탕 크게 웃었다.

지금도 미국 로스앤젤레스에서 애라 언니네와 함께 보낸 시간이 문득문득 떠오른다. 마치 우리가 그 동네에서 함께 살고 있는 식구인 양 한 식탁에 둘러앉아 먹고 마시고 수다도 떨고, 수영장 가서 물장구치며 놀고, 마주앉아 모닥불에 마시멜로를 구워 먹으며 함께 노래하고 놀던 그 시간을 생각할 때마다 영화나 동화책 속 장면인 듯 느껴진다. 아낌없이 주는 나무처럼 언니는 그 뒤로도 언제나 우리 곁에서 든든한 가족이 되어 주고 있다.

애라 언니, 고마워요. 언니를 통해 하나님 사랑과 은혜를 더 풍성히 경험하게 되었어요. 보잘것없는 저에게 먼저 다가와 주셔서 감사해요. 예은이 예지에게 이모가 되어 주셔서 정말 감사해요. 언니를 만나서 나누고 섬기는 삶을 배웠어요. 저도 언니처럼 나누며 살아갈게요.

두 딸에게 못다 한 말

예은이가 중학교 3학년 때였다. 학교에서 돌아오면 친구들이 놀린다는 얘기를 가끔 했다. 그 나이 아이들은 주로 외모나 이름으로 장난삼아 놀리곤 하니까 그런가 보다 했다. 게다가 다음날이면 금세 아무렇지 않은 듯 웃고 지내는데다 어두운 기색이라곤 찾아볼 수 없었다.

그러던 어느 날이었다. 학교를 마치고 돌아온 예은이가 울면서 들어왔다. 친구들이 자기 얼굴 보고 자꾸 놀린다고, 진짜 너무 너무 싫고 짜증난다고, 정말 정말 학교 가기 싫다면서 눈물을 쏟았다.

이렇게 사랑스럽고 예쁜 아이를 왜 얼굴로 놀리는 걸까. 그 또래의 짓궂음을 누구보다 경험적으로 잘 알면서도 화나고 속상한 마음은 어쩔 수 없었다. 최대한 마음을 다잡고 나서 아직도 울고 있는 예은이를 달래 보려고 말을 건넸다.

"예은아, 니가 놀림 받으니까 너무 싫고 속상하지? 그러니까 우리 예은이는 다른 사람 절대로 놀리지 말자, 알았지?"

내 말에 울고 있던 예은이가 발끈했다.

"엄마는 지금 남 걱정하시는 거예요? 내가 속상해서 울고 있는데, 얼마나 화나고 속상하냐고 저부터 위로해 줘야죠. 다른 사람한테 그러지 말라고 남을 먼저 신경 쓰시는 거예요?"

그러고는 방에 들어가서 이불을 뒤집어쓰고 또 한참을 울었다. 그런 예은이를 보면서 온몸에 기력이 전부 몸밖으로 빠져나가는 것 같았다. 그렇게 젖은 빨래처럼 소파 위로 몸이 퍼져 버렸다.

진이 빠져 누워 있는데 나의 중학생 때가 떠올랐다. 그 시절 나를 향해 소나기처럼 쏟아지는 놀림을 헤쳐 나갈 때마다 어두컴컴한 밤길을 걷는 것처럼 무섭고 학교 가는 게 끔찍이 싫었다. 그 끝없이 쏟아지던 놀림 속에서 나는 어떻게 했었나. 갑자기 머릿속이 텅 비었다.

그때 나는 얘기를 털어놓을 데가 없었다. 사람들이 놀리는 게 너무 싫고 속상하다고, 온갖 말과 구경하듯 바라보는 눈빛으로 놀려서 정말 학교 가기 싫다고 눈물 쏟으며 위로를 구할 데가 없었다. 혹시라도 울고 있으면 저렇게 자꾸 우니까 맨날 놀림이나 받는다는 말을 들을 뿐이었다.

내가 찾아갈 곳은 혜천원 옥상이 유일했다. 그렇게 놀림 당할 때마다 스스로 다짐하곤 했다. '나는 절대로, 무슨 일이 있어도, 어떤 이유로도 다른 사람을 놀리지 않을거야.' 그때 품었던 마음의 다짐이 예은이에게 자연스레 튀어나왔나 보다.

예은이 마음이 좀 누그러졌을 즈음, 옆으로 가서 누웠다.

"예은아, 엄마도 중학생 시절에 놀림을 참 많이 받았어. 그때 엄마도 예은이처럼 너무 너무 속상하고 분하고 슬픈데 얘기할 사람이 아무도 없었어. 그러니까 엄마는 한 번도 '희아, 괜찮니? 많이 속상하고 화나지?' 하는 위로의 말을 들어 본 적이 없어. 그냥 혼자 울면서 '나는 절대로 남을 놀리지 말아야지' 다짐하는 게 다였던 거야. 그래서 엄마가 예은이 마음을 위로하고 공감해 주지 못한 거 같아. 우리 딸, 많이 힘들고 속상하지? 엄마가 잘 위로하고 공감해 주지 못해서 정말 미안해."

그렇게 둘이 끌어안고 함께 울었다. 그런 예은이는 엄마를 굉장히 좋아하고 엄마 얼굴을 부끄러워하는 게 없는 아이였다. 초등학생 때도 학교 끝나고 오면 공방에 오는 사람들이 엄마를 칭찬하면서 "예은이는 이런 엄마가 있어서 참 좋겠다"는 얘기를 많이 들었다. 그래서인지 예은이는 엄마에 대해 자긍심이 있다.

예지는 예은이보다 두 살 빠른 나이인 네 살에 어린이집을 보냈다. 둘을 키워야 하는데다 공방까지 하느라 겨를이 없었다. 언니보다 일찍 사회생활을 시작해서였을까. 예지는 성장도 빨랐고 눈치도 빨랐다. 사람들은 예지가 한참 어린애여서 못 알아들을 거라고 생각했겠지만, 이 아이는 어른들이 하는 말을 조용히 귀담아듣곤 했다.

앞서 예지의 어린이집 비누 수업 얘기를 했다. 그때 예지는 처음엔 엄마가 수업하러 가는 걸 꺼리는 눈치였다. 나중에는 또 오라면서 아주 좋아했지만 말이다. 초등학생 때도 비슷한 일이 있었다. 4학년 때 학교 운동회를 갔는데 예지가 "엄마, 점심 먹고 나서 집에 먼저 안 가세요?" 했다. "왜? 엄마는 끝까지 다 보고 갈 건데, 무슨 일 있어?" 물으니 짧게 "아니에요" 하고는 잽싸게 뛰어갔다.

점심시간이 끝나고 오후 프로그램이 시작되었다. 4학년은 엄마와 아이가 한 조가 되어 딱지치기를 하는 프로그램이었다. 그제서야 뒤늦게 '아, 예지가 엄마랑 같이 하는 게 뭔가 부끄러웠나 보다' 생각했다. 다른 엄마들과 친구들의 말이나 시선이 신경 쓰였구나 싶어 마음이 착잡해졌고 괜히 미안한 마음에 눈물이 났다.

며칠 후 예지랑 햄버거 가게를 갔다. 마스크를 벗기 전에 주위를 둘러보니 초등학교 5, 6학년쯤 되는 남자아이 세 명이 옆자리에 있었다. 마스크를 벗고 햄버거를 한 입 베어 물었을까, 아니나 다를까 옆자리 아이들끼리 하는 말이 들려왔다. "야, 저 아줌마 좀 봐라." 그 모습을 지켜보는 예지 표정이 굳어졌다. 내가 조용히 아이들을 타일렀다.

"아줌마는 얼굴이 아파. 그런데 아픈 사람을 보고 그렇게 '저 아줌마 좀 봐라' 하면 아줌마 마음이 훨씬 더 아프다."

내 말에 아이들이 "죄송합니다" 하고 사과를 했다. 그래도 사과할 줄 아는 아이들이 고마웠다. 나는 여전히 얼굴이 굳어 있는 예지를 다독이려 했다.

"예지야, 엄마 얼굴은…."

"알아요 엄마. 엄마는 얼굴이 아픈 거지 부끄러워할 게 아닌 거 알아요. 근데 사람들이 엄마 얼굴을 볼 때마다 왜 그렇게 기분 나쁘게 쳐다보는 거예요. 그렇게 보면 화가 나잖아요. 저는 사람들이 엄마를 그렇게 쳐다보는 게 너무 싫고 기분 나쁜 거예요."

그때 비로소 알게 되었다. 예은이 예지는 엄마 모습이 부끄러운 게 아니라, 엄마를 쳐다보는 사람들의 눈빛과 표정, 수군거리는 말이 싫은 거였다. 그래서 엄마가 어린이집에 오는 것도, 운동회에 끝까지 남아 있는 것도 선뜻 내키지 않았던 것이다. 그렇게 엄마에게 마음을 쓰는 예지가 참 고마웠다.

이제 어느덧 예은이 예지는 만으로 각각 스물둘, 열아홉 살 어엿한 청년이 되었다. 두 딸을 볼 때마다 내 마음은 늘 세상 부러울 게 없고 감사로 가득 넘친다. 사랑이 부족한 내가 두 딸을 따뜻한 사랑으로 키울 수 있었던 건 엄마에 대한 아이들의 사랑 덕분이었다.

두 딸에게 평소 하고 싶은 말이 있었는데 이제까지 마음에만 담아 두고 차마 하지 못했다. 일평생 살면서 그런 말을 누군가에게 한 적이 없는 것 같다. 그런데 이제는 글로나마 이렇게 전하고 싶다.

사랑하는 우리 딸 예은아, 예지야! 너희는 엄마 딸이지만 엄마는 너희 둘을 진심으로 존경한다. 엄마를 사랑해 줘서, 엄마를 이해해 줘서 늘 고맙고 감사해.

사진으로 만난 엄마

"강사님, 이 사진 한번 봐주실랍니까?"

〈강연 100℃〉 출연 후 2, 3년이 지났을 무렵이다. 어느 교회에 간증집회 강사로 초대받아 갔을 때였다. 담임목사님을 만나 인사를 드리니 이름이 적힌 봉투를 하나 내밀었다. 교회 집사님이 전해 달라고 부탁했다면서, 그 집사님은 급한 일이 있어서 나중에 식당으로 바로 오기로 했다고 덧붙였다.

봉투를 열어 보니 사진이 한 장 나왔다. 젊은 엄마 둘이 아기를 하나씩 안고 있는 사진이었다. 딸과 아들이었는데, 여자아이 얼굴 왼쪽에 큰 반점이 눈에 확 들어왔다. 심장이 방망이질하며 쿵쾅

거리기 시작했다.

집회가 끝나고 목사님을 비롯하여 교회분들과 함께 음식점으로 이동했다. 거기서 사진을 전해 달라 한 집사님을 만날 수 있었다. 그분은 나를 보자마자 다정한 표정으로 친근하게 "희아 강사님" 하고 불렀다.

"집사님, 혹시 저를 아세요? 이 사진 이거 어디서 나신 거예요? 집사님 개인 사진이에요, 아니면 누가 주신 거예요?"

내가 던진 폭풍 질문에 그분이 차분히 들려준 얘기는 이랬다. 자신이 젊었을 때 한 집에 같이 세들어 살던 부부가 있었는데, 자기 남편이나 그 집 남편 둘 다 군복무 중이었고 각자 아이를 하나씩 낳아서 키우는 중이었다. 자신은 아들을 낳았고, 그 엄마는 딸을 낳았는데 딸 이름을 붙여서 늘 "희아 엄마"라고 불렀다.

출산 전에 임신중독증으로 고생하던 그 엄마는 아기를 낳자마자 아기 얼굴을 보고 기절했을 정도로 충격을 받았다. 그 뒤로 엄마는 자기가 돈 많이 벌어서 아기 얼굴 수술해 줄 거라는 말을 자주 했다. 그리고 둘이서 각자 아기를 안고 기념사진을 찍었는데 내게 건넨 바로 그 사진이었다.

사진 속 '희아 엄마'는 아기를 안은 채 환하게 웃고 있다. 자세히 보니 우리 둘째 예지가 '희아 엄마'를 많이 닮았다.

"늘 '희아 엄마' '희아 엄마' 하고 불렀으니까 엄마 이름은 모르고 희아라는 애 이름만 입에 붙었지요. 그런데 어느 날 텔레비전을 보는데 거기 강사 이름이 김희아인 거예요. 얼굴에 큰 점이 있고 이름이 희아니까 내가 아는 그 아이가 맞는 것 같은데 성이 다르구나 생각했어요. 아버지 성함이 특이해서 기억을 하는데, 성이 노씨거든요."

그 집사님은 〈강연 100℃〉를 보고 깜짝 놀라서 방송국에다 전화번호를 물어보나 어떡하나 한참을 고민하다가 그냥 마음에 담아두고만 있었다. 그러던 중 자신이 다니는 교회에서 간증집회가 열리는데 강사가 '김희아'라는 사실을 알고는 사진을 들고 온 것이었다. 알고 보니 그 사진은 집사님 아들이 아기 때 찍은 유일한 사진이었다.

사진을 받아들고 오자마자 제일 먼저 친구 옥순이에게 보여 주었다. 옥순이가 사진을 보고 깜짝 놀라며 말했다.

"희아야, 얼굴에 점이 니랑 똑같다! 아기 때랑 얼굴 크기도 다르고 생김새도 바뀌었는데 점 모양은 우째 이리 똑같노."

남편에게 보여 주니 남편도 옥순이와 같은 얘기를 했다. 점 모양이 마치 지문처럼 변하지 않고 그대로였던 것이다.

사진을 받은 뒤 하루에도 수십 번씩 꺼내 보곤 했다. 언젠가 해외 간증집회에 초청받았을 때는 비행 시간 내내 사진을 들여다보며 갔다. 엄마가 어린 희아를 안고 있는 사진에서 눈을 뗄 수 없었다. 그 사진에 담긴 50여 년 전의 한 장면이 가슴속에 새겨지고 있었다.

집사님에게 받은 건 엄마 사진만이 아니었다. 특이해서 기억하고 있다고 한 아버지 이름도 알게 되었다. 하지만 그 뒤로도 정작 아버지를 찾아볼 생각은 하지 못했다. 애초에 이름만으로 사람을 찾을 수 있다는 생각 자체를 못했던 것이다.

그러던 어느 날 보육원 동생을 만날 기회가 있었다. 그 자리에서 아빠 이름 하나만으로 부모님을 찾았다는 이야기를 들었다. 그 말에 놀라 나도 일말의 기대감을 품고 무작정 경찰서를 찾아갔다.

담당 경찰관을 만나 이름 하나만 아는데 아버지를 찾고 싶다고 하니 신원 조회 승인 절차를 거쳐야 한다고 했다. 그렇게 해서 조회한 결과가 나왔다. 아버지 연령대에서는 그 이름이 딱 한 명뿐이었다.

담당 경찰이 경찰서 전화 대신에 개인 휴대전화로 전화를 걸어서 조심스럽게 대화를 시도했다. '아무개 선생님 본인 맞느냐' 하면서 '혹시 과거에 어린 딸을 하나 잃어 버린 적 없냐'고 물었는데 일반적인 반응과는 다른 반응이 돌아왔다.

'왜 그런 걸 나한테 물어보느냐'라며 경찰관이 그런 전화를 한 이유를 물을 법도 한데, 전혀 그런 반응이 아니었다는 것이다. 어떤 것도 더 궁금해하거나 물어보지 않고 그냥 딱 잘라서 "없습니다"라는 한마디만 남기고 바로 전화를 끊어 버렸다.

통화한 경찰관은 그런 반응을 접하고 어떤 감이 왔다고 내게 얘기했다. 그러면서 혹시라도 나중에 상대방이 전화를 할 수 있도록 일부러 자신의 휴대전화로 전화했다고 덧붙였다. 그렇게 세심히 마음을 써 준 게 정말 고마웠다.

물론 그때로부터 수년이 지난 지금도 여전히 아무런 연락이 없다. 아마 앞으로도 전화로나마 목소리를 들을 기회가 올까 싶다. 그러니 직접 만나 얼굴을 보면서 얘기 나눌 기회는 더더욱 불가능한 일 아닐까. 아직 살아계시는지, 잘 지내시는지조차 전혀 알 수 없는 엄마는 여전히 사진으로만 만난다.

양쪽 눈의 시력이 갈수록 나빠지고 있다. 모반이 있는 왼쪽 눈은 날 때부터 녹내장이 있었는데 이미 시야의 절반이 어두워져서 보이지 않는다. 오른쪽 눈은 상악동암 수술 후 안개낀 것처럼 흐려서 사람을 잘 못 알아보기도 하고, 글씨는 읽기가 어려운 수준이다. 그나마 절반의 시야와 흐릿한 시력이 합력하여 일상생활은 그리 어렵지 않게 해 나갈 수 있다. 하지만 언젠가는 두 눈 모두 시력을 잃는 날이 오지 않을까, 예감하며 살아간다.

시력이 점점 더 나빠지는 일보다 더 두려운 게 있다. 나중에라도 엄마가 나를 찾아왔을 때 엄마 얼굴을 보지 못하게 되는 일이다. 기회가 있을지, 있다면 언제가 될지 도무지 알 수 없지만, 두

분을 만나게 되면 하고 싶은 말이 있다. 낳아 주셔서 감사하다고, 나를 키우지 않았고 눈물 한 번 닦아 주지 않았지만 낳아 주셔서 정말 감사하다고. 그리고 이렇게 태어나서 미안하다고.

엄마에게 보내는 편지

어릴 적부터 텔레비전 방송에 나가고 싶었습니다. 연예인이 되고 싶었던 건 아니었어요. 그저 방송에 나가면 나를 낳아 주신 엄마가 나를 알아보고 찾아오지 않을까 하는 바람 때문이었습니다. 얼굴에 반점이 없었다면 진작 용기를 낼 수 있었을지도 모릅니다. 아니, 반점뿐이었다면 어떻게라도 용기를 짜낼 수 있었을지도 모릅니다. 하지만 스물다섯 살에 찾아온 상악동암은 제 모습을 더 흉하고 일그러지게 만들었기에, 더 이상 꿈조차 꾸지 못했습니다.

이런 제가 엄마가 다시 보고 싶어진 것은, 아무런 조건 없이 저를 사랑해 준 남편을 만나 정말로 예쁜 두 딸을 낳아 키우면서

부터였습니다. 두 딸이 저를 엄마, 엄마 하고 부르는 모습을 보면서, 당신도 어쩌다 한 번쯤은 딸을 떠올리지 않았을까, 보고 싶어 하지 않았을까 하는 생각이 들었습니다.

큰딸 예은이가 저를 '엄마'라고 부를 수 있을 만큼 자랐을 때, 제가 잠깐이라도 밖에 나간다고 나서면 예은이는 제게 꼭 붙어서 "엄마, 빨리 오세요" 하고 눈물을 흘렸습니다. 그때 저는 '내가 무엇이기에 이렇게 잠시 떨어지는데도 눈물을 흘리며 나를 기다리나' 하는 생각을 하면서 아이의 마음을 읽을 수 있었습니다.

그날, 제게서 당신 손이 떨어지던 날 저는 울지 않았나요? 당신을 물끄러미 보며 빨리 와 달라고 젖은 눈으로 말하진 않았나요?

저는 엄마를 이해합니다. 저를 낳아 가슴에 안고 젖을 먹이면서 당신은 눈물을 삼키셨겠죠. 당신 품에 안긴 아기가 당신의 두 눈을 보며 웃을 때, 당신은 저의 두 눈을 보며 안타까워 애써 저의 눈을 피하셨겠죠.

때론 마음이 너무 아프고 힘겨워 허공에 대고 소리를 친 적도 습니다. '어디에 있나요? 엄마.' 그러나 저는 엄마를 원망하지 않습니다. 엄마, 저를 낳아 주셔서 감사합니다. 저에게 생명을 주셔서 고맙습니다. 저는 제 딸들의 재롱을 보며 하염없이 웃고 더없이 행복했습니다. 당신은 저의 재롱을 보며 하염없이 울면서 제가 어디에서든 행복한 아이가 되길 원하셨겠죠?

제 딸들이 저를 엄마라고 부를 때 그 말이 이 세상 어떤 말보다 아름답고 예쁘게 들렸습니다. 제가 당신을 엄마라고 불러 드리긴 했나요? 딸아이가 저에게 사랑한다 말할 때 저는 허공에다 "엄마, 사랑해요" 하고 외쳤습니다.

병원 생활로 가족과 잠시 떨어져 있을 때 제 딸이 "엄마, 보고 싶어요"라고 말했습니다. 그 말에 저도 "알았어. 엄마 빨리 갈게"라고 말해 주었습니다. 하지만 제가 "엄마, 보고 싶어요" 하고 허공에 외쳤을 때 그 소리는 그저 허공에서 흩어지고 말았지요.

딸아이와 엄마 역할 놀이를 하면서 딸아이를 통해 엄마의 따뜻한 마음을 느껴 볼 수 있었습니다. "우리 아가"라고 말하는 딸아이의 말에서 지금껏 살면서 느껴 보지 못했던 포근한 엄마의 따스함을 느꼈던 거지요.

제가 엄마를 그리워하는 것이 그 어린 눈에도 보였나 봐요. 팔베개를 하고 누운 큰딸 예은이가 말하더라고요. "엄마는 엄마가 없어서 불쌍하다." 그러고는 저의 가슴팍으로 파고들어 그 짧고 가녀린 팔로 저를 꼬옥 안아 주었지요. 제 모습이 흉해도 예은이에겐 소중한 엄마니까요. 세상에 하나뿐인, 너무나 소중해서 가슴이 아픈 엄마, 저도 엄마의 딸인 거지요.

엄마, 제 얼굴에 커다란 점이 있는 것은 어느 누구의 잘못도 아닙니다. 제가 감당할 수 있기에 주신 복점이 되었으니까요. 때로는 사람들의 시선이 너무 아파 주먹을 쥐고 제 얼굴의 점을 빡빡 문질러 지워 보려고도 했지만, 저는 압니다. 이 점이 제게 있는 이유를…. 구세군 보육원에서 성장하면서 점은 제게 감사의 이유가 되었고 감당할 수 있는 힘이 되었습니다.

저는 저 자신을 사랑하려 노력했습니다. 남들이 저를 보는 시선에 얽매여 살기보다 저 스스로 저를 어떻게 보느냐를 중시하며 살기로 마음먹었고 그렇게 살아 왔습니다. 그렇게 성장하는 만큼 밝고 명랑한 성격이 함께 자라서 세상이 달라 보이고 자신감이 생겼지요. 많은 방청객 앞에서 공개적으로 제 이야기를 풀어 놓을 수 있을 만큼요. 그 이야기는 어쩌면 당신에게 하고 싶었던 말인지도 모르겠습니다.

엄마, 저를 낳아 주셔서 감사합니다. 생명을 주셔서 고맙습니다. 이렇게 큰 복점을 주셔서 감사드리고요. 이렇게 태어나 당신과 헤어져 살게 되어 죄송합니다. 아기 때 제 재롱을 보여 드리지 못해 미안합니다. 혹여 당신이 제가 보고 싶어 우실 때 '빨리 갈게요'라고 위로해 드리지 못해 죄송합니다.

우리 딸들이 제 얼굴 앞에 앉아 하루의 일을 들려주듯이, 저도 엄마에게 이런저런 얘기를 해서 당신을 기쁘게 해드리고 싶습니다. 사람들이 제 손을 볼 때마다 예쁘다고 합니다. 당신에게도 그 말을 듣고 싶습니다. '우리 딸, 정말 손이 예쁘네!'

엄마, 당신의 손을 잡고 당신의 품에 안기고 싶습니다. 어디에 계시든지 건강하시고 어디에서든 행복하게 사셨으면 합니다. 저에게 엄마란 구름 같은 형상이지만, 엄마에 대한 아무 기억조차 없어 그리움만 가득하지만, 그리운 만큼 당신을 사랑합니다. 희아를 낳아 주셔서 감사합니다.

삶의 힘은 감사입니다

초판 1쇄 펴낸날 2023년 12월 4일

지은이 김희아
펴낸이 박종태

책임편집 옥명호
교열 이화정
디자인 스튜디오 아홉
제작처 예림인쇄 예림바인딩

펴낸곳 비전북
출판등록 2011년 2월 22일 (제 2022-000002호)
주소 10849 경기도 파주시 월롱산로 64 1층(야동동)
전화 031-907-3927 | **팩스** 031-905-3927
이메일 visionbooks@hanmail.net
페이스북 @visionbooks **인스타그램** vision_books_

마케팅 강한덕 박상진 박다혜 전윤경
관리 정문구 정광석 박현석 김신근 정영도 조용희
경영지원 김태영 최영주

공급처 (주)비전북
          T.031-907-3927 F.031-905-3927

ⓒ 김희아, 2023

ISBN 979-11-86387-55-9 03810